U0746752

教育部人文社科专项任务重点项目

红楼梦意象的文化阐释

蔡义江 题

俞晓红◎著

安徽师范大学出版社

责任编辑：胡志恒
装帧设计：丁奕奕
封面题签：蔡义江

图书在版编目（CIP）数据

红楼梦意象的文化阐释/俞晓红著．—芜湖：安徽师范大学出版社，2013.1（2015 重印）

ISBN 978－7－5676－0443－8

Ⅰ.①红…　Ⅱ.①俞…　Ⅲ.①《红楼梦》研究　Ⅳ.①I207.411

中国版本图书馆 CIP 数据核字（2013）第 027267 号

红楼梦意象的文化阐释
俞晓红　著

出版发行：安徽师范大学出版社
芜湖市九华南路 189 号安徽师范大学花津校区　邮政编码：241002
网　　址：http：//www.ahnupress.com/
发 行 部：0553－3883578 5910327 5910310（传真）E－mail：asdcbsfxb@126.com
经　　销：全国新华书店
印　　刷：安徽芜湖新华印务有限责任公司
版　　次：2013 年 1 月第 1 次修订
印　　次：2015 年 1 月第 2 次印刷
规　　格：889×1194　1/32
印　　张：8
字　　数：200 千
书　　号：ISBN 978－7－5676－0443－8
定　　价：16.80 元

序

严云受

自20世纪80年代以来，红学领域在思想解放潮流的冲击下，呈现出空前的活跃与兴盛。单一的社会政治批评让位于多元化的阐释与研究。不同的视角，不同的批评方法，帮助读者在大观园世界中寻幽探胜，红学论著中新意纷呈。其中，文化批评，可以说是受人特别关注的批评方法之一，这方面的成果也较为突出，给我启发颇多。最近，我又读到俞晓红教授的《红楼梦意象的文化阐释》，再一次体会到文化阐释的吸引力与启示性。晓红教授的这本论著，在《红楼梦》的解读方面，为我们贡献了一系列富于创造性的见解，也为文化批评积累了可贵的经验。

文化阐释作为一种批评方法，为《红楼梦》研究拓开了广阔的视野，有助于我们发掘《红楼梦》与民族文化传统的深刻联系，受到重视是十分自然的。不过，正像任何一种方法一样，它有其特点与优长，也有局限性。在文化批评中，如果不能合理地科学地运用这一方法的话，往往会产生一种偏向：只注重文化，忽视文学，以文史资料的罗列代替小说文本的体味与分析。晓红教授《红楼梦意象的文化阐释》一书较成功地运用了文化阐释的方法，在小说的历史文化意蕴的发掘上用力甚勤，用心甚细，所得颇丰，但又时时刻刻不脱离《红楼梦》的文本。她之所以能取得这样的成功，我想，可能与下述两点不无关系。

其一，以文本中的意象为阐释的对象。文化批评对小说文本的观照与分析，可以有多种具体的不同的角度；其中，从意象阐释入手，可以说是最有利于贴近文本的一条路径。晓红教授从《红楼梦》中选择了“红楼”、“花园”、“玉”、“花”、“水”、“色”、“镜”、“门”等重要意象，探寻其特定的文化意蕴与在小说文本中的意义。这些意象，在曹雪芹手中，是构建《红楼梦》艺术宫殿的不可或缺的砖石。另一方面，它们又都有久远的生成与积淀的过程，在《红楼梦》之前的文学长河中，曾被一代又一代的作家反复使用，因而形成了约定俗成的意蕴，凝积了在传承中所获得的稳定意义。这种稳定意义频频出现于不同时代的作家笔下，人人习见，最易引发欣赏者的心灵感应。因此，红楼、花园、玉、菊、竹等意象在《红楼梦》文本中，既是大观园世界的绚丽色彩的构成元素，又激发读者的想象飞向那久远的文化传统，体会其中积淀的民族的共同的心理体验。而对这些意象的稳定意义的联想，又拓展和加深着欣赏者对文本的解读。《红楼梦》的很多意象，可以说是传承所积淀的稳定意义与文本语境中的意义的结晶体。对它的观照与分析，自然也就成为文化阐释的有效途径之一。晓红教授在这条途径上探索时，对于观照的每一种意象，都努力追溯其生成源头，搜索其在历代诗词、小说、戏曲或其他文史典籍中的例句，发掘其基本的约定性的内涵，最终落实到《红楼梦》文本，阐发其在大观园世界中的意义。《红楼梦》书名有《石头记》、《风月宝鉴》、《金陵十二钗》、《情僧录》等多种，为什么《红楼梦》一名经过时间的淘洗，获得了广大读者的认同？晓红教授从“红楼”意象探源入手，广泛搜检历代诗词中的“红楼”例句，指出“红楼”乃是“诗文古籍中常见的意象”，归纳出“红楼”一词的七种涵义，并进而论定：“红楼”意象“最基本最重要的两种文化指代”乃是“富贵人家宅院和富家女子楼阁”。“红楼”意象的历代承传的稳定性涵义既已明确，那么，曹雪芹将小说命名为《红楼梦》的意义指向也就易于为人们理解了：“红楼梦”，“既象征朱门红楼的贾府终归散亡败灭、梦幻一场”，“又喻指书中所有青春女子最终逃脱不了千红一哭、万艳同悲的悲剧命运”；因此，“‘红楼梦’是涵容性最强的一个题名”。“花园”无疑是《红楼梦》中又一个关系到文本整体的意象。“天上人间诸景备”的大观园，曾经是一群年青生命激荡情感、绽放才华的“理想国”，最终又成为他们悲剧命运落幕的舞台。晓红教授将大观园放置于古典戏曲、小说的审美长廊中来观照，引导读者回想《西厢记》、《牡丹亭》、《玉簪记》、《娇红记》、《西园记》、《西楼记》等戏曲作品，以及大量的才子佳人小说的花园意象，重温一次又一次重复上演的“私定终身后花园”的场景，从而得出结论：不同时代不同作家笔下的这些姹紫嫣红的世界，“往往是红颜佳人青春觉醒和爱情生发的场所”。古典戏曲、小说的花园也是一个具有稳定文化意蕴的意象。在与前代作品作比照的同时，晓红教授不仅点明了《红楼梦》的大观园对传统花园意象的文化意蕴的继承，还发现了曹雪芹的“极其丰富多彩的拓展”。她指出，《红楼梦》的花园已不仅仅与青年男女的爱情息息相关，而且，其“春花夏草、秋雨冬雪也以它们各自的情韵默默应和着人物的感情与性灵”。“花园”意象实在是红楼天地中的“一个主题性审美意象”。这一类的阐释努力地发掘了意象中历史积淀的文化潜能，既把文化阐释落到实处，又大大充实和开拓了我们对《红楼梦》文本的理解空间。

其二，从文本语境，实际上就是人物形象这一视角来观照传统意象。在宏伟的《红楼梦》艺术殿堂中，人物形象是其艺术魅力的根本。小说文本中的意象，是为人物塑造服务的。任何一个携有稳定文化意蕴的传统意象，当它被曹雪芹写进《红楼梦》文本后，就溶汇在人物形象与情节链条之中。对小说文本中的传统意象的体味，固然不能忽视其生成源头与特定含蕴，同时又要在小说文本语境中来观照，看它对形象创造的意义。晓红教授深谙这一艺术法则，从不脱离文本、忘记人物，从不孤立地堆砌文史资料、罗列前人的诗词例句。《红楼梦》的读者都会感觉到，曹雪芹喜用“玉”来为人物命名，如宝玉、黛玉、妙玉、玉菡、红玉等，这其中必然寄寓着作家的深意。《玉是精神难比洁》一章，对此作了深入的讨论。篇中以较丰富的文史典籍资料，介绍了中国悠久的玉文化传统，指明了玉与社会生活中理想美的象征关系，从而自然地给出了有说服力的讨论结果：曹雪芹将小说的诸多重要人物以“玉”命名（包括宝钗，因为宝钗实即玉钗），这乃是把他们都视为“玉人”，“将如玉的理想美，一一分射到那些美好可爱的艺术形象中”。这种命名，体现了曹雪芹对宝玉、黛玉、宝钗这些人物的赞赏、喜爱的态度。不仅如此，晓红教授还以敏锐的艺术感受力，分别指出，宝玉即“红玉”，黛玉即“绿玉”，妙玉即“白玉”，不同颜色的玉意象，象征着人物不同的性格、气质。如，“黛玉之绿，乃是其清泪莹莹、愁思绵绵的忧郁人生的绝妙象征”，妙玉之白，“既意味着妙玉少女的清纯淡朴，更规定了她身为女尼的绝尘弃埃、无欲少爱的情感特质”。由不同色泽的玉意象的特征出发，导向对人物精神个性世界的深入观照，文本本位的原则，在这样的阐释中得到了努力的贯彻。讨论《红楼梦》中的意象，自然不能忽视五光十色的花意象，如海棠、菊、桃花、梨花、梅、杏等等。在《十二花容色最新》中，晓红教授依据大观园里不同青春女性的个性，联系传统文化中不同的花意象的涵义，细致地分析了人与花之间的象征关系，在汲取传统红学精华的同时，表达了她自己独特的审美体验。

总之，立足于小说文本进行文化阐释，是晓红教授这部著作给我们提供的宝贵经验。通观全书，既有丰富的系统的文史资料引述，又有细致的富于个人特征的文本赏析，二者融汇一体。于是，一部以学术性追求为目标的论著，有了很强的可读性。我相信，它是会受到读者欢迎的。

2006 年 11 月 15 日

目　录

绪 论

中国诗歌创作往往是从意象到意境，后世对诗歌的解读思路也大率如此。因此意象批评便成为中国古典诗歌阐释与研究常用的手段。《易经·系辞》曰："圣人立象以尽意。""象"是某种具体可观的客观象符，"意"是人的某种主观情志，立象的目的是为了尽意。这说明"象"是表达"意"的一个载体，即借助一定的形象化载体表达特定的主观情志。这就突出了抽象思维的具象化。又《系辞》云"象"，为"像此者也"，意味着象与意之间的联系在于两者的像似；而取象的原则是"近取诸身，远取诸物"，"其称名也小，其取类也大"，说明所取之象可远可近，可在己身，可在他物，"象"之称名虽小，"象"所取以类之的"意"却很大。这种取类像似的方式即是一种象征思维。南朝刘勰在《文心雕龙·神思》中提出"独照之匠，窥意象而运斤"之说，首次将"意"与"象"组合运用。"意象"所指，则有了以极为简略的"象"表达极为丰赡的"意"的意味。就古典诗歌而言，意象应是文本结构中最小的材料单元和语词单元，它表达某种特定的意念和情感，是构成意境的元素。中国诗学一向推崇以少总多，讲求韵外之致，故而意象所蕴涵的意义往往超越了字面内容，而表现出丰厚性、多重性。那些表面上看来是单纯、个别的意象，实际上却蕴藏着浓缩了的文化信息，一经读者的柔情触摸和文化解读，便会释放出无限的能量，以充实和丰盈我们的审美感受。

将原属于诗歌领域的意象研究方法移之于古典小说《红楼梦》

的阐释与批评，乃是一种有意的尝试。小说家的创作实践首先使这种尝试成为可能。曹雪芹作为一个饱含生命热情、富于诗文素养的作家，宜当深谙古典诗歌的意象经营谋略。仿佛浸淫于那一种经典的魅惑，他在选择表现的对象和途径时，既要强化某种主观情志或意念，同时又并不想将它们理念化，那么他更多地会选择和借助某个或某些恰当的意象，将自己所要表达的意念和感情糅合进去，使之不断出现在作品中，而令它拥有一定的象征意味，并成为小说整体结构中的一个个有机成分。小说中的“红楼”、“玉”、“镜”、“门”、“水”、“花”、“色彩”等，是作者有意设置的具有丰富内涵的艺术符号，它们随着情节的展开和演进，逐渐呈现一定的象征性内容，以极其简洁的语言形式表达出极为凝练的文化意蕴，当我们细细体味它们时，便会从中感悟和领受到那些超越语词表面的深层内蕴。《红楼梦》仿佛生命的常青树，为我们的意象阐释提供了文本基础。

另一方面，将意象批评运用于小说研究领域，原具有一定的普遍性。西方叙事文学的研究比较看重意象批评，莎士比亚戏剧作品的意象研究已成为西方意象派批评的一个重要分支。《麦克白》中的鲜血与黑暗、《李尔王》中的风雨雷电、《哈姆雷特》中的鬼魂等，都是作品中具有丰富意味的意象，它们以其独特的文化蕴涵引起众多批评家的青睐。另如《简·爱》中月亮、火等自然意象和红、白、黑等色彩意象，《呼啸山庄》中的荒原与风暴等意象，因含一定的象征意义，也都引起中外评论者的关注。美国学者韦勒克、沃伦曾经指出：“在莎士比亚、艾米莉·勃郎蒂和爱伦·坡这样不同作家的作品中，背景（一种‘道具’系统）常常是一个隐喻或者象征：汹涌狂暴的海、暴风雨、荒凉的旷野、阴湿而黑暗的湖沼旁的破败的城堡等。”① 作为一种文学表现手段，

① ［美］韦勒克、沃伦著，刘象愚等译：《文学理论》，三联书店1984年版，第203页。

象征常运用某一具象来类比、代替或隐喻某种情志或观念，它可以使抽象的情思具象化。意象既可作为描述的实体存在，也可作为隐喻的借体存在，一旦它在作品中作为某个隐喻符号多次出现，实际上便成为象征的载体。当月亮、火、暴风雨、荒原、城堡这些意象在隐喻的层面上不断重复呈现，就成为一种象征，甚至是象征系统的一个组成部分。西方意象研究的经验为我们提供了成功的范本。一些学者已将意象阐释运用于中国现代叙事作品的研究，如《雷雨》中的雷雨，《围城》中的城堡与鸟笼，张爱玲小说中的月亮、屏风上的鸟、镜子、金锁等。中国古典小说的研究一向比较拒绝西方理论，而意象作为审美情结的象征形态，本身又具有传统特征，因此用意象批评的思路来解读中国古典小说，便不失为一种行之有效的方法。从这个意义上说，意象阐释的思路和做法，可以拓宽古典小说研究的路径。

意象叙事是曹雪芹营运于小说创作的一种叙事谋略，这已被越来越多的读者所认可。《红楼梦》中诸般意象，往往在它们展示于小说的艺术时空之时，迸射出蕴涵深厚浓郁的诸多文化能量，以充实和丰盈我们的理解。众多意象中，有花、草、风、月、雪、竹、梅、水、石等自然景物构成的“景象”；有红楼、花园、门、窗、门槛等人工建筑物所构成的“境象”；有灵玉、金锁、绢帕、风筝、云锦等生活用品构成的“物象”；有警幻仙姑、可卿仙子等虚拟人物构成的符号化的特殊“形象”。当自然景物、人工建筑、生活物品或是虚拟人物成为一种意象，就具备了或多或少、或浅或深的象征蕴涵。《红楼梦》的这些意象都进入了读者和批评家的审美视野，成为他们对《红楼梦》意象叙事作文化阐释的有效途径。

《红楼梦》诸多意象中，引动读者最多关注的是“花”。花木在传统文化中，往往是美好品格和特殊情志的代表，青春和生命的象征。以钗黛为首的红楼女儿，其才情人品均超出一般人之上，作者作书的目的之一，就是要为闺阁昭传。因此他便借助富有深意的桃花、梅花、菊花、海棠花、杏花、芙蓉、竹等自然物象，来描绘红楼女儿的如花容颜，象喻她们的青春韶华和精神风骨，以落花、飞絮来比拟她们的悲剧性命运，从而构筑了小说文本“花”的意象群。而“花”的极致代表林黛玉，宜乎称之为“花的精魂”。始于20世纪80年代的意象阐释带有系列性特征，感性评判和理性思考兼有。其后20年间，以花木为批评主体的文章不绝如缕，大多重在阐释小说中花木的文化渊源、对表现形象和烘托场景的作用；有的显然增强了“意象”意识，将花、落花等审美意象作为批评小说文本的重要媒介；有的则以古代文化的比德传统来审视《红楼梦》中花意象的文化意义和艺术功能。以花喻人，本是《红楼梦》表现人物的一个重要手段，然何花与何人契合、又如何与人物契合，在读者眼中则是见仁见智、群芳“歧”艳了。

除了“花”意象之外，读者对《红楼梦》里其他一些自然意象也给予了足够的关注。从象征本体而言，“石头”一向有坚顽、不朽、嶙峋、孤傲等文化蕴涵，曹雪芹从女娲炼石补天的神话中延展妙思，将无才补天、被弃不用的异端品格嵌入“石”内，使之成为贾宝玉叛逆性格的象征。从艺术功能的视角看，“石头”意象不仅是小说的中心意象，也是作者设置的一个叙事视窗，并与“通灵宝玉”意象和贾宝玉形象构成了三位一体的特殊意蕴。与“石”意象相对应，“水”是“女儿”的象征，黛玉有泪，宝钗如雪，湘云似云水，探春犹江水。在大观园这个女儿国里，一脉清流应和着上天的汩汩灵河，草上露，梅上雪，竹上雨，面上泪，构成一个声色并作、风光秀异的水的世界，水的王国。而雪、梅、竹、东风等意象，既是一种有形存在，更具确定的象征功能。众多批评者对风花雪月、梅兰竹菊、草木水石的解读，20年间一直没有停歇，且亦歧见纷纭。同样的意象，在不同读者那里显示的审美观照有若许不同，读者的知识结构与审美体验在解读中的作用，可见一斑。

红楼、花园、门和门槛等意象，也在不同程度上进入批评者的视角。清代文人曾从纳兰性德词中找到“红楼”、“葬花”诸词，以为《红楼梦》隐写了明珠家事，当代一些读者却从唐诗宋词中寻找“红楼”一词的语源，有的寻绎出“红楼”是“青楼”、《红楼梦》乃是“青楼梦”的骇世之说；有的则索解出“红楼”在《全唐诗》中存在的九重意旨，解构了“红楼=青楼”的命题；有的认为《红楼梦》的作意及其整部大书的诗的结构、诗的意境，包括《红楼梦》、《石头记》、《金陵十二钗》这几个书名的取意，都与唐诗意象密切相关。从唐诗中寻求“红楼”踪迹，是指破索隐派之明珠家事说的最简捷的途径，而辨析“红楼”意象的多重内涵，则是解构“青楼”说的重要手段。事实上，“红楼”一词早在南朝陈时江总《杂诗》之二中即已出现：“红楼千愁色，玉箸两行垂。”而“红楼”与“梦”的组合，则见于唐代蔡京的《咏子规》诗：“凝成紫塞风前泪，惊破红楼梦里心。”“红楼”在古代诗文中是一个高频用词，尽管也有指代“青楼”的时候，但它并不是“红楼”恒常的文化意涵。作为符号的“红楼”，其最普遍的指代是富贵人家的府邸。与此相关的人工建筑类意象是花园和门。花园本身是一个空阔能容的物理空间，然从它在小说中的文学功能来看，则又是一个叙事意识强烈的文化意象，是《红楼梦》众多意象中最具整体意义的一个主题性审美意象。在中国文学的历史舞台上，花园意象曾无数次被呈现过、描绘过，《红楼梦》则对传统文学意象作了一个承继和拓展。“门”本是“红楼”的一个物理构件，在小说中，它不仅分隔了“家”与外界，且具有“豪门”、“门户”、“闺门”、“空门”等多方面的意蕴。

涉及小说生活用品的物象如通灵玉、人参、冷香丸、金锁、绢帕、镜子、风筝等，也进入了研究者的视野。其中“玉”也是《红楼梦》中的主题意象之一。当“玉”用作饰物配置在人物形象身上时，它只是一件件小物品。而当作者以“玉”命名小说中的男女主角时，则传统文化赋予“玉”意象的诸多美好内涵，便沁入了小说主人公的性情与灵魂，成为他们精神世界的一方象征。“风月宝鉴”原是一个物象化的镜子，因为曾经作过《红楼梦》一书的题名，它便不再仅是一件物品，而更是一个蕴涵着丰富哲理的意象。作为一面魔镜，风月宝鉴蕴涵了“红粉即骷髅”的佛教寓意。释镜诸文，大多观照到镜子的镜象功能，并努力发掘其映照意义之外的其他寓意，并有哲学的和文化的思考充盈其间，显示了较为特别的阐释视野。

既然意象是能看得见的有意之象，那么有意味的“色彩”当然也是一种意象。《红楼梦》的主要色系是红色，作者尊红、泣红、悲红、悼红，在软红氛围中让他心爱的人物走向一片白茫茫的虚空。作者因情设色、对比设色、呼应设色、统一设色，于情感色彩的对比呼应中求取画面形象的和谐统一。这是曹雪芹运用绘画技法于小说创作的突出成就，也是他工诗善画、博学贯通的必然结果。

古典诗歌的阐释多重意象和意境，形象阐释则多关涉小说、戏曲等叙事文学作品的研究。在普遍意义上，形象指的是人物形象。相对于小说文本而言，意象自然也是载意之象，具备符号化、象征化、物化、虚化等特点，形象则较为具象化、人化、实化。但意象与形象又并非截然对立的两个概念。当形象被作者有意抽空其实际内涵，而赋予一定的象征意味的时候，它便演变成为某种意念的符号，同时也就意象化了。小说中的一些人物形象，如茫茫大士、渺渺真人，虽以人形出现，却是幻形示人，并不具备凡骨肉胎，也与其他小说中神仙形象有很大的区别，在其存在意义上，与其说是仙化的人物，不如说是符号化的形象。他们已经成为一种象征，一种意象。又如贾雨村、甄士隐，这两个人物自然是现实生活的凡人，但他们又共有一个明显的特征，即命名的双关性："贾雨村"即"假语存"，"甄士隐"即"真事隐"。这两个命名代表了作者撰此巨著的艺术原则，可谓寄托遥深。因此"贾雨村"、"甄士隐"，就既是形象层面的，也是意象层面的。又如可卿仙子，则是作者有意设置的一个虚幻的"兼美"意象。这位警幻仙姑的妹子"端庄妩媚有似于宝钗，袅娜风流则又如黛玉"，现实中的"兼美"秦氏可卿也是"形容袅娜，性格温柔"，兼具林薛二人的审美特征。警幻仙姑是"兼美"理想的化身，可卿仙子象征着"钗黛合一"的玄秘构思。雅号"兼美"的仙子形象，因此而具备了文化符号的特质。

以往对《红楼梦》意象的阐释研究，呈现这样一些特点：其一，意象阐释的序列性。《红楼梦》所描写的不同景点、物件、建筑、色香、人物等，都能进入意象研究的范畴，显示了小说借助意象叙事的谋略艺术，也体现了众多读者对小说各种意象所组成的意象序列的阐发热情。其二，意象阐释的延展性。不同读者对《红楼梦》同一种意象的阐释，多半呈现后论对前说的精神承继与艺术拓展，其间虽不乏意义解析的偏颇或极端，更多时候却表现为审美阐释的无限多样与丰富。其三，意象象征的理论性。一部分读者对意象象征性的理论关注更甚于对意象本身的文化阐释，无论是中西思维方式的比较还是本土文化传统的挖掘，都饱含一种浓郁芬芳的思辨意味。这就提升了意象阐释的审美价值。

小说意象研究的不足之处也是很明显的。所有的意象都只是小说整体的一个个细小的组成，如果过分关注和强调某一具体意象对表现人物性格或表达作品主题所起的作用，往往有零星琐碎之感，由此导致对形象、情节、主题的整体性审美观照的缺失；而若从象征理论上论述意象的意义，则多半有浮泛现象，缺乏对意象的细致梳理。如何将两者统一起来阐释小说的意象叙事，是一个值得考虑的问题。

本书的阐释立场，是借助美学的视野，植入传统文化的内涵，试图从纵与横的切面，将意象批评和“《红楼梦》与传统文化”的命题结合起来，描画《红楼梦》作为小说文本在意象经营方面的存在状貌及其文学影响。

从意象批评的角度切入“《红楼梦》与传统文化”的命题，首先是将《红楼梦》的意象设置与中国传统文化的内在蕴涵联系起来作阐释批评。《红楼梦》是传统文化的杰作，是古代历史文化长河孕育的一颗夺目宝珠，从精神到形式无不凝聚着传统文化的凤乳麟髓。“意象”既源于古典诗词，作为叙事文学作品的《红楼梦》，所选用的意象自然也浸润了存在于诗歌文本的意象的特定内涵，因此我们在探讨小说之象所代表的“意”时，自然会追溯到《红楼梦》诞生之前的古典诗歌作品。与此相类，意象又是积淀了诸多文化蕴涵的符号化的有“意”之“象”，那么索此“象”之原“意”于各类文史典籍，也是必行之路。求“香草美人”于楚辞，索“红楼朱门”于唐诗，追“落花”于笔记，寻“花园”于戏曲，读史传而圆“玉”意，览文心而演“情”文，令《红楼梦》中的诸多意象与古典文化典籍产生时空对接，这是笔者对小说意象作文化阐释所遵循的一个基本路数。

另一方面，《红楼梦》作为传统文化之杰出的一员，在它成书面世之后，又以其特别的精神风貌影响了其后的文化传统。它不仅表现为对文学艺术本身的直接影响，也表现为对庞大的读者群的精神个性、心理情感空间的间接影响。在文学意象的营运艺术上，《红楼梦》同样也给予后世的文学家以丰厚的文化滋养。在曹雪芹笔下，“红楼”作为贵族府邸和深闺楼阁的一种象征而设置，本身暗含“家”的封闭性、内在性特点；“梦”又具备世事变幻不定、有如梦幻泡影的意蕴。20 世纪诸多小说的题名如《家》、《围城》、《京华烟云》等，呈现明显的意象命名特征，而若深究这些意象的指称内容，又多与“红楼”、“梦”意象在在有关。其他如《京华烟云》中的“王府花园”、张爱玲小说中的“玫瑰”与“镜子”，也深深浸淫着《红楼梦》意象叙事的影响。“兼美”形象原是作为意念层面的符号设计的，小字“兼美”的可卿仙子既风流袅娜又鲜妍妩媚，兼具钗黛二人之美，则钗黛两种类型的女性形象的设置，便自然延伸了“兼美”意象的文化内涵，形成了文本的召唤结构。这种构思借助了程度不同的艺术形式展演于后世的文学作品中，如《家》中的梅芬和瑞珏、《京华烟云》中的木兰与莫愁、张爱玲笔下的红玫瑰与白玫瑰，都在形象的对立与补构中漾现那一种与《红楼梦》的“兼美”意象若即若离的血缘关系。从这个意义上看，《红楼梦》意象的文化阐释，便具备了延拓传统于现代的品格。

意象的文化意涵，也是在不同民族的文化传统、不同国度的文学作品的比较中浮现的。将《红楼梦》放在世界文学之林观照，则可发现它与西方叙事文学作品在意象设置方面的独特性与共通性。《简·爱》多处出现炉火，它无疑是爱欲和家庭温暖的象征，《红楼梦》则着意描绘那一湾清澈的泉水，用以象喻少女的纯洁与柔情。火与水的意象象征，显示了东西方小说家的审美取向之异。《呼啸山庄》、《城堡》等作品的题名意象，莎士比亚剧中的幽灵意象，《红字》中的“A”字佩饰，在与《红楼梦》的题名意象、僧道意象、通灵宝玉意象的平行比较中，释放出其共通的空间封闭性、精神导引性及多重象征性的文化内涵。就多重意象的设置而言，《红楼梦》和《红字》各是东西方小说史上自觉运用象征手法编织小说多元性、系统性的“象征的森林”而获成功的第一部长篇小说。如果说爬梳意象蕴涵于文史典籍是一种文化溯源，探讨意象延拓于后世文学是一种接受立场，那么对中西小说意象的对比阐释则显然借重了比较文学的视角和方法。

意象研究相对于古典诗歌而言，是一个微观的视角。将意象研究的方法引入叙事文学作品的批评视阈，则更显得微小。惟其微小，积淀了丰富的传统文化的精髓与情思，才更凝练，也更见意象批评的要旨。本书是笔者运用意象批评解读《红楼梦》过程的一个阶段性小结。笔者祈望通过《红楼梦》意象批评的实践，延展至整个古典小说界面的意象阐释，并尽可能地使之自觉化、理论化，进而成为我们对中国古典小说进行文化阐释的普遍方法。书内各章按照由点及面、从文本阐释到作品比较的内在逻辑编排，力求主次明晰、虚实相生。本书在理论阐释的严密性与系统性方面存在的不足，也希冀得到方家的批评指正。

第一章　知在红楼第几层

《红楼梦》第一回借空空道人之口，道出该书曾有五个题名：《石头记》，《情僧录》，《风月宝鉴》，《金陵十二钗》，《红楼梦》。当初女娲补天所馀之石，因茫茫渺渺二仙之功，下凡历劫一过，返回大荒山无稽崖青埂峰下。空空道人经过此峰，见石上字迹分明，编述历历，记着石头历尽尘世悲欢离合的一段故事，于是从头到尾抄录回来，问世传奇。这是《石头记》一名的来由。

一、石头如鉴，观摄人间

"石头记"的题名，既可解为"石头所记"，预伏以石头为视角的叙述方式，与第1回中"将真事隐去，而借通灵之说，撰此《石头记》一书"相合；又可解为石头的传记，这就与传统传记类文学作品构词法一致，"记"犹言"传"，"石头记"犹言"石头传"，也就是关于石头的故事。"石头"是传统文化中一个重要的意象，石能补苍天之缺，也能堙东海之澜，还能刻镂人类的功业以使不朽。第一主人公贾宝玉是这块石头在凡界的化身，生来口中衔着一块美玉，名字又唤宝玉，而玉是"石之美"者，故而石头、美玉、贾宝玉，是三位一体的关系。石头的故事就是贾宝玉在凡尘的人生故事。因此，《石头记》的题名，反映出作品的一个重要的主题：贾宝玉人生道路的悲剧。

空空道人抄录回来后，易己名为情僧，改《石头记》为《情僧录》。"情僧录"一词，结构和"石头记"相同，是情僧所录的故事。空空道人由道化僧，事颇怪异，而情僧所录，也就是石头所记：这说明情僧和石头一样，都是作者的代言人，故而情僧也好，空空道人也罢，不过是作者借来表达其佛法意向的一种符号化的表象。由空空而传情，空而有情，表示作者并未彻底抛弃红尘眷恋，主人公贾宝玉的出家为僧，并非作了无情之僧，而是有情之僧，情极之僧。

随后东鲁孔梅溪题名为《风月宝鉴》，甲戌本凡例说是“戒妄动风月之情”。书中贾瑞因动邪念而病入膏肓，跛足道人送来一面镜子，叮嘱他千万不要看正面，而要看反面：这镜子正面是凤姐儿在里边招手，反面是一架骷髅。淫欲正炽的穷少爷贾瑞当然只肯照正面，结果自己变成了一具骷髅。此一题名，表明作者希望读者能够透过书中描写的种种表面繁华富贵、锦绣丰美，而看到一切终将毁灭、红尘不可久持、跳出欲望之苦的本质。风月之情是人生所有欲望的极致代表，凤姐的形象是人间美女的典型象征，若能看破这一点，则一切尘世美梦都不足惜。可能因为“风月宝鉴”的名字会让人误解为一本风月读物，作者最终没有取这个题名。

后又题名为《金陵十二钗》。名字得之于贾宝玉梦游太虚幻境时看到的金陵十二钗图册、判词和听到的红楼梦十二支曲子。书中上中下女子原不止十二个，光图册中就有三十六名，作者借警幻之口说“女子固多，不过择其紧要者录之”，说明十二钗是天下所有青春女子的代表，十二钗中钗黛为首，两人共画一图，共咏一词：“可叹停机德，堪怜咏絮才，玉带林中挂，金簪雪里埋。”一四句咏宝钗，二三句咏黛玉，并没分出谁轻谁重；《红楼梦曲》的引子也道是“怀金悼玉的红楼梦”，说明作者将钗黛两人同时看作“情种”。“都只为风月情浓”①：说明本书并不是什么风月读

① 中国艺术研究院红楼梦研究所校注：《红楼梦》，人民文学出版社 1996 年版，第 74、76、82、82 页。

物，而是为警醒世人不要沉迷尘世的荣华富贵之美梦而设。正如欧阳修所说：人生自是有情痴，此恨不关风与月。第28回写贾宝玉听了黛玉的葬花辞，悲恸万分，想到林黛玉的花容月貌将来会到无可寻觅之时，宁不心碎肠断，而推之于宝钗、香菱、袭人，亦会到无可寻觅之时，自己也不知在哪里，斯处斯园斯花斯柳亦不知归属何人，因此悲伤无极。出离对钗黛的单纯的取舍评价，充溢着对天下所有青春女性及其悲剧命运的关怀怜悯：这才是作者写此一部怀金悼玉、伤逝悲情的《红楼梦》的重要目的之一。

小说开卷曾言："今风尘碌碌，一事无成，忽念及当日所有之女子，一一细考较去，觉其行止见识，皆出于我之上……我之罪固不免，然闺阁中本自历历有人，万不可因我之不肖，自护己短，一并使其泯灭也……用假语村言，敷演出一段故事来，亦可使闺阁昭传，复可悦世之目，破人愁闷，不亦宜乎？"① 以钗黛为代表的金陵十二钗的青春故事和命运悲剧，以贾府为代表的贵族之家衰微颓败的悲剧，由石头眼中看出，又由石头记录敷演，石头有如一面宝鉴，照出十二钗的小才微善、异样情痴，也摄下一个家族的离合悲欢、兴衰际遇。石头所记也就是情僧所录，记录的主体便是风月繁华的贵族之家日渐消亡的过程、石之美者贾宝玉走向叛逆的过程和群钗走向毁灭的过程。因此，"风月宝鉴"、"金陵十二钗"的意象，和"石头记"、"情僧录"的题名，在其象征寓意上获得了内在的沟通。

二、梦中红楼，朦胧括约

小说最终取的是《红楼梦》之名。这的确是涵容性最强的一个题名。"红楼"二字，乃是诗文古籍中常用常见的意象。此词较

① 中国艺术研究院红楼梦研究所校注：《红楼梦》，人民文学出版社1996年版，第1页。

早见于江总《杂诗》之二："红楼千愁色，玉箸两行垂。"[①]《全唐诗》检得含"红楼"的诗句67条，其中属于词句的6条，诗题中含"红楼"的9条。著名的如李白《侍从宜春苑奉诏赋龙池柳色初青听新莺百啭歌》："东风已绿瀛洲草，紫殿红楼觉春好。"[②]李商隐《春雨》诗："红楼隔雨相望冷，珠箔飘灯独自归。"[③]《全宋词》检得83条，名句如史达祖《双双燕·咏燕》："红楼归晚，看足柳昏花暝。"[④]吴文英《荔枝香近·七夕》："蛛丝暗锁红楼，燕子穿帘处。"[⑤]《全元散曲》检得17条，名句如关汉卿《正宫·白鹤子》之四："香焚金鸭鼎，闲傍小红楼。"[⑥]张可久《双调·折桂令·避暑醉题》："醉墨涂鸦，题遍红楼，倒裹乌纱。"[⑦]其他在《红楼梦》问世以前的典籍如全唐五代词、全唐文、敦煌变文、乐府诗集、花间集、唐宋元明清各类笔记、元杂剧、南戏、明清传奇、明清诗词、明清小说中都有不同频率的使用。明唐寅在其《和沈石田落花诗三十首》中，既用到葬花意象，又用到红楼意象，如"双脸胭脂开北地，五更风雨葬西施"，"忍把残红扫作堆，纷纷雨裹毁垣颓"，"苏小堤头试翘首，碧云暮合隔红楼"，"好知青草骷髅冢，就是红楼掩面人"等[⑧]。细辨典籍中"红楼"所指，主要有以下七种类型。

一是富贵人家的府邸。如《昭宗圣穆景文孝皇帝中之下》："（王）建作府门，绘以朱丹，蜀人谓之'画红楼'。"[⑨]元孔齐

---

① 逯钦立辑录：《先秦汉魏晋南北朝诗》，中华书局1983年版，第2576页。

② ［清］彭定求等编：《全唐诗》第5册，中华书局1960年版，第1716页。

③ ［清］彭定求等编：《全唐诗》第16册，中华书局1960年版，第6188页。

④ 唐圭璋编：《全宋词》第4册，中华书局1965年版，第2326页。

⑤ 唐圭璋编：《全宋词》第4册，中华书局1965年版，第2890页。

⑥ 隋树森编：《全元散曲》，中华书局1964年版，第155页。

⑦ 隋树森编：《全元散曲》，中华书局1964年版，第834页。

⑧ ［明］唐寅：《唐伯虎全集》，中国书店1985年版，第7－11页。

⑨ ［宋］司马光：《资治通鉴》第18册，中华书局1956年版，第8581页。

《至正直记》卷4《邵永年》："义兴县邵亿永年，一字惟贤，宋熙宁三魁之后也，世称红楼邵家。"[①] 明冯梦龙《古今小说·史弘肇龙虎君臣会》："虎符龙节王侯镇，朱户红楼将相家。"[②] "红楼"主人非王侯即将相，或名门望族，红楼意象也因此而成为高贵身份、地位的象征。

二是富家女子的居所。如唐白居易《秦中吟》十首《议婚》："红楼富家女，金缕绣罗襦……绿窗贫家女，寂寞二十馀。"[③] 又白居易《母别子》："新人新人听我语，洛阳无限红楼女，但愿将军重立功，更有新人胜于汝。"[④] 明程登吉《幼学琼林》卷2《婚姻》："绿窗是贫女之室，红楼是富女之居。"[⑤] 诗句多有以"绿窗"对"红楼"，绿窗的素淡清冷便衬托了红楼的富丽堂皇。

三是烟花女子的楼阁。如五代尹鹗《何满子》："每忆良宵公子伴，梦魂长挂红楼。"[⑥] 汪梦斗《踏莎行》："红楼十里古扬州，无人为把珠帘卷。"[⑦] 元徐琰《双调·蟾宫曲·青楼十二咏之二·小酌》："聚殷勤开宴红楼，香喷金猊，帘上银钩。"[⑧] "红楼"在这样的情境中，呈现一片旖旎缠绵、欢聚笑宴的软红氛围。

四是宫殿楼阁。如唐王建《上阳宫》诗："画阁红楼宫女笑，玉箫金管路人愁。"[⑨] 陆龟蒙《开元杂题七首·舞马》："曲终似要君王宠，回望红楼不敢嘶。"[⑩] 宫中红楼，有一种威严辉煌的皇家

① ［元］孔齐：《至正直记》，上海古籍出版社1987年版，第141页。

② ［明］冯梦龙：《古今小说》，人民文学出版社1958年版，第226页。

③ ［清］彭定求等编：《全唐诗》第13册，中华书局1960年版，第4674页。

④ ［清］彭定求等编：《全唐诗》第13册，中华书局1960年版，第4705页。

⑤ ［明］程登吉：《幼学琼林》，北京师范大学出版社1992年版，第191页。

⑥ 张璋、黄畬编：《全唐五代词》，上海古籍出版社1986年版，第631页。

⑦ 唐圭璋编：《全宋词》第5册，中华书局1965年版，第3312页。

⑧ 隋树森编：《全元散曲》，中华书局1964年版，第81页。

⑨ ［清］彭定求等编：《全唐诗》第9册，中华书局1960年版，第3416页。

⑩ ［清］彭定求等编：《全唐诗》第18册，中华书局1960年版，第7225页。

气派。

五是寺院楼阁。如唐白居易《广宣上人以应制诗见示，因以赠之，诏许上人居安国寺红楼院以诗供奉》诗："红楼许住请银钥，翠辇陪行蹋玉墀。"① 杨巨源《送定法师归蜀，法师即红楼院供奉广宣上人兄弟》诗："凤城初日照红楼，禁寺公卿识惠休。"②和凝《吴越文穆王钱元瓘碑铭》："红楼绀殿，岂殊七宝之金；玉磬琼钟，不让五云之境。"③ 寺院净土而有红楼，又别有一番庄严华妙的风味，它以无言的宣说在尘俗与修道之间作了链接。

六是菩萨居所。敦煌变文《维摩诘讲经文》（二）："吟丝咏竹向红楼，沉醉便为身快乐。"《大目乾连冥间救母变文》："红楼半映黄金殿，碧牖浑沦白玉成。"④ 如果说寺院中的红楼是目能实见的景象，那么变文中凡所用到红楼之处，则多为冥想所构，以其虚拟形式将凡俗人众的神思指向佛家的西土胜地。

七是边城防戍塔楼。《宋史》卷326《郭恩列传》："然后废横戎、临塞二堡，彻其楼橹，徙其甲兵，以实新堡，列烽燧以通警急。从衙城红楼之上，俯瞰其地，犹指掌也。"同传："夏倚方在红楼，见敌骑自西山大下，与推官刘公弼率城中诸军，闭门乘城。"⑤《宋史》卷485《外国一·夏国上》："初，麟州西城枕睥睨曰红楼，下瞰屈野河，其外距夏境尚七十里，而田腴利厚，多入讹庞，岁东侵不已。"⑥ 唐马逢《从军》诗："汉马千蹄合一群，单于鼓角隔山闻。沙塠风起红楼下，飞上胡天作阵云。"⑦

与"红楼"一词意象相仿的诸如"朱门"、"朱阁"、"朱楼"

① ［清］彭定求等编：《全唐诗》第13册，中华书局1960年版，第4862页。
② ［清］彭定求等编：《全唐诗》第10册，中华书局1960年版，第3722页。
③ ［清］董诰编：《全唐文》第9册，中华书局1983年版，第9007页。
④ 黄征、张涌泉：《敦煌变文校注》，中华书局1997年版，第807、1024页。
⑤ ［元］脱脱：《宋史》第30册，中华书局1977年版，第10522、10523页。
⑥ ［元］脱脱：《宋史》第40册，中华书局1977年版，第14001页。
⑦ ［清］彭定求等编：《全唐诗》第22册，中华书局1960年版，第8762页。

等，在诗词曲赋小说中也是常见的。唐权德舆《放歌行》：“朱门杳杳列华戟，座中皆是王侯客。”[①] 宋欧阳修《长相思》：“烟霏霏，风凄凄。重倚朱门听马嘶。寒鸥相对飞。”[②] 唐顾况《悲歌四》：“何处春风吹晓幕，江南渌水通朱阁。美人二八面如花，泣向春风畏花落。”[③] 五代冯延巳《更漏子》：“褰罗幕，凭朱阁，不独堪悲摇落。”[④] 唐杜甫《寄岳州贾司马六丈、巴州严八使君两阁老五十韵》：“花动朱楼雪，城凝碧树烟。”[⑤] 宋沈瀛《风入松》：“金榜初登，绮阁朱楼对娉婷。”[⑥]《红楼梦》借薛宝琴诗作“昨夜朱楼梦，今宵水国吟”句，述说“红楼”之梦即是朱楼之梦，与李商隐之“昨夜星辰昨夜风”有异曲同工之妙。又“红楼”与“梦”组合，在《红楼梦》之前也有使用，如唐蔡京《咏子规》：“凝成紫塞风前泪，惊破红楼梦里心。”[⑦] 虽不敢断言蔡诗即是《红楼梦》题名的文学渊源，然而说《红楼梦》作者是从唐诗宋词的文化宝典中，撷取最为他感动的那个主题性意象，来命名凝聚他一生血泪的作品，庶几近之。

倘若依循索隐派的思维方式来寻找《红楼梦》所写本事，不仅可以解读为影射帝王将相、嫔妃宫女，还可以坐实为描写寺院僧尼，或者干脆认定是青楼妓院的隐喻象征。可是作为最基本最重要的两种文化指代却恰恰被索隐者所忽略，那就是富贵人家宅院和富家女子楼阁这样两个涵义。从这两个角度出发来审视“红楼梦”，它既象征朱门红楼的贾府终归散亡败灭、梦幻一场，寄寓着贾府这个贵族之家盛极而衰的悲剧必然性；又喻指书中所有青

① ［清］彭定求等编：《全唐诗》第10册，中华书局1960年版，第3672页。
② 唐圭璋编：《全宋词》第1册，中华书局1965年版，第123页。
③ ［清］彭定求等编：《全唐诗》第8册，中华书局1960年版，第2943页。
④ ［清］彭定求等编：《全唐诗》第25册，中华书局1960年版，第10154页。
⑤ ［清］彭定求等编：《全唐诗》第7册，中华书局1960年版，第2428页。
⑥ 唐圭璋编：《全宋词》第3册，中华书局1965年版，第1664页。
⑦ ［清］彭定求等编：《全唐诗》第14册，中华书局1960年版，第5363页。

春女子最终逃脱不了千红一哭、万艳同悲的命运悲剧。尤其在清朝，门楼漆色有严格的等级规定，而世代簪缨之族的贾府两座大门都是大红漆色，所以“红楼梦”无疑寄寓着贾府这个贵族之家盛极而衰的悲剧必然性。在这个家族历史悲剧的大背景之下，演出了贾宝玉的人生悲剧和以钗黛为代表的所有青春女子的命运悲剧。这三重悲剧，是《红楼梦》多义性主题中最重要的三层内涵。

“红楼梦”还有“红楼成梦”的意思，这就有了动态的意义：所有的一切美好——如宝似玉般的嫡继承人，沉鱼落雁般的青春少女，鲜花着锦般的侯门豪宅，都在特定的时代背景之下，化作一片白茫茫大地真干净。“梦里红楼接大荒，情天色界两茫茫。”① 真而成梦，红而变白，书名正揭示出这一动态的社会法则。“石头记”固然朴素，然而不及“红楼梦”涵容量大；“金陵十二钗”的主题意向较为单一；“风月宝鉴”、“情僧录”又容易误导读者；“红楼梦”则是一个最佳的选择。红楼，乃是一个朦胧而又括约的主题意象。这也是这个题名能够深入人心的一个重要缘由吧！

三、红楼一梦，随风而逝

在最为通行的两种英译本杨宪益译本和霍克思译本中，“石头”和“红楼”的意象出现了东西方文化对接的差异。杨译本以庚辰本为底本，本应取“石头记”之名，却将书名翻译为“*A Dream of Red Mansions*”；霍译本以程乙本为底本，当取“红楼梦”之名，却偏译作“*The Story of the Stone*”。霍克思是英国的汉学家，在英语中，“Red”一词暗含“暴力”、“血腥”等意思，为英语世界读者的文化接受考虑，霍克思选择了“石头记”的书名。在小说文本中，凡是用到“Red”之处，霍克思无一例外都作了不同程

---

① ［清］潘炤：《莺坡居士红楼梦词》，一粟编：《红楼梦卷》，中华书局1963年版，第432页。

度的词语改换，或以“Green”替代“红”，或以“Golden Days”代表“红楼”，这种“变色”处理有时会带来一些意外的阅读效果，有时也会导致读者对原著文化蕴涵理解的偏差。如以“The House of Green Delights”、“Green Boy”、“A Dream of Golden Days”等来对译“怡红院”、“怡红公子”、第5回红楼梦曲中的“红楼梦”。公子由红变绿倒也无妨，因为怡红院中本身就是蕉棠两植；在红楼里度过的梦一般的风华岁月译作“黄金岁月的梦”，也有一种形异神似之妙；倘若将“红楼梦”直译为Green mansions，那就有点不妙了。译者也深知中国文化的三昧，所以选取了“石头记”的题名。又如《世难容》曲中“可叹这青灯古殿人将老，辜负了红粉朱楼春色阑”一句，杨译作：

> By the dim light of an old shrine she will fade away,
> Her powder and red chamber, her youth and beauty wasted。

霍译作：

> Sad it seemed that your life should in dim – lit shrines be wasted,
> All the sweets of spring untasted。

比较可知，出身于不同国度、不同文化背景的翻译者，在面临同一个文化意象时选择的不同译法，带有他们与生俱来的知识结构与文化底蕴的强烈色彩。

和《红楼梦》命名相似的西方小说有《飘》。《飘》的英文是Gone with the wind，直译就是“随风而逝”。书名本身就凝结着一种对飘逝了的往昔美好岁月的眷恋惜别之情和无可奈何的惆怅意绪。女主人公郝思嘉风华正茂、展露自己青春魅力之时，战争正在走近，南方蓄奴制度正在走向解体，而南方人失去战争的同时，也失去了按照自己理想重建庄园的可能性，不得不任由北方人侵入自己的家园。郝思嘉们想按照自己的价值观念来开拓新生活，其价值观念和开拓精神却又是在维护旧家园的过程中才发挥作用，这就注定了他们得不到南方贵族的认同，也得不到历史的同情。表现在爱情上，也是一种无可奈何的悲剧旋律。郝思嘉爱上与媚兰订婚的希礼，白瑞德却又爱上郝思嘉，当郝思嘉最终发现自己爱的就是白瑞德这样的男人时，白瑞德却已经心灰意冷，爱情已经不复存在，他真正需要的是媚兰那样带有宗教性质的宽容博大的仁爱的女子，可是媚兰却死了。这一切的一切，都随风而逝，是那样令人感伤，那样地虚幻迷茫，不可捉摸。这就如同《红楼梦》的“梦”一样，世事无常，恍惚飘然，转瞬即逝，一切皆空，红尘世界中的种种美好不可久持，徒留轻烟般的愁绪给人回味。

第二章　芳园应锡大观名

花园，无疑是《红楼梦》众多意象中最具整体意义的一个主题性审美意象。在中国文学的历史舞台上，花园意象曾无数次被呈现过、塑造过，《红楼梦》则对传统文学意象作了一个承继和拓展。

一、呈风情群芳荟萃

大观园是曹雪芹熔铸我国古代园林艺术而用文学语言创造出来的古典园林。它是一座具有完整意义的花园。

一进园门，迎面一道翠障挡住视线：它不是一般的屏障，而是叠石为山，白石崚嶒，或如鬼怪，或似猛兽，纵横拱立，石上苔藓斑驳，藤萝掩映，石间曲径通幽；穿过石洞，可见佳木葱茏，奇花烂漫，一带清流从花木深处泻于石隙之下，落花越多，其水越清，溶溶荡荡，曲折萦纡，水到闸前，则如晶帘一般奔入，好似银练倒悬；远视则旁有飞楼插空，雕甍绣槛，前有崇阁巍峨，层楼高起，与他处之黄泥筑就短墙的数楹茅舍、粉垣清凉瓦舍的几间抱厦、隐于山道林间的幽尼佛寺以及花亭水榭遥相呼应，形态各异；俯视则有清溪泻雪，石磴穿云，白石为栏，环抱池沼，石桥三港，兽面衔吐，池边两行垂柳杂着桃杏，掩着一条幽僻小径，桥上有亭翼然，立此沁芳亭上，可观园内全景；园内花木繁盛，有千百竿翠竹遮映，有几百株杏花如火蒸霞，有奇异香草牵藤引蔓、垂檐绕柱、萦砌盘阶，还有大株梨花，阔叶芭蕉，满架蔷薇，拂檐青松，绕砌玉兰，以及芍药海棠、桑榆槿柘。

大观园原为帝妃省亲、与家人团聚而建，故大观园有似皇家花园，园内主要建筑省亲别墅外形庄严富丽，背靠青山，面临清池，遥对正门翠障；为帝妃赏玩宴游之需，又有凤尾森森、龙吟细细、清凉幽静、宜于读书下棋的潇湘馆，丝垂翠缕、葩吐丹砂、味香气馥、宜于烹茶操琴的蘅芜苑，蕉叶舒卷、阔朗雅致、案大笔满、宜于写字作画的秋爽斋，茅屋数楹、青篱两溜、佳蔬菜花、体现耕读传家意识、别具农家风味的稻香村，以及宜于赏花观鱼或宴饮欢会的牡丹亭、红香圃、芭蕉坞、凸碧堂、凹晶馆。

大观园又为群芳会聚、各呈风情而造，所以园有四季之美景，以烘托她们的言行举止、心情魔态。春光明媚之时，沁芳闸前银练衬着满地落红，宝黛在此惜花拾花、共读《西厢》，又芍药裀里红香散乱，蝶飞蜂舞，醉卧的湘云半埋在落花里；夏日的蝉声雨意里，宝钗忘情扑蝶于滴翠亭边，椿龄痴情画蔷在蔷薇架下；秋桂飘香之际，游鱼唼喋，花黄水碧，竹桥作响，群芳日则吟菊赏桂，持螯绝唱，夜则皓月清风，赏月品笛；冬雪飘飞之日，则有槿篱竹牖、四周芦苇的芦雪庭吟雪联句、抢吃鹿肉，又有妙玉赠梅，宝琴立雪，风景如画。

元春省亲时，众姐妹纷纷作诗颂圣，咏赞此园为人间仙境：“天上人间诸景备，芳园应锡大观名”（元春），“园成景备特精奇……谁信世间有此境”（迎春），“名园筑出势巍巍……果然万物生光辉”（探春），“园修日月光辉里，景夺文章造化功”（惜春），“秀水明山抱复回，风流文采胜蓬莱”（李纨），“芳园筑向帝城西，华日祥云笼罩奇”（宝钗），“名园筑何处，仙境别红尘”（黛玉）等。

花园因山而呈风骨，因水而现气脉，因花而赋生命，因木而显精神，因人而拥有性灵与灵魂。大观园有山，有水，有花，有木，有山亭水榭，花光月影，更有风流婉转、才情四溢的一群佳人。大观园是风光秀异、鲜活灵动的一座花园，是一座完整意义上的花园。

大观园之建造虽以元妃省亲为由，其目的却是作者为群芳荟萃、展示青春、共演红楼悲剧而设。省亲的场面与情节固然淋漓写尽帝妃后宫的怨苦与骨肉离散的悲凉，然第28回宝玉面对黛玉时自我表白的一番话却无意中道破了元妃形象现实存在的虚妄："我又没个亲兄弟亲姊妹——虽然有两个，你难道不知道我是隔母的？我也和你是独出，只怕同我的心一样。"贾珠虽死，元春尚在，焉能云"独出"、"隔母"？此一细节恰好说明元春省亲的意义所在。元春以帝妃之尊下谕命众姐妹进园居住，并命宝玉随进园去读书，既不使佳人落魄，花柳无颜，又免去爱弟冷落，祖母、母亲愁虑。于是群芳得以会齐于大观之园。花园原在"会芳园"基础上拓建而成，又因有了千红万艳的聚会而一时蔚为"大观"。"芳园应锡大观名"之句，在其象征意义上揭明元妃形象的特殊作用。对此，脂砚斋有着十分确切的觉解："大观园原系十二钗栖止之所，然工程浩大，故借元春之名而起，而用元春之命以安诸艳，不见一丝扭捻。"[①] 荟萃群芳的大观园只有清纯女儿及其侍女们居住，除"诸艳之冠"宝玉外不见其他男性，偶尔的例外是第25回贾芸带花匠入园植树，第51回胡太医入园为晴雯治病，各处丫鬟全都被告知回避，来者"只见了园中的景致，并不曾见一个女子"。脂砚斋说此"俨然大家规模"[②]。即便是贾芸、贾环等人一两次问候宝玉，也只限在紧靠大门的怡红院内活动。这一人间仙境，纯然是一清净芬芳、隔绝尘世的女儿园。

二、戏中戏青春警醒

大观园作为花园的意义显然不止于此。在传统文学作品中，

---

① 朱一玄编：《红楼梦资料汇编》，南开大学出版社2001年版，第365页。

② 朱一玄编：《红楼梦资料汇编》，南开大学出版社2001年版，第480页。

花园往往是红颜佳人青春觉醒和爱情生发的必然场所，尤其是中国古典戏曲，花园作为男女主人公美好的生活环境而成为它表现人物感情世界的主要场景；展演故事的舞台就是一座可观性特强的立体花园。

古典名剧《牡丹亭》中，花园启迪主人公青春觉醒的作用尤为警醒。杜丽娘自小受到父母的严格管束，终日“守砚台，跟书案，伴诗云，谙子曰”，过着一种简淡冰冷、封闭压抑的深闺生活，长到一十七岁，居然不知自家有一座后花园；午间偶然一打盹，竟被母亲视为大逆不道，立即给予严厉责备；父亲延请的塾师陈最良乃一腐儒，自诩六十年的生涯“从来不知伤个什么春，悲个什么秋”。在这种令人窒息的环境中生活的杜丽娘，一旦置身于春光明媚、花红柳绿的花园，其内心的自然天性立刻就被唤醒了。她先是陶醉其中：“原来姹紫嫣红开遍，似这般都付与断井颓垣。良辰美景奈何天，赏心乐事谁家院！……朝飞暮卷，云霞翠轩，雨丝风片，烟波画船。锦屏人忒看的这韶光贱。”在亭中小憩时，她又感到有些孤独和失落：“遍青山啼红了杜鹃，荼蘼外烟丝醉软。牡丹虽好，他春归怎占的先。闲凝眄，生生燕语明如翦，呖呖莺歌溜的圆。观之不足由他缱，便赏遍了十二亭台是枉然，倒不如兴尽回家闲过遣。”面对花园“芭蕉叶上雨难留，芍药梢头风欲收，画意无明偏著眼，春光有路暗抬头”的景色，“随步名园是偶然”的杜丽娘触发了自身命运的伤感：“可惜妾身颜色如花，岂料命如一叶乎？”大自然的花花草草、莺莺燕燕，启悟了杜丽娘青春与个性的觉醒，诱发了她对爱情生活的渴望和向往，于是在梦中，她和情人相见并相爱，演出了一曲由梦生情、因情而死、死而复生的悲喜剧。弥漫自然力的花园是全剧情节的一个重要契机，是女主人公感情历程的起点，是她实践爱情的场所，也是作者用以阐发该剧题旨的一个聚焦景观。

重视花园的特殊意蕴，在《牡丹亭》之前数百年的元剧《西厢记》里已有充分表现。张生那一曲“争奈伯劳飞燕各西东，尽在不言中”[1] 的悠扬琴声，是穿过花园传进莺莺耳中心中的；莺莺那一首“待月西厢下，迎风户半开。隔墙花影动，疑是玉人来”[2]的传情诗笺，是借助红娘之手在花园里传递的。张生吟诗酬和，莺莺拜月焚香，无不在花园里进行。尽管崔氏母子三人是寄住蒲东寺庙中，可为了男女主人公抒发情爱之便，寺庙也有了风景秀丽的花园。明传奇《玉簪记》写女尼陈妙常与书生潘必正的爱情故事，在江南一带十分著名。剧中两人从相识到相爱，均发生在女贞观后的花园里。其他如《娇红记》、《西园记》、《西楼记》，凡一涉及青年男女的感情生活，无不与姹紫嫣红的花园密相关涉；而“十部传奇九相思”，这就越发注定了花园出现于戏剧中的频率之高。花园实际上已成为戏剧中具体可观的叙事手段。

古代戏剧叙事艺术向小说渗透的结果，导致小说中花园意象纷呈。这在明末清初大量的才子佳人小说中表现得分外明显。往往先是才子游学踏青在外，或以游学之名访求佳偶，信步花园，赏花动情而题诗于园墙；佳人偶见而和之，字必秀雅，诗必奇佳；才子复至见而慕之，于是暗访细求，终与佳人相约相见（或约而不见），私定终身。所谓“私定终身后花园，多情才子中状元，奉旨完婚大团圆”，已形成此类小说情节的一般模式，花园是这模式三部曲中的开端和基础。比之于戏剧花园的启悟意义，才子佳人小说中花园对佳人青春警醒作用不太显豁。缩结男女主人公感情联系的主要是那一两首诗，花园不过是启动这诗情的某种自然符号。在花园成为主人公情爱生发的契机这点上，其艺术境界远逊于那些经典戏剧。

《红楼梦》中的花园意象既承继传统文学意象而来，又有极其

① 王季思校注：《西厢记》，上海古籍出版社 1978 年版，第 87 页。
② 王季思校注：《西厢记》，上海古籍出版社 1978 年版，第 108 页。

丰富多彩的拓展。它完全不像才子佳人小说那样，让男女主人公花园偶遇随即钟情（甚或未见钟情），进而定盟；也非如戏剧花园的启悟人性于瞬间，生成情爱于片刻。大观园是完整意义上的花园，众女儿不仅赏玩游宴其内，而且日常起居亦在其中，春夏秋冬，朝朝暮暮，她们的举手投足无不与花光月影叠印，她们的颦笑涕泣无不与风声雨意相和。在这样一个气脉流动、生机盎然的人间仙境，她们自然任情，绽放各自的个性之花；远离世俗尘嚣、散发清新芬芳的人文化的自然景观，成为她们青春焕发的凭藉。于是襟怀洒落、无拘无束醉眠于花丛，或轻盈愉悦、蹑手蹑脚扑蝶于池边，或有邀众结社之风雅，或有吟诗联句之俊迈，亦有挥毫作画之奇才，围棋斗草之趣事。宝黛共读，读出了心心相印的青春之爱；黛玉聆曲，悟出了青春易逝的生命之悲。怜花，无异于对自我青春的怜惜；葬花，根由于满腔情爱无所依托、如花生命转瞬将逝的悲凉预感。

《红楼梦》第23回，在明媚柔丽的大观园里，先是贾宝玉和林黛玉共读《西厢》，后留下黛玉一人聆听《牡丹亭》。一是读戏剧脚本，一是听戏文演唱，均构成《红楼梦》中的戏中戏。在《红楼梦》之前的小说，也有设置戏中戏关目的，如《金瓶梅》第63回，李瓶儿已死，西门庆在家中请来戏班，上演《两世姻缘》，贴旦扮演玉箫女唱“今生难会面，因此上寄丹青”，西门庆由这唱词发生联想，想起李瓶儿生前的模样，心中十分伤感。在这里，《两世姻缘》便做了推动情节发展的“戏眼”，同时也映照出西门庆此时的特别心境。这也是一笔两写。《红楼梦》用《西厢记》铺垫着宝黛心中对朦胧爱情的共同喜悦，然后又用《牡丹亭》中《惊梦》的曲词来拨动黛玉的心弦，激发黛玉内心深处对自己处境、命运的伤感式联想，黛玉最终“心痛神痴，眼中落泪”。林黛玉穿花度柳，随步芳园，主观本无意于游园，而恰似游园；杜丽娘如梦如幻一般的唱词，恰又惊醒戏外人的梦。戏中情是戏外人之情，戏外人正体验着戏中人的特定情境，这样黛玉在想什么，读者也就通过两部戏的内容知道得清清楚楚了。清人鹤睫《红楼梦本事诗》曾咏此情此景，道是："春昼初长午梦醒，隔墙人唱《牡丹亭》。曲中写出侬心事，愁倚花锄掩泪听。"[①] 显然，作者将《西厢记》和《牡丹亭》安排在同一回中出现，是其匠心所在：一来点染了宝黛当时所处的环境氛围，二来表现了宝黛的精神生活和审美趣味，三来推动了情节的不断发展。戏中戏，成了宝黛爱情的催化剂[②]。

侍女优伶群落中，则有芳官寿怡红夜宴时的妩媚潇洒，藕官假凤泣虚凰时的缠绵悲戚；晴雯补裘，补出一片纯情无私的光彩，紫鹃谏玉，谏出一种平等真挚的风骨；龄官画蔷，画出了情的执著，司棋殉情，殉出了爱的尊严。展演在大观园里的人文景观，更多的是对群芳青春生命的展露和歌咏，对她们个性尊严的披示和赞誉。花园的中心意象虽然仍与男女情爱息息相通，然这得之于大自然的个性启悟并非在片刻完成。作者将人物对自我生命的感悟、彼此爱情的滋长置放于一个较为漫长曲折的自然时间里，让它在生活化的生命流程中渐渐演进；而大观园的春花夏草、秋雨冬雪也以它们各自的情韵默默应和着人物的感情与性灵，在季节的变换与时间的推移中幻演爱的节奏与色彩。这既突破了戏剧舞台上花园时空的拘囿，又极大地拓展了才子佳人小说花园意象的蕴涵，在意象沿用上大大前进了一步，从而蔚为古典文学花园

① 一粟编：《红楼梦卷》，中华书局1963年版，第552页。

② 今人白先勇当从古典文学中得到很多有益的营养。其短篇小说《游园惊梦》即采用了戏中戏的构思。已嫁作将军夫人的女主人公蓝田玉在舞台上演唱《游园》，正唱到"泼残生"时，一眼瞥见妹妹月月红正和自己的将军参谋情人在台下调情，顿时遭到毁灭性打击，而这又是在数年之后重新登台唱同一出戏时在脑海中不断回放出来的。如果说黛玉听《游园》是顺写，是正衬，那么蓝田玉唱《游园》就是倒叙，是反衬了。黛玉听戏是受到情的启蒙，蓝田玉唱戏是遭到情的挫伤。这是一向喜爱昆曲的白氏的新创之处。

意象之大观。

三、园中园气韵天然

大观园的时间以春夏秋冬四季循环作为刻度，这是将花园的自然气象加以生命化、抒情化的结果。群芳在大观园内的生活时间究竟有多久？是从宝玉十三岁入园起至十九岁出家止的七年，还是仅有两三年的光阴？似乎无法作出精确的计算。大观园时间的模糊性很让我们费一番思考的周折。包括花园中人物的年龄忽大忽小，没有确数。其实我们也不妨将它视作小说家审美趣味的一种折射。作者所关注的，正是花园四季气象与人的性灵精神合拍呼应的诗家情趣，因而具体的年月进程不受重视乃是当然。诗人气质浓郁的小说家所深为关怀和着力表现的，是叠印在水光花影里的人的灵性心影，是与落花流水交映的人的青春和情爱。当林黛玉在花谢花飞飞满天的画境里荷锄葬花之际，我们体味到这位深闺少女的怜春伤春便已足够，又何必要泥执于这情节发生在红楼纪年的哪一年哪一月哪一天？

大观园时间既以自然季节为生命刻度，则花园便在某种程度上成为群芳人文精神的象征。不同于古典戏剧花园时间的直观性、直线性，也不同于言情小说景象的符号性和点缀性，大观园这座花园以其不同的四季气象悄然应和着诸多少女各异的气质与情感，从而显示出它的立体化和层次感来。

毫无疑问，林黛玉形象与花园之春的意象翕翕相关。其姓名首先令人想起春天的竹林："黛"为深绿之色，"黛玉"即是"绿玉"，而绿玉恰是竹的别名。唐白居易有诗曰："篱菊黄金合，窗筠绿玉稠。"① 合而观之，"林黛玉"意象便是一片春意盎然、清新隽逸的翠绿竹林。林黛玉的居所恰恰是千百竿翠竹遮映的潇湘馆，

① ［清］彭定求等编：《全唐诗》第13册，中华书局1960年版，第5011页。

那竹“竿竿青欲滴，个个绿生凉”，组成翠绿幽凉的春的氛围。宝玉曾题一联云：“宝鼎茶闲烟尚绿，幽窗棋罢指犹凉。”理应茶沸烟生，棋移指凉，但为了渲染潇湘馆的绿与凉，作者便着意从人为感受的角度去撰联：“茶闲”尚见烟绿，是翠竹之遮映所致；“棋罢”犹觉指凉，是浓郁之绿意所染。一次宝玉去潇湘馆，“走到窗前，觉得一缕幽香从碧纱窗中暗暗透出”[①]——纱窗为碧，透窗而出的幽香岂不染绿？黛玉那“每日家情思睡昏昏”的低语，也随这幽香透出纱窗，温馨地渗进了宝玉的心灵。这绿意幽香，意味着黛玉因爱情萌生而满含羞喜的春一般的生机，以及心底与情俱来的对爱情前景深感迷茫的淡淡的哀愁。

花开花飞应是花园春天最为明媚灿丽的景观，而大观园的飞花恰与林黛玉的感情性灵最为关洽。林黛玉生于二月十二日花朝，喻示她原为花的化身；《葬花辞》哭吟于四月二十六日芒种节，众姐妹饯花而林黛玉葬花，其寓意不言自明。从时间上看，它完构了花园的春季。当沁芳闸前落红成阵，花浮水面而流水沁芳时，人们会很自然地想起，那一脉渗透芬芳的清流宛似闺中女儿青春柔婉的青春生命，而满天飘飞的桃花又是她满腹愁绪、满腔情爱的象征。花片飘落水面，则又无情地披示青春流逝、情爱消亡的人生现实。“明媚鲜艳能几时，一朝飘泊难寻觅”，“试看春残花渐落，便是红颜老死时”[②]：林黛玉是属于春天的，她生命的一切都与春意相生相随，一旦春残花落，她便也泪尽而逝。大观园的时间流程幻化为“花落水流红”、“落花流水春去也”的凄艳画意，而一篇哀感顽艳的葬花绝唱也浓缩了林黛玉春一般明媚而短暂的生命历程。

① 中国艺术研究院红楼梦研究所校注：《红楼梦》，人民文学出版社 1996 年版，第 222、353 页。

② 中国艺术研究院红楼梦研究所校注：《红楼梦》，人民文学出版社 1996 年版，第 371 页。

与花谢花飞、生意盎然的春景相对峙，薛宝钗形象的气质性情一似花园之冬。她既出生在寒冷的冬季，其姓又谐严冬之"雪"。所居蘅芜苑内只草无花，牵藤引蔓，冷而苍翠，卧室内"雪洞一般，一色玩器全无"，床上青纱帐幔，衾褥朴素，衣饰也半新不旧，连吃的药丸亦名冷香丸，更不用说她那藏愚守拙的个性，冷凝淡漠的情感世界了。仆人兴儿评议她是雪堆成的美人儿，气儿大了会吹化她，十分形象地道破薛宝钗如冬雪般淡朴肃穆的性情特征。

正值青春妙龄的深闺女儿，其情其性却冷似冬雪，这当然是一种生命遗憾。作者既然无法悖逆生活之真来抹平春意与冬寒的本然差异，便延展其妙思，重塑一个少女形象以作补充。于是薛宝钗便有了妹妹宝琴。从性格立体化角度而言，薛宝琴并不那么丰满独特。她较迟才聚来大观园，容貌出众且年轻心热，与林黛玉尤觉亲近。"年轻心热"一语便是作者对宝钗形象冷漠面的一个延展补构。与此相应，最具象征意义的自然意象便是宝琴身披红氅立于白雪之上，一丫鬟抱一瓶红梅侍立其旁。宝琴许嫁梅家，咏梅诗雅艳奢华，立雪之时又被众人共誉与梅"双艳"：这雪上红梅意象便寓示宝琴既如宝钗般端凝含蓄，又胜似乃姐，盈溢那纯真挚热之情的性灵世界。本来，蘅芜苑里异草奇香，适于操琴，而宝钗似从未流溢些许的琴韵，"宝琴"之名亦是一种无言的补说。又宝琴者，宝情也，如梅的雅艳之情完构了原有缺憾的"无情"的花园冬景。

探春名关春天，而其气质性情却更接近秋日意象。探春所居为秋爽斋，雅号蕉下客。芭蕉叶的舒展宽阔与她"素喜阔朗"的个性极为吻合，斋名亦恰如其分地寓示了探春有如清秋之飒爽冷静的气度。卧室三间不曾隔断，陈设布置皆突出一"大"字：大案、大花囊、大幅米画、大鼎、大盘；又堆有各种法帖、数十方宝砚、各色笔筒、笔如树林，藉物之"多"而凸出探春高雅洒脱的书卷气。探春行事说话也极为清爽干练，志向高远，一如秋空的洗练明快，海棠诗社的建立正出于探春的雅调高情。当众姐妹应邀而至，尽兴抒情之时，秋爽斋正值清秋爽日。十二钗正册探春之画，是一片大海，呈深蓝阔远之象；判词“清明涕送江边望，千里东风一梦遥”之句，亦传送出那一种烟波浩淼、水天相接的意境；其曲“自古穷通皆有定，离合岂无缘”[①]之吟，则更是探春襟怀洒落、气度阔朗的逼真小照。抄检之夜秉烛而待的身影，理家之隙举棋凝思的神情，皆烘染出一派处变不惊、冷静清雅的特殊风采。秋空高远阔朗，秋意清冷明爽，如秋的气象是探春的襟怀。

湘云的人生近似于花园夏意。湘云的性情气质既非林黛玉式的缠绵哀艳，又无薛宝钗式的冷凝淡漠，也不似贾探春那样清明冷静，而是心直口快，娇憨活泼，待人热情宽宏，是心胸最为晴朗爽丽的一个，有如夏日晴空绚丽多彩的云霞，又似“霁月光风耀玉堂”。湘云在大观园中并无固定居所，但作者却借人物之口道出她家原有一“枕霞阁”，好比园林艺术中的“借景”法，读者也因此视窗而窥见湘云的气象特征。湘云又雅号“枕霞旧友”，判词云“湘江水逝楚云飞”，曲云“云散高唐，水涸湘江”，霞光云影灿丽多彩，然云易飞散，水易干涸，诸般皆应和了夏日的自然气象。云霞辉煌于空而不持久，寄寓着湘云青春不永，婚姻美满而短暂，转瞬即逝，以致情爱失所的命运意涵。

从园林艺术的角度而言，水是花园的命脉，花园无水便无生气，有水则脉理贯通，全园生动。大观园的一脉清泉是园内最为鲜活流动的一道自然景观。泉名沁芳，是因落红浮水、沁芳溢香而得名，这又构成了众女儿青春生命意义上的人文景观。“女儿是

① 中国艺术研究院红楼梦研究所校注：《红楼梦》，人民文学出版社1996年版，第77、83页。

水作的骨肉”，若以水喻群芳，则林黛玉一似缠绵柔婉的春波，史湘云有如云霞幻就的夏雨，贾探春则如清澄悠远的秋水，而薛宝钗恰是冷凝静穆的冬雪。

大观园的时光流度实在是诗情渗透了自然、自然关注了生命的再现。钗黛们的生命精神借助她们的居所氛围而与春夏秋冬四季相韵和，这又在花园的空间位置上体现出人文化了的意象多维结构。潇湘馆、蘅芜苑、秋爽斋，以及怡红院、藕香榭、稻香村、红香圃等，既是整个花园中的一景，它们本身又分别是具有独立意义的园中之园。潇湘馆的幽雅曲致，秋爽斋的阔朗明快，都并非出自林黛玉或贾探春的设计、布置，而是出自于她们在已然前提下的选择。从第17回贾政率众清客及宝玉游园题额的情节可知，各处园景特征和室内陈设俱是“一处一处合式配就”，并在省亲活动中起一定的作用。贾政一见潇湘馆的幽静氛围，便以为“若能月夜坐此窗下读书，也不枉虚此一生”①，宝玉又题“幽窗棋罢指犹凉”之句，皆表明这是一个适合读书下棋的幽雅屋舍；刘姥姥后来见到室内窗下案上设有笔砚，书架上磊着满满的书，误作哪位哥儿的书房，应视作是第17回游园所见情景的延伸。至蘅芜苑，则又从贾政口中得知这是一处“煮茶操琴，亦不必再焚香”的清馨居所。稻香村的田家风味、秋爽斋的书画格调，皆宜作如是观。为元妃省亲赏玩游乐之需而设计的各色院落，事后一一分派给众女儿及宝玉居住，其气象氛围却与众人的内在气度与性情无一不合，这自然是作者超越事件的叙事谋略。这一人文精神与自然气象天然璧合的意象，便形成了花园内既交错又融合的生命化的时空结构。自然景象的季节循环，在同一时空内即可进行，有如园内沁芳泉水，引入园中或为溪流，或如瀑布，或为池为湖，或盘

① 中国艺术研究院红楼梦研究所校注：《红楼梦》，人民文学出版社1996年版，第222、221页。

旋竹下，穿洞绕阶，最后仍合在一处流出园墙，在园中便可完成其生命时间的循环。据此而言，大观园季节更替所显示的自然时间刻度，就更其淡化和虚化了。

四、埋香地时空同构

在这样的时间观念支配下，大观园便呈现为一个凝固了的时空框架。作者曾以花喻众女儿，第63回拈花名签时，宝钗拈得牡丹花，探春拈得杏花，李纨拈得老梅，湘云拈得海棠，黛玉拈得芙蓉，袭人拈得桃花……一方面，花的风韵与人的气质妙合无痕，意象贴切；另一方面，花既可与女儿等视同观，则花园所容，正是群芳如花般娇艳的青春生命。尽管群芳的感情天地里春伤夏感秋悲冬寂，气象不同，风光各异，却从本然意义上共构了花园之春。贾府四小姐之名无疑概括了大观园群芳的共同特征；其生命芳美如春，其命运原应叹息！“三春去后诸芳尽”，春天一过，便是群芳飘零的惨淡局面，无论是谁都逃脱不了命运的冰雪覆盖深埋的悲剧结局，此即千红一哭、万艳同悲的“群芳碎”意象。作为护花使者的贾宝玉，虽深领“悲凉之雾，遍被华林”的严寒氛围，却无力挽回花谢水逝云飞的颓势，只能眼睁睁看着这繁华明艳一时的会芳之园落得个白茫茫大地真干净的惨象，而遁入空门也许是他借以解释这深悲厚哀的唯一方式。

从这个意义上看，大观园有如林黛玉堆垒的埋香冢，虽盛装过群芳娇媚的生命，最终仍化为一座埋香的园地。脂砚斋曾一语道破天机：“埋香冢葬花乃诸艳归源”，“《葬花吟》是大观园诸艳之归源小引”[①]。黛玉葬花的意象在象征层面上预演了诸艳的飘落与被埋，而《葬花吟》无异于作者借黛玉之哭吟为“群芳碎”预写的挽歌！经过时空维度的交错与花园意义的整合，大观园与埋

---

① 朱一玄编：《红楼梦资料汇编》，南开大学出版社2001年版，第416、406页。

香冢意象重合无二。

在更广阔的空间位置上与大观园形成对应的，是太虚幻境。大观园是人间“仙境”，而太虚幻境是仙界的“花园”：那里朱栏玉砌，绿树清溪，人迹不逢，飞尘罕到，仙花馥郁，异草芬芳，所见的仙子皆是荷袂翩跹，羽衣飘舞，娇若春花，媚如秋月，具有永恒不变的青春和美丽。警幻仙子则具有美的标本的意味，她既如众仙子一般美丽轻盈，又比众仙子高出一筹，更为理性，更有情感，兼具和蔼可敬的领袖风度和温柔可亲的仙子气质。其妹可卿不止兼林薛二人的仪容资质之美，且更兼二人的感情生活之美，表现为一种完美无缺的婚恋形态。故而太虚境的生存方式形成了对大观园生命缺憾的一种补构。其十二钗判词、图册与十二支曲，又是对大观园群芳命运的一个抒情性的概说，连同千红一窟、万艳同杯、群芳髓、放春山、遣香洞诸意象，构成了对人间女儿生命历程的预言叙事。因而，太虚境的存在相对于大观园而言，是极富情感意味的对应，又是深涵哲理意味的指幻。在太虚境的映照下，大观园可不就是尘世间小小的一座埋香冢?!

由于有了茫茫大士、渺渺真人奔波来往、挂号销号的飘忽身影，警幻仙子与远古苍莽时代的创世女神女娲延展出某种联系，太虚境和大荒山也便产生了太空中的对接。这一对接具有超越时空的苍莽浑沌意味。相对于抟土造人、炼石补天的女娲而言，过了几劫几世而后延生出的大观园时间实在是微不足道的短暂的一瞬。故事开始之先，群芳的命运就已注定，故事的演进不过是对这结局的一种追忆式的再现，故而大观园时间不是向前伸展的直线，而是凝固不动的一点。站在作者的叙事起点上看，大观园意象是他以往人生中最灿丽辉煌的瞬间记忆；从女娲和警幻的视野来看，尘世间所有的生命大观更不过是瞬息尘影。所以园中生命之花只开放在她们最美丽的青春阶段，虽有四季更替春秋变换，却没能也无必要纵向展开其生命的向度。相对于茫茫苍穹、渺渺大荒而言，大观园的空间也只是一个圆点。大荒山之遗石是引出大观园故事的原始根由，可故事尚未展开之际，那石已下凡历劫一过并回归于大荒山下，完成了它在凡界的生命循环。若将大观园的时空维度放大了看，它便如同一个圆形的框架，园中花荣花谢、春伤秋悲不是线形延展，而是围绕圆心呈扇形展开，终又回到原来的起点，有如圆形钟面上时针走了一个圈，终点与起点重合，构成了一个"圆"，完成了天地人的生命循环。茫茫大士、渺渺真人则超越于这时空框架之外。他们可随意上天入地，远接亘古洪荒，与时间相终始，洞悉人间前世与来生；他们略一举手投足，便将凡人的历时性生命体验凝固为一种记忆，将色演绎为空。

从终极意义上说，大观园、太虚境、大荒山皆具有对等的存在价值。大观园是太虚境的人间幻影，太虚境是大观园的理性补构；所有的大观都源自大荒，又终要归于大荒。大观园与太虚境、大荒山古今对接、真幻交错的时空结构，涵容了全书至关重要的三重悲剧：群芳的青春悲剧，宝黛钗的婚恋悲剧，宝玉的人生悲剧。埋香冢的象征意味，太虚境的指幻意味，既是对"花园"意象的内在结构的哲理性揭示，又将这三重悲剧置放于一个十分显豁的位置。说"花园"意象是《红楼梦》众多意象中最具整体意义的一个主题性审美意象，正是从这些角度出发的。

贾宝玉遁入空门，正与大观园变为冷清清一片埋香地有关，然他始终未能忘怀于情。作者亦是矛盾的：既然一切终归大荒，色即是空，情更不足道，又何必"终不忘世外仙姝寂寞林"？感悟于此，又执著于此，才无可奈何"试遣愚衷"，痛苦更深吧？

第三章　玉是精神难比洁

曹雪芹对“红”色、“玉”质兴味盎然，情有独钟。他不仅书名嵌“红”，轩名“悼红”，让主人公“怡红公子”住在“怡红院”里，身着大红色调的服饰，生些“爱红”的怪毛病，在“红绡帐”里做那多情的玫瑰梦，吟唱那一曲“千红一哭”的悲歌；他还以“玉”来命名诸多人物形象，如宝玉、妙玉、红玉、玉菡、玉钏儿等，让他们佩戴些通灵玉、碧玉佩，用绿玉斗斟茶，借汉玉九龙佩传情，悬挂白玉比目磬于书房；而且他也常以“玉”来比拟颂扬形象的内在美质，他在《红楼梦曲》中吟咏宝玉是“美玉无瑕”，妙玉是“无瑕白玉”，又借宝玉之口称赞晴雯“其为质则金玉不足喻其贵”，让尤三姐自赞“咱们金玉一般的人”，将尤三姐的自刎倒地伤感地比喻为“玉山倾倒再难扶”；那以花喻人、“清洁自厉”[①] 的六首白海棠诗，篇篇蕴涵玉的意象——花盆仿佛玉制：“碾冰为土玉为盆。”花身全然是玉：“种得蓝田玉一盆。”花瓣如玉：“玉烛滴干风里泪。”花魂是玉：“捧心西子玉为魂。”花之含露的情态与柔怯的气质如玉：“愁多焉得玉无痕。”花之优美的神采与莹洁的情操如玉：“玉是精神难比洁。”白海棠花原本喻象，而以玉喻花，则是借助花与玉的意象组合，共构了那一种晶莹亮洁、清明灵秀的美的境界。“红”色在书中蕴蓄着一派温软

---

① 《石头记》第37回庚辰夹批，朱一玄编：《红楼梦资料汇编》，南开大学出版社2001年版，第446页。

红艳的生活氛围；而“玉”质，则又涵咏着一片莹亮柔润的性灵辉光。

散见于《红楼梦》文本中的诸“玉”意象，显示了作者于“玉”的浓郁的情感倾向，宜当饱含文学的、历史学的、民俗学的、语言学的更多文化信息，从而在平淡无奇的叙事进程中透射出更为丰赡的言外之意、韵外之致来。

一、人之美：如玉如莹

《红楼梦》中含“玉”之名，最醒目的当推宝玉、黛玉、妙玉。人物命名中的玉意象，自然饱含了作者意味深永的别寄。如同贾府四春之名寓示其生命芳美如春、其命运原应叹息一般，红楼三玉的命名首先昭示了形象如玉如莹的秀异风神、清明灵秀的美好情致。

贾宝玉前身是西方灵河岸边赤瑕宫神瑛侍者，因凡心偶炽而下凡为人，带来一块由顽石幻化而成的美玉：它大如雀卵，灿若明霞，作了宝玉日夜不离的珍贵饰物。“宝玉”之名由此而得。从玉的本质而言，它不过是“石之美”[①]者。作者设计的神话境界，恰恰点破了顽石之于美玉的本原关系。而这一石之美者，又非庸常无奇之石。神瑛之“瑛”乃谓美玉——《说文解字》解“瑛”为“玉光”[②]；其“神”则是灵性已通、极善变幻之意。说“神瑛”，无异于美称“灵玉”，故而那块鲜明莹洁的美玉就叫“通灵宝玉”。由石而玉的幻化，点醒此玉乃是彼石的浓缩与升华。顽石与灵玉、神瑛侍者与贾宝玉，彼含互摄，质同形异，神界中质石形玉，凡尘里质玉形人。如果说北静王称誉宝玉其人“如宝似玉”，还只是从“神采飘逸，秀色夺人”的外在风姿给出品鉴的

① ［汉］许慎：《说文解字》，中华书局1963年版，第10页。

② ［汉］许慎：《说文解字》，中华书局1963年版，第10页。

话，那么《枉凝眉》曲中“美玉无瑕”之语则纯乎是作者从形象清纯灵动、温润亮丽的内在美质赋予的定评。作者于“玉”意象的多方皴染，使得宝玉形象内蕴丰厚而鲜明：作为青埂峰下的顽石幻相，他涵有坚顽而痴愚的特性；而以大观园里的美玉显身，他又拥有灵慧而温润的美质。他既具神采飘逸、光莹煜耀之外美，又秉清明灵秀、真率自然之内美。因是作者精工雕琢而成的粲粲美玉，故而宝玉雍容润朗，蕴藉风流，至贵如宝，至坚似玉。

同理相衡，黛玉、妙玉之命名，亦当寓示形象的如玉美质。黛玉姓“林”，与“灵”字音谐意通，标明黛玉亦是性已通灵的无瑕美玉；而玉之温润鲜洁、晶莹透亮的外美与坚韧诚至、高标隽逸的内美，便融铸成黛玉性灵至上、迥然脱俗的人格美内涵。作者借宝玉之口编撰了一个“香芋”故事，直接称道林黛玉“才是真正的香玉”，而此回回目豁然标示“意绵绵静日玉生香”。黛玉之“玉”，既灵且香。其精神品格的芳香灵慧已悄然在意象的点染之中弥散开来。

妙玉亦然。其判词直言她是“金玉质”，《世难容》曲更称扬她是“气质美如兰，才华馥比仙”的“无瑕白玉”。尽管曲词吟咏妙玉之“太高”与“过洁”，对她那人所皆罕的“孤僻”的行为方式似有微词，却从本质意义上道明她品格的高贵洁净。故而妙玉应是那宗教世界里的一方莹润亮洁的无瑕白玉。此二形象的设计，虽无通灵玉之类的玉饰点缀，也无由石而玉的神话润色，然其玉质玉性依然醒明而在。

从意象的色泽上说，宝玉之玉红，黛玉之玉绿，妙玉之玉白，这又象征其形象各有差异的情感特质。

神瑛的所在乃赤瑕宫，“瑕，玉小赤也”①，意指玉上的红色斑点，代指有红斑的玉，故而“赤瑕”即谓红玉。那通灵玉“灿若

① ［汉］许慎：《说文解字》，中华书局1963年版，第12页。

明霞”，也再次点明宝玉之“玉”色泽红润如酥。后来莺儿要为这通灵玉打个络子，宝钗选色时曾说“大红又犯了色”，则这一玲珑宝玉的色泽红艳如霞，便朗然昭示。原来，宝玉其人乃是作者精加雕琢的一方红色美玉！故而宝玉的“红”色，涵咏着形象温馨炽热、活泼亮丽的性格；而其“玉”质，则喻示其性情的温润、品质的纯洁。作者借黛玉之口赠给他“怡红公子”这一雅号，表面上是指宝玉身处怡红院中、怡悦那“葩吐丹砂”的女儿棠，实暗含了宝玉愉悦红颜、歆慕尊崇所有清纯女儿的个性特征。后来黛玉又评说宝玉：“至贵者是宝，至坚者是玉。尔有何贵？尔有何坚？”[①] 作者以生动的情节表明，贾宝玉对那些“清明灵秀”的少女的厚重倾慕之心弥足珍贵，而他对风神卓异的林黛玉的生死不渝之爱尤见坚韧。可以说，古代文学传统中“红”色意象与“玉”质意象所蕴涵的诸多情感指向和文化韵味，凝聚于形象的名字、雅号及神话性质的来历中，丰富了我们对形象的把握和理解。作者精心营构的“红玉”这一复合意象，其所蕴涵的明灿亮丽、温润鲜洁、既柔且坚的特质，幻化成一片温润朗照的精神辉光，深深地熔铸于贾宝玉的生命与人格之美中。

与此恰成对照，黛玉之“黛”，乃是深绿之色。“黛玉”原来是一块清幽深郁的绿色美玉。据说绿玉以深绿色为佳，淡者次之[②]。黛玉如玉的佳质自不待言，黛玉之绿，乃是其清泪莹莹、愁思绵绵的忧郁人生的绝妙象征。

与宝黛二玉的红绿意象鼎足而三，妙玉色相呈白。白，是朴素清白之白，也是“欲洁何曾洁”之洁，“云空未必空”之空。白色既意味着妙玉少女的清纯淡朴，更规定了她身为女尼的绝尘弃埃、无欲少爱的情感特质。如曰“红玉”意象透射出的是一派明

① 中国艺术研究院红楼梦研究所校注：《红楼梦》，人民文学出版社 1996 年版，第 299 页。

② ［明］李时珍：《本草纲目》，中国中医药出版社 1998 年版，第 212 页。

灿亮丽的性灵辉光，那么“绿玉”意象酿就的就是一片幽深惨绿的情绪氛围，而“白玉”意象则烘托出一脉清素冷寂的精神气息。

二、玉之名：君子宝之

若进一步解析三玉之名的语义构成，我们还可体悟到作品意象叙事的深层寓意。宝玉之“宝”，最初乃是玉石、玉器的总称。《国语·鲁语上》：“莒太子仆弑纪公，以其宝来奔。”韦昭注云：“宝，玉也。”① 又《春秋公羊传·庄公六年》：“冬，齐人来归卫宝。”何休注：“宝者……玉物之揔名。”② 当宝、玉连用时，“宝”便延伸出“珍贵”的意思。《春秋公羊传·定公八年》有“盗窃宝玉大弓”之句，孔颖达谓此宝玉大弓，必是“国之重宝”③。《韩非子·和氏》亦有“悲夫宝玉而题之以石，贞士而名之以诳”④ 之语，由“宝玉”与“大弓”、“贞士”对举可知，“宝”已由名词演为形容词。

由此延衍，“宝”又用如动词，解作“宝爱、珍视”之意。《尚书》上说：“不宝远物，则远人格。所宝惟贤，则迩人安。”⑤ 句中“宝”字皆意动用法，宜乎“宝玉”二字，当有“以玉为宝”、“宝爱此玉”的意涵。《白虎通》卷5《考黜》对玉十分推崇：“玉以象德，金以配情……玉饰其本君子之性……玉者，德美之至也。”⑥ 移之于宝玉形象，我们便可阐发作者的诸般命意。其

---

① 鲍思陶点校：《国语》，齐鲁书社2005年版，第84－85页。

② ［汉］何休注，［唐］孔颖达疏：《春秋公羊传注疏》，［清］阮元校刻：《十三经注疏》，中华书局1980年影印本，第2228页。

③ ［汉］何休注，［唐］孔颖达疏：《春秋公羊传注疏》，［清］阮元校刻：《十三经注疏》，中华书局1980年影印本，第2340页。

④ ［战国］韩非：《韩非子》，上海古籍出版社1989年版，第34页。

⑤ ［唐］孔颖达疏：《尚书正义》，［清］阮元校刻：《十三经注疏》，中华书局1980年影印本，第195页。

⑥ ［清］陈立撰，吴则虞点校：《白虎通疏证》，中华书局1994年版，第306页。

一，既然宝、玉同义，宝玉其人如宝似玉，又拥有珍贵的生命价值，则宜当令人珍视、受人宝爱。对此批者有颇为确切的理解："将欲得者尽皆宝爱此玉之意也。"① 宝爱此玉人，乃是作者洒泪泣血而撰是书的一大"情结"。其二，"宝爱此玉"之旨，亦可解作书中人贾宝玉对如玉之美的自我人格的永恒珍视与坚守，对如宝之贵的叛逆个性的不懈追求与实践。其三，黛玉亦玉，故而"宝爱此玉"又可释出宝爱黛玉、"惟黛玉是宝"的特别意涵。"宝玉"之名便意味着形象为实践那纯情神圣的"木石前盟"而执著不渝的坚毅品格。

由是推而衍之，"宝玉"又折射出宝爱群玉、护法群钗的精神辉光。而这，也恰是宝玉"情不情"的特质。大观园中的贾宝玉虔诚地守护着一群晶莹澄亮、芳香灵慧、如玉如莹的少女，就像当年的神瑛侍者悉心呵护、浇灌绛珠仙草一样。也许这才是"神瑛侍者"的真正底蕴。尽管其"情不情"易使人产生多情泛爱的感觉，而其侍者的别致身份却将这多情净化为一种真诚的尊崇、侍奉与关爱；而且，这位侍者对绛珠的爱又确乎是执著坚定、刻骨铭心的。林黛玉香消玉殒之后，他因为痛感人生价值的跌落而充溢深度的悲哀，遂滋生情极之毒，遁入空门去了。对尘世间至贵真情的宝爱，使形象焕发出煜煜耀人的光彩，在那从不知真性情真爱情为何物的世俗空间，愈发明灿亮丽，一如美玉本身。

宝玉所作"有凤来仪"诗曰："秀玉初成实，堪宜待凤凰。"②"凤凰"乃贾府人众对宝玉的喻称；"秀玉"谓竹，竹是黛玉高洁品格的象征，竹影参差、绿光清莹的潇湘馆又作了黛玉的居所。依凤凰非竹实不食的传说，宝玉诗意便隐含了"惟黛玉是宝"的

---

①　戚序本第3回回前批，朱一玄编：《红楼梦资料汇编》，南开大学出版社2001年版，第114页。

②　中国艺术研究院红楼梦研究所校注：《红楼梦》，人民文学出版社1996年版，第246页。

意向。与此密相关涉，此诗也揭明“黛玉”命名的更深内蕴。“黛玉”既是一方深绿色美玉，“秀玉”之吟便意含双关：它从字面上指代绿竹，又隐指清明灵秀的林黛玉，而竹的别名恰好叫“绿玉”。唐诗有“篱菊黄金合，窗筠绿玉稠”、“不厌东溪绿玉君，天坛双凤有时闻”① 之句。由此观之，“黛玉”实际上是双重意象：绿色美玉和清新绿竹。绿竹之高洁清雅与绿玉之莹润深郁，融合成黛玉光莹亮洁、清泪欲滴的人生底蕴。此其一。其二，“黛玉”不惟双关，更有谐音：黛玉者，待玉也。“宝玉”既有“宝爱黛玉”之别解，“黛玉”亦宜有“期待宝玉”之妙释。“秀玉初成实，堪宜待凤凰”，秀玉所待，正是黛玉所待；待凤凰，也就是待宝玉。此联亦是黛玉情感倾向的诗化描述。

一方面，待玉之待，是说黛玉将终生情爱倾注于宝玉一身，只用情于有情之一人而专注不移，此即“情情”。“情情”之评，凸现出黛玉爱情追求中纯情专情、至死不渝的品格辉光。这也正是“情情衷肠”、“情情本来面目”②。惟其如此，“情情”方为尘世间至贵至坚、如玉如莹的精神宝物，黛玉也因而成了宝玉情所独钟、宝爱无比的一方绿玉。宝黛之命名，由于“宝黛玉”与“待宝玉”的解意，而有如桴鼓相应，蒂萼相生，“名”不虚传。

另一方面，待玉之待，又是黛玉期待终将成空意义上的期待。在那无视情爱的社会里，虽说爱情在两个人之间就可能发生，而婚姻却从来都是家族的集体性事务。在不可知的命运面前，黛玉只能痛苦而茫然地期待家族对她婚姻的安排。更何况她所向往者，又是一种近乎理想的爱情境界，这就越发注定了这一爱情期待的无望。

---

① ［清］彭定求等编：《全唐诗》第 13、21 册，中华书局 1960 年版，第 5011、8489 页。

② 甲戌、庚辰本《石头记》第 28 回侧评，朱一玄编：《红楼梦资料汇编》，南开大学出版社 2001 年版，第 419 页。

黛玉前身系灵河岸边三生石畔的一株“绛珠仙草”，后经甘露灌溉，修成了绛珠仙子。绛，“大赤也”[①]；“珠”又适可解为圆玉。故而“绛珠”便可视作“大红圆玉”。既如此，那绛珠草当是结有大红圆玉一般殷红灿丽、玲珑可爱的果实的仙界异草。这位盈溢着红色珠玉般深挚热烈情怀的绛珠仙子，追随神瑛侍者投生尘世，将自己的满腔情爱与一生血泪都倾注于所爱之人，唱出那一曲哀婉凄丽、明灿浓艳的爱之悲歌。“绛珠”意象，便是林黛玉情爱人生的象征。脂砚斋曾在“绛珠草”句旁批道：“细思绛珠二字，岂非血泪乎?”[②] 批者也已悟出，“绛珠”乃是黛玉一生“血泪”凝聚而成。解盦居士亦谓：“绛珠以泪还灌溉之恩，可谓一泪一珠矣。”[③] 而这“绛珠之泪偏不因离恨而落，为惜其石而落。可见惜其石必惜其人”[④]。其释意也是双重性的：黛玉之泪至死不干，万苦不怨，是为珍惜其石、宝爱其人而落，然而无论她如何洒泪泣血，秋流到冬、春流到夏，最终还是期待成空，心事终归虚化。续书第116回写贾宝玉重游太虚幻境，见到的是：“白石花阑围着一颗青草，叶头上略有红色，但不知是何名草，这样矜贵。只见微风动处，那青草已摇摆不休，虽说是一枝小草，又无花朵，其妩媚之态，不禁心动神怡，魂消魄丧。”[⑤] 在这里，圆润而殷红的“绛珠”——“血泪”意象，已被置换成叶头略红、细长而翠绿的“青草”意象，木石姻缘亦被解释成白石花阑与青草的关系，于是

---

① ［汉］许慎：《说文解字》，中华书局1963年版，第273页。

② 甲戌本《石头记》第1回侧批，朱一玄编：《红楼梦资料汇编》，南开大学出版社2001年版，第88页。

③ ［清］解盦居士：《石头臆说》，一粟编：《红楼梦卷》，中华书局1963年版，第188页。

④ 戚序本《石头记》第3回回后批，朱一玄编：《红楼梦资料汇编》，南开大学出版社2001年版，第136页。

⑤ 中国艺术研究院红楼梦研究所校注：《红楼梦》，人民文学出版社1996年版，第1544－1545页。

诗意消逝，俗气弥漫。

在林黛玉形象的设计中，作者以“黛绿”饰其表，而以“绛红”注其心；“黛绿”喻其飘零身世所致的无尽忧郁与脉脉酸辛，“绛红”则喻其因将生命和青春都系于情爱而拥有的那浓浓深情与无悔挚诚。作者将她情感生活中那炽烈专注、晶莹亮丽的心灵特质，浓聚于“绛珠”二字；在那人性湮没、毫无才智灵光、真性情被扼杀的黯淡浊世，“绛珠”尤其显示了她清澈明灿的人格光辉。作者以“情情”作为林黛玉情感特质的定评，那种为所爱之人倾泻自己所有关爱、滴尽一生血泪的襟怀，的是这“情情本来面目”。因而，在这一“绛珠”（或言“红色圆玉”）意象的设计中，寄寓的是作书人对林黛玉形象的深情赞誉。

脂砚斋谓宝玉的情不情，在世间只有一颦儿的情情“可对”。在心灵知己的意义上，宝黛二人是互为映照，互相发明的。宝玉通灵，黛玉性灵，心有灵犀一点通，双玉的灵慧是两人情感相通的前提和基础；而宝玉之宝爱黛玉，黛玉之珍惜宝玉，又是两人终成知己的必要过程。所谓石韫玉而山辉，水怀珠而川媚，宝黛双灵互宝，俨然一对，谓其“珠圆玉润”可，谓其“珠联璧合”亦可。解盦居士亦曾说：“以宝玉而遇绛珠，可谓珠圆玉润。”①

妙玉之“妙”，亦有三解。其一，“妙”乃精微、美好貌；妙玉之名，即谓形象有如精微妙美、莹亮无瑕的一方白玉。其二，“妙”又是巧妙、微妙之妙。妙玉为人孤僻，“太高人欲妒，过洁世同嫌”，与宝玉之偏僻乖张、迂阔怪诡，“百口嘲谤，万目睚眦”诸性情，均有类似甚或相通之处。妙玉款待钗黛二人入内室喝体己茶，用以斟与宝玉喝的，却是自己日常所用的绿玉斗。此一细节与飞帖叩芳辰之举一般，巧妙地传递出妙之于宝的若有若无的

① ［清］解盦居士：《石头臆说》，一粟编：《红楼梦卷》，中华书局 1963 年版，第 187 页。

微妙情思，暗示了妙玉与宝玉的特殊缘分。是以“妙玉”一名，实涵有形象的微妙之情在内。其三，“妙”又是妙土之妙。“欲洁何曾洁”之洁，既是妙玉品性清高洁白之洁，又是佛家所宣扬的“净”，佛教即称“净教”。净，即是佛家所谓清净、安乐、胜妙之境界，是以“净土”亦称“妙土”①。妙玉者，妙土之玉也。说她是宗教世界里超尘拔俗、洁心自守的一方无瑕白玉，恰当之极。妙玉身处空门，而宝玉也将遁入空门。从某种意义上说，妙之于宝，既对其思想性格作了横向补充，又对其人生归宿作了纵向补充。如曰黛玉是宝玉现实世界心灵的映像，则妙玉不啻为宝玉宗教世界心灵的投影。

书中还有一个俏丽的少女名叫林红玉。“红玉”意象从字面上既关涉于宝玉，又与黛玉之“绛珠”意象恰成对应。脂砚斋曾敏锐地指出：绛珠草是“点红字”，“赤瑕宫”是“点红字玉字”，“神瑛侍者”是“单点玉字”；而在“红玉”之名首次出现时，他又说：“红字切绛珠，玉字则直通矣！”② 这给了我们以艺术的启迪：“红玉”之名和宝玉、黛玉的名号是内蕴相通的；且红玉此人又姓“林”，亦当寓示这一艺术形象也是“灵”性已通的一方“红色美玉”。后来红玉“因名字重了宝二爷”，改名为“小红”：作书人此一笔，无疑在客观上起了强调作用。林红玉身为地位卑微的侍女，却拥有一个与男女主人公的姓名、来历意象相同、柔情暗通的名字，这是颇具深意的。也许，林红玉在80回后原作构思中，对男女主人公的命运变化起了重要作用，从而披示了她的“红玉”般的炽热深挚的情怀，莹亮温润的品性；也许，作者自己所钟爱

---

① ［曹魏］康僧铠译：《佛说无量寿经》卷上：“我当修行摄取佛国清净庄严无量妙土。”《大正藏》第12册，日本大正一切经编辑委员会编，大正一切经刊行会大正十一年至昭和七年（1922－1933）刊行，台北佛光教育基金会1990年影印版，第267页。

② 庚辰本《石头记》第24回夹批，朱一玄编：《红楼梦资料汇编》，南开大学出版社2001年版，第380页。

的异性或是某个书中人的生活原型，她的名字就叫“红玉”，或是与“红玉”意象密相关涉的某个词语，如“灵玉”、“香玉”等。

倘若对“红玉”这一复合意象分离还原，然后重新组合，即将“红玉”一词易序为“玉红”，意象的构成元素不变，而组合成的新词则又别有一番旨味可供涵咏。“玉红”乃是一种仙草之名：“赤县神州者，实为昆仑之墟，玉红之草生焉，食其一实而醉，卧三百岁而后寤。”① 在古代神话中，昆仑是产玉之地，《山海经·大荒西经》说西王母居昆仑之丘，而《西山经》则说她居于“玉山”，可知昆仑山即是玉山，故而西王母又称“玉母”。屈原《涉江》诗曾吟道：“吾与重华游兮瑶之圃，登昆仑兮食玉英。”这也表明，在古代的文学世界里，那瑶玉之圃是在昆仑山上，其中有“玉英”可供采食。《尸子》所载的昆仑山玉红草，它所结的可食之“实”，可不就是玉英吗？这“玉英”，岂不应是圆珠状的玉果，也即“红玉”、“绛珠”？这“玉红仙草”，兴许就是曹雪芹构思“绛珠仙草”神话时的一个艺术参照？倘若是，恰能体现曹雪芹在文学意象的沿袭运用中独具的创意。清纳兰性德有诗云：“愿餐玉红草，一醉不复醒。”② 细玩诗意，则可见出，这玉红草所结的令人一食而醉卧三百年不复醒的圆果，乃含有令人痴迷沉醉、解人烦恼忧愁的况味。果如此，则“红玉”意象实蕴涵更为丰厚的深层审美内容。

曹雪芹除了以“红玉”来指称红色美玉和圆玉状红色果实之外，还用它来比喻红色荷花。贾宝玉曾作有“池塘一夜秋风冷，吹散芰荷红玉影”③ 的诗句，句中“红玉”即喻指荷花那鲜艳娇

① 汪继培辑：《尸子》，上海古籍出版社 1989 年版，第 17 页。

② ［清］纳兰性德：《拟古》诗之十三，纳兰性德：《通志堂集》卷 3，上海古籍出版社 1979 年版，第 4 页。

③ 中国艺术研究院红楼梦研究所校注：《红楼梦》，人民文学出版社 1996 年版，第 1121 页。

媚、莹润光洁的如玉花瓣。故而“红玉”意象中，则当又包孕了荷花那高标傲世、超尘拔俗的象征意蕴。在书中，荷花也即芙蓉花，芙蓉花又恰是林黛玉的花名；作者借众人之口盛赞说，只有林黛玉才配做芙蓉花。因而，荷花的清新隽美也重叠于“红玉”意象，并化入了林黛玉清灵洁净的性灵世界。

蒋玉菡是贾宝玉为数极少的几个同性知己中的一个。“玉菡”之名，亦是“玉”意象与“菡萏”（即荷花）意象的迭加，也就是“如玉之莲”。蒋玉菡小名琪官，“琪”为仙界玉树之名。续作者借宝玉之眼，写他“鲜润如出水芙蕖，飘扬似玉树临风”，可说是把握住了原作者命名的要义所在。另外，“琪”也是人间树名。唐人云：“奇树以垂珠而擅名。”[①]“琪树垂条如弱柳，结子如碧珠，三年子可一熟。每岁生者相续，一年绿，二年碧，三年者红，缀于条上，璀错相间。”[②] 在这里，又出现了红珠意象。作者曾借贾雨村之口，评说那些禀赋“聪俊灵秀之气”、“乖僻邪谬不近人情之态”而生之人，在万万人之中，或为情痴情种，或为逸士高人，或为奇优名娼。如果说宝玉、黛玉可当情痴情种，则“奇优”正堪称琪官的“的评”。这说明，在作书人心目中，琪官亦是宝黛一类人物，所不同的在于尊卑有别而已。脂批有云：“琪官虽系优人，后回与袭人供奉玉兄、宝卿得同终始者，非泛泛之文也。”[③]“供奉”宝玉，于袭人因出主仆之义，于琪官则显系知己之谊；“得同终始”，已然标明蒋玉菡始终如一，至诚至信，与宝玉患难相随。既有这份风雨与共的知己情怀，那么作者以如玉莲花、莹

① ［唐］李德裕：《金松赋》，［清］董诰编：《全唐文》，中华书局 1983 年版，第 7157 页。

② ［唐］李绅：《琪树》诗序，［清］彭定求等编：《全唐诗》第 15 册，中华书局 1960 年版，第 5479 页。

③ 甲戌本《石头记》第 28 回回后批，朱一玄编：《红楼梦资料汇编》，南开大学出版社 2001 年版，第 427 页。

润红珠的优美意象充溢于形象的名字之中，岂不当极妙极？

循此诸端，曹雪芹以饱含优美丰盈内涵的传统意象来命名诸多人物，其深层的审美寄寓自不难觉解。红玉、绛珠、玉莲，在古典文学的意象群中，都是美好品性的象征。“红”，取其娇艳妩媚、明灿亮丽、热烈温馨，昭示情之浓、爱之诚；“玉”，取其晶莹发亮、蕴藉坚柔、温润朗照，张扬性之仁、德之美；“珠”取其玲珑圆润、浓凝深挚、光洁璀璨，凸现心之灵慧；“莲”，取其清新隽逸、鲜洁灵秀、超尘拔俗，涵咏品之高洁。这些单个的意象之间，有寓意互通的气韵在流动；而当它们复合为整体意象时，各自的象征性内涵便互相映照发挥，在并非简单重叠的复合中升华出更为丰盈饱满的文化意蕴。红玉，喻形象的明灿莹润个性，温仁坚韧襟怀；绛珠，将形象的一腔情爱之血泪视象化；如玉的红莲，这一比喻性的复合意象，更成为高洁超逸品格的象征。它们以“红”“玉”为中心意象，多层面地映现了艺术形象的精神个性世界。名者，命也。在中国古代人的文化意识里，人的名字寄寓着他的个性特质，确定了他的命运轨迹。作为深谙中国文化底蕴的艺术巨匠，曹雪芹为他所钟情的“玉”人儿命名时，自然会将自己的人生感悟和审美情感，浓郁而精致地熔铸于意象充盈的文辞里，使之成为形象塑造的一个重要辅助手段。这也使得我们在忘情品赏人物命名的意象美之际，痴迷沉醉于中国传统文化中所深深蕴涵着的玉红果般的特质和风韵。

还有一些形象，其姓名并未明示“玉”字，但却暗含“玉”意或“玉”象。我们可稍加梳理，揭明于此。

书中有个身世飘零、命运多舛的侍妾香菱，判词说她“根并荷花一茎香”，而她的原名就叫做“英莲”。“英”通“瑛”，乃美玉之称。《诗经·魏风·汾沮洳》：“彼其之子，美如英。”马瑞辰通释说：“如英犹云如玉。英通作瑛。”由此观之，“英莲”一名乃是美玉和莲花双重意象的迭加，当含有如玉莲花的莹亮光洁、清新飘逸、芬芳灵秀的意象美。作者写香菱品格相貌极像那“形容袅娜，性格温柔”，兼具钗黛之美的秦可卿，而“形容袅娜”却是林黛玉的体态特征，可知香菱容貌当属林黛玉一类；而以“莲”名之，用意也在将香菱与黛玉比类。所以英莲形象，理应成为林黛玉个性气质的一个侧影。既然“英莲”谐音“应怜”已成定论，则“香菱”音谐“相邻”亦不难论定。应怜者，谓英莲“平生遭际实堪伤”；相邻者何？盖谓香菱纯真清洁、超尘拔俗的品格堪与“灵玉”林黛玉“相”与为“邻”也！如此美“玉”“香”花，一旦“香”消“玉”殒，“魂返故乡”，岂能不令人情“伤”心“怜”?!“香魂返故乡”之句，实寄寓着作者因如玉之莲枯萎毁灭而滋生的绵绵不尽的悲悼与慨叹。

薛宝钗亦然。既然“宝”为“玉物之凡名”，则“宝钗”自是一枚“玉钗”。《寿怡红》一回，作者借香菱之口说，宝钗名字出自唐诗“宝钗无日不生尘”，同时又特意点到宋诗“敲断玉钗红烛冷”。此句“玉钗”喻指烛花，其本义则应指玉制的钗，如“玉钗挂臣冠，罗袖拂臣衣”①，“高堂月落烛已微，玉钗挂缨君莫违”②。前人诗文中“宝钗”意同“玉钗”者，亦在在可见，如“陆郎倚醉牵罗袂，夺得宝钗金翡翠”③，诗中“宝钗”与“金钿”、“金翡翠”对举，足见它是“玉钗”。《红楼梦》第1回中“玉在椟中求善价，钗于奁内待时飞”一联，人或谓作者在暗示宝钗后嫁雨村（时飞），或谓喻示宝钗“待时飞升”的野心。疑非是。联意原典出《洞冥记》卷2：“神女留玉钗以赠帝，帝以赐赵

① ［汉］司马相如：《美人赋》，［清］严可均校辑：《全汉文》，商务印书馆1999年版，第219页。

② ［唐］李白：《白紵辞》诗之三，［清］彭定求等编：《全唐诗》第5册，中华书局1960年版，第1696页。

③ ［唐］李贺：《少年乐》，［清］彭定求等编：《全唐诗》第12册，中华书局1960年版，第4442页。

婕妤。至昭帝元凤中，宫人犹见此钗。黄诹欲之。明日示之，既发匣，有白燕飞升天。后宫人学作此钗，因名玉燕钗，言吉祥也。"[①] 可知玉钗在此神话中，葆有神秘、珍贵、吉祥的意味；而玉钗其始即呈燕形（钗为双股之簪，与燕尾之形宛似），故能化白燕飞升。后人常以"玉燕钗"意象喻指珍贵，如"头上玉燕钗，是妾嫁时物"[②]，"玉燕钗寒，藕丝袖冷"[③]。由是可知，"钗于奁内待时飞"，意同"玉在椟中求善价"，皆是喻指钗、黛诸艳品格高逸，青春美好，具有珍贵无比的人格价值。脂砚斋在此联下批云："表过黛玉则紧接上宝钗。"可为明证。

既然"宝玉"可解为"宝爱此玉"、"宝爱群玉"，同理相衡，则"宝钗"亦可解作"宝爱此钗"。"钗"，既指宝钗其人，又可视作众女儿（群钗）的总称。验证红楼其书，宝钗"艳冠群芳"，与黛玉同为群钗之首，两人地位铢两悉称，有如双峰对峙，两水分流，故宝钗宜为作者所"宝爱"的少女形象。书中写道，宝钗"生的肌骨莹润，举止娴雅"，"品格端方，容貌丰美"，"比林黛玉另具一种妩媚风流"，日常衣饰素朴淡雅，精神生活含蓄平淡，言行端凝蕴藉，风仪温雅可亲，与贾府中人相处，多体现出仁厚、宽容、豁达、从容的心襟气度。她的性格中包含着一种令人感到"温馨、清爽、舒畅和鼓舞"的"安详的美"，与"林黛玉们一样，她也是曹雪芹对美好人性的精微感悟和理想设计的载体"[④]。作者将玉之莹润雅洁、温仁礼智、含蓄平淡诸项美质，寄寓于宝钗之身，云作者"宝爱此钗"不亦宜乎？进而，云作者"宝爱群钗"

---

① 《景印文渊阁四库全书》第1042册，台湾商务印书馆1985年版，第303页。

② ［唐］李白：《白头吟》，［清］彭定求等编：《全唐诗》第5册，中华书局1960年版，第1693页。

③ ［宋］毛滂：《踏莎行》，唐圭璋编：《全宋词》第2册，中华书局1965年版，第670页。

④ 刘敬圻：《困惑的明清小说》，黑龙江人民出版社1990年版，第165页。

不亦可乎？十二钗正册钗黛合咏一诗，合画一图，可卿仙姬又兼钗黛二人之美。“玉在椟中求善价，钗于奁内待时飞”一联下又有脂批云：“前用二玉合传，今用二宝合传，自是书中正眼。”① “蘅芜君兰言解疑癖，潇湘子雅谑补余音”一回，又批云：“钗、玉名虽二个，人却一身，此幻笔也。今书之三十八回时已三分之一有馀，故写是回，使二人合而为一。请看黛玉逝后，宝钗之文字，便知余言不谬矣。”② 深知作者作书意旨的脂砚斋的这些评点，从一定程度上暗示了钗黛二人共同具备如“玉”似“宝”、高洁珍贵的人生价值。

人名含“玉”意者，尚有“宝琴”、“宝珠”、“瑞珠”等，此外，还有名姓不关“玉”字而形象却含“玉”意者，如紫鹃，呈杜鹃啼血、血化碧玉的意象；晴雯，是“金玉不足喻其贵”的少女；尤三姐，是“金玉一般的人”；探春，自喻“玉是精神难比洁”……通而观之，作者似乎将他所钟爱的形象都雕为“玉人”，贯以玉色、玉质、玉洁、玉怀、玉精神；作者将如玉的理想美，一一分射到那些美好可爱的艺术形象中；而当那些饱含“玉”意、漫溢“玉”象的玉人们玉惨花愁、红消香断之际，作者不禁悲从中来，于“奈何天，伤怀日，寂寥时”，挥洒激愤笔墨，一掬那斑斑“悼红”血泪，抒写这殷殷“悼玉”情怀！一群钟神毓秀、风采绝尘的性情中人，虽红胜霞，灿若玉，洁如莲，泪血成珠，却奈生不逢时，时乖运败何！

三、玉之意：君子比德

有人说，“中国古代人美感的最佳代表是玉”，“玉和孔子代表

---

① 甲戌本《石头记》第1回侧批，朱一玄编：《红楼梦资料汇编》，南开大学出版社2001年版，第94页。

② 庚辰本《石头记》第42回回前批，朱一玄编：《红楼梦资料汇编》，南开大学出版社2001年版，第459页。

了美育发达的古代中国"[①]。曹雪芹选择"玉"作为生命与情感的审美视镜，自然深深浸润着传统文化的麟髓凤乳，于叙事之际迸射着一种丰厚浓郁的文化的美和诗意的美。

在古代人的文化生活中，玉首先有其"神性"。《越绝书·宝剑篇》依据工具与武器的物质构成，划分出文明发展的四大阶段，即轩辕、神农、赫胥之时，属以石为兵的石器时代；禹穴之时，是以铜为兵的铜器时代；禹平洪水之后，则进入以铁为兵的铁器时代；而在石器时代与铜器时代之间的黄帝之时，便是那以玉为兵的玉器时代。所谓"黄帝之时，以玉为兵，以伐树木，为宫室，凿池；夫玉，亦神物也"[②]。在这一阶段，玉器得到长足发展，社会生活中的一切用具，如工具、兵器、食器、乐器等，几乎均以玉制，或是镶嵌以玉。玉已然成了受人珍视乃至崇拜的"神物"，而黄帝据说也就是"璜玉之神"[③]。玉，确实"玉成"了那整整一个时代的文明。

先民对玉器的宝贵珍爱之情在后世延伸发展，以致玉被视作国家的珍宝。君侯以玉制成各种礼器，以祭天地四方之神。《周礼·春官·大宗伯》："以玉作六器，以礼天地四方。以苍璧礼天，以黄琮礼地，以青圭礼东方，以赤璋礼南方，以白琥礼西方，以玄璜礼北方。"郑玄注："礼神则曰器。"[④] 或作朝聘、丧葬之用。《仪礼·觐礼》："乘墨车，载龙旂，弧韣，乃朝，以瑞玉有缫。"[⑤]

---

① 李长之：《释美育并论及中国美育之今昔及其未来》，李长之：《苦雾集》，商务印书馆1943年版，第56页。

② ［汉］袁康：《越绝书》，张元济等辑：《四部丛刊初编》第51册，上海书店1989年据商务印书馆1926年版影印，第93页。

③ 参见萧兵：《黄帝为璜玉之神考》，萧兵：《楚辞与神话》，江苏古籍出版社1987年版，第392页。

④ ［汉］郑玄注，［唐］贾公彦疏：《周礼注疏》，［清］阮元校刻：《十三经注疏》，中华书局1980年影印本，第762页。

⑤ ［汉］郑玄注，［唐］贾公彦疏：《仪礼注疏》，［清］阮元校刻：《十三经注疏》，中华书局1980年影印本，第1089页。

天子与各级诸侯间，要执不同的玉器来明示其地位的高下尊卑。《周礼·春官·大宗伯》："以玉作六瑞，以等邦国。王执镇圭，公执桓圭，侯执信圭，伯执躬圭，子执谷璧，男执蒲璧。"郑玄注："人执相见曰瑞。"[①] 又《礼记·玉藻》："天子佩白玉而玄组绶，公侯佩山玄玉而朱组绶，大夫佩水苍玉而纯组绶，世子佩瑜玉而綦组绶，士佩瓀玟而缊组绶。"[②] 又《晋书·舆服》："皇太子金玺龟组……佩瑜玉"，"贵人、夫人、贵嫔是为三夫人……佩于窴玉"，"九嫔佩采瓄玉，皇太子妃……佩山玄玉，郡公侯、县公侯太夫人、夫人……佩水苍玉。"[③] 诸侯国之间交战时，以玉为符节以发兵。《左传·哀公十四年》："司马请瑞焉，以命其徒攻桓氏。"杜预注："瑞，符节，以发兵。"[④] 结盟时亦要送上玉，作为缔交的凭信。《左传·文公十二年》："不腆先君之敝器，使下臣致诸执事，以为瑞节，要结好命。所以藉寡君之命，结二国之好。"[⑤] 在相当长的历史时期中，作为印玺的最高等级的玉玺，也仍是君王帝位、帝威、帝旨的典型象征。《左传·襄公二十九年》："季武子取卞，使公冶问，玺书追而与之。"[⑥] 又据《史记·高祖本纪》，汉高祖入关，得秦始皇蓝田玉玺，印文为"受天之命，皇帝寿昌"，后为传国玺。《新唐书·车服》："初，太宗刻受命玄玺，以白玉为

① ［汉］郑玄注，［唐］贾公彦疏：《周礼注疏》，［清］阮元校刻：《十三经注疏》，中华书局1980年影印本，第761－762页。

② ［汉］郑玄注，［唐］孔颖达疏：《礼记正义》，［清］阮元校刻：《十三经注疏》，中华书局1980年影印本，第1482页。

③ ［唐］房玄龄等：《晋书》第3册，中华书局1974年版，第773－774页。

④ ［晋］杜预注，［唐］孔颖达疏：《春秋左传正义》，［清］阮元校刻：《十三经注疏》，中华书局1980年影印本，第2174页。

⑤ ［晋］杜预注，［唐］孔颖达疏：《春秋左传正义》，［清］阮元校刻：《十三经注疏》，中华书局1980年影印本，第1851页。

⑥ ［晋］杜预注，［唐］孔颖达疏：《春秋左传正义》，［清］阮元校刻：《十三经注疏》，中华书局1980年影印本，第2005页。

螭首。文曰：皇天景命，有德者昌。”[①] 在民间，玉亦是一种神性充盈的宝物：它既具沟通人神关系的灵性，佩玉便能借助鬼神的力量来辟邪祛祸。《山海经·西次山经》记载，黄帝取玉之精华，种于钟山之阳，生出五色发作、以和柔刚的瑾瑜美玉，“君子服之，以御不祥”[②]。丧葬时塞玉于死者口中，便可安抚亡魂，保持躯体不朽。《周礼·典瑞》云：“大丧，共饭玉，含玉。”郑注云：“含玉，如璧形而小耳。”[③]《后汉书·礼仪下·大丧》：“饭含珠玉如礼。”[④]《抱朴子·对俗》：“金玉在九窍，则死人为之不朽。”[⑤]

《红楼梦》的作者以玉为意象叙事的精妙载体时，也容纳并再现了诸多文化蕴涵。首先玉有“神性”。通灵宝玉是贾宝玉的“命根子”，象征着他作为贵族公子、荣府嫡孙的特殊身份和他人不可比拟的高贵地位：“那玉亦是件罕物，岂能人人有的?”[⑥] 上至贾母，下到袭人，无不视它重于一切。在某种意义上，通灵玉即贾宝玉的灵魂，一旦蒙尘或失落，它的主人就要生病、丢魂乃至癫狂。通灵玉背面所刻“一除邪祟，二疗冤疾，三知祸福”[⑦] 诸字，正是古代人于玉的神奇的物用价值观的反映；而衔玉而生的情节，既为主人公创造了来历不凡的神秘意味，又带有几分含玉而殁、衔玉转世的民俗色彩。玉在这里，是有神性、能通灵的府中重宝，是人物地位和特权的物化，具有高贵而神秘的力量。曹雪芹于玉

① ［宋］欧阳修、宋祁：《新唐书》第2册，中华书局1975年版，第524页。

② 袁珂：《山海经校译》，上海古籍出版社1985年版，第29页。

③ ［汉］郑玄注，［唐］贾公彦疏：《周礼注疏》，［清］阮元校刻：《十三经注疏》，中华书局1980年影印本，第778页。

④ ［宋］范晔：《后汉书》，中华书局1965年版，第3141页。

⑤ ［晋］葛洪：《抱朴子》，上海古籍出版社1990年版，第20页。

⑥ 中国艺术研究院红楼梦研究所校注：《红楼梦》，人民文学出版社1996年版，第50页。

⑦ 中国艺术研究院红楼梦研究所校注：《红楼梦》，人民文学出版社1996年版，第120页。

的设计，涵括了历史学、民俗学的斑斑印迹。

其次，玉有“德性”。佩玉成为古代人日常生活中的普遍现象，是因为它被古人视作道德的化身。《礼记·玉藻》篇曰：“君子无故，玉不去身，君子于玉比德焉。”① 由是延展出了儒家的比德说。《礼记·聘义》篇记孔子言曰：“夫昔者，君子比德于玉焉。温润而泽，仁也；缜密以栗，知也；廉而不刿，义也；垂之如坠，礼也；叩之，其声清越以长，其终诎然，乐也；瑕不掩瑜，瑜不掩瑕，忠也；孚尹旁达，信也；气如长虹，天也；精神见于山川，地也；圭璋特达，德也；天下莫不贵者，道也。诗云：言念君子，温其如玉。故君子贵之也。”② 细观此比德之说，得其况味有三。一是，君子比德于玉，源于古代人对玉制器物的神圣化。依马融的诠释，天子以玉召诸侯或恤凶荒，是用玉之仁；以玉作发兵符节，是用玉之义；结盟用玉，是用其信；国君相见用玉，是用其礼；日常佩玉，是用其乐；祭祀用玉，是用其能将人之“德”达于天地山川四方等。玉所象征的仁、智、义、礼、乐、信、忠诸种美德，究其实，乃是儒家对前代以玉为神器和符信诸行为的文化延伸和精神归结。玉的这种精神意义上的诠释，到后来则概括得愈加精当。《说文》释玉，曰有五德：“润泽以温，仁之方也；䚡理自外，可以知中，义之方也；其声舒扬，専以远闻，智之方也；不桡而折，勇之方也；锐廉而不技，絜之方也。”③ 又《五经通义》：“玉有五德，温润而泽，有似于智；锐而不害，有似于仁；抑而不挠，有似于义；有瑕于内必见于外，有似于信；垂之如坠，有似如礼。”④ 二是，比德于玉，是因为玉本身拥有能够寓意化的

① ［汉］郑玄注，［唐］孔颖达疏：《礼记正义》，［清］阮元校刻：《十三经注疏》，中华书局1980年影印本，第1482页。

② ［汉］郑玄注，［唐］孔颖达疏：《礼记正义》，［清］阮元校刻：《十三经注疏》，中华书局1980年影印本，第1694页。

③ ［汉］许慎：《说文解字》，中华书局1963年版，第10页。

④ ［明］陶宗仪等编：《说郛三种》卷3，上海古籍出版社1988年版，第245页。

诸般美质。它温润而有光泽，质地缜密坚硬，声音清越悠扬，垂之沉沉如坠，瑕不掩瑜，内蕴深厚。古人用玉，皆象其美。玉之美质是古人比德的自然基础，也是君子贵玉的重要原因。三是，玉德种种，最基本的一条乃是“温仁”。孔子论玉，置温仁于首条。马融以为温者德之始。《诗经·大雅·抑》亦歌曰：“温温恭人，维德之基。”[①] 于玉比德，实渗透了儒文化的仁爱思想，故玉温、玉德即指仁德、善德。曹雪芹的匠心就在于将传统文化中的玉之德性贯注了全新的意蕴：宝玉的温仁是借助“情不情”的生命态度得以凸现的。依脂批之说，无论有情之人，抑或无情之物，彼皆以痴情去体贴关怀，对身边所有清纯女儿欣慕尊崇，昵而敬之。故此，“情不情”中已然涵化着“仁而爱人”的儒学精神。“温乎其人，玉润外鲜”[②]，以比宝玉可也。换言之，“情不情”即宝玉式的玉温、玉德。黛玉对爱的期待，妙玉于情的暗生，在曹雪芹的眼中心中，都盈溢着一种温仁清润、纯情自然的玉的德性。传统的玉德观于此获得了“新奇别致”的拓展。

复次，玉更有“美性”。在古人文化生活中，玉是一切美好品物的标志。清俞樾曾在《群经平议·尔雅二》提到，古人之词，凡所甚美者则以玉言之。俞樾以《尚书》之玉食、《礼记》之玉女、《仪礼》之玉锦为例加以说明。生活中也确多有以玉形容美好之形质者，以人而论，有玉体、玉容、玉齿、玉臂、玉腕、玉腰、玉肤、玉骨冰肌之美喻；人之站立可谓玉立，说话可称玉音，哭泣亦称玉泣，消瘦为玉瘦，忧愁为玉惨花愁，死亡为玉碎香消；在更抽象的意义上，玉润喻德性之美，玉洁喻德操之洁，玉璞喻怀才不遇之人，玉立喻坚贞不屈之志，宁为玉碎、不为瓦全则喻

① ［汉］郑玄注，唐孔颖达疏：《毛诗正义》，［清］阮元校刻：《十三经注疏》，中华书局1980年影印本，第556页。

② ［三国魏］嵇康：《琴赞》，［清］严可均校辑：《全上古三代秦汉三国六朝文》，中华书局1958年版，第1322页。

仁人志士决不苟且偷生的傲骨丹心，其他如美好的声誉为玉誉，娴雅的风仪为玉度，优美的神采为玉精神……从文化语言学的角度审视，则可见出玉已从最初“石之美者”的朴素含义，引申出“标准美”、“理想美”的深刻蕴涵，从而生发出泛文化的审美色彩。

玉之成为社会生活中理想美的象征物，实建基于自身所具备的温润自然、晶莹发亮之特质。“良玉度尺，虽有十仞之土，不能掩其光。”①“玉至清而不蔽其恶，内有瑕秽，必见之于外，故君子不隐其短，不知则问，不能则学，取之玉也。君子比之玉，玉润而不污，是仁而至清洁也；廉而不杀，是义而不害也；坚而不磐，过而不濡，视之如庸，展之如石，状如石，搔而不可从绕，洁白如素，而不受污，玉类备者，故公侯以为贽。”② 人们用以形容莹润朗照的仪容风度，称扬含蓄温仁的人格品性，喻示合乎儒学精神的美德善道，玉由是成为中国古代文化的美的最佳代表。据此而言，曹雪芹以玉名其心爱的“玉人”形象，比拟他们的金玉之质，其赞誉、颂扬形象之“玉”意已莹然可观。

玉之美性还在于它是一种人格美的象征。以品鉴人物为风尚的魏晋时代，是一个崇尚自然心性，追求清莹澄明的审美境界，标举俊迈爽朗风骨的特殊时代。而玉，恰是这魏晋风度的一方美的代表。《世说新语》中的十多则笔记，忠实地记录下魏晋人以玉来品鉴人物仪容风神的时代风尚：

> 魏明帝使后弟毛曾与夏侯玄共坐，时人谓蒹葭倚玉树。
>
> 时人目夏侯太初朗朗如日月之入怀，李安国颓唐如玉山之将崩。

---

① 赖炎元注释：《韩诗外传今注今译》，台湾商务印书馆1972年版，第187页。

② ［汉］董仲舒：《春秋繁露》，上海古籍出版社1989年版，第87页。

嵇康身长七尺八寸，风姿特秀。见者叹曰："萧萧肃肃，爽朗清举。"或云："肃肃如松下风，高而徐引。"山公曰："嵇叔夜之为人也，岩岩若孤松之独立；其醉也，傀俄若玉山之将崩。"

王夷甫容貌整丽，妙于谈玄。恒捉白玉柄麈尾，与手都无分别。

潘安仁、夏侯湛并有美容，喜同行，时人谓之连璧。

裴令公有俊容仪，脱冠冕，粗服乱头皆好，时人以为玉人，见者曰："见裴叔则，如玉山上行，光映照人。"

骠骑王武子是卫玠之舅，俊爽风仪。见玠，辄叹曰："珠玉在侧，觉我形秽。"

有人诣王太尉，遇安丰、大将军、丞相在坐。往别屋，见季胤、平子。还，语人曰："今日之行，触目见琳琅珠玉。"

王大将军称太尉"处众人中，似珠玉在瓦石间"。

庾文康亡，何扬州临葬，云："埋玉树著土中，使人情何能已已！"

王戎云："太尉神姿高彻，如瑶林琼树，自然是风尘外物。"①

以上诸例大多见于"容止"篇。同样的语例还见诸《晋书》：

（卫玠）乘羊车入市，见者皆以为玉人，观之者倾都。

（裴）楷风神高迈，容仪俊爽，博涉群书，特精理义，时人谓之玉人。②

① ［南朝宋］刘义庆：《世说新语》，岳麓书社1989年版，第148、148、149、149、149、149、150、150、150、159、95页。

② 分见《晋书》之《卫玠传》、《裴楷传》，［唐］房玄龄：《晋书》，中华书局1974年版，第1067、1048页。

玉人、玉山、玉树、珠玉、琳琅、连璧、瑶林琼树，自非仅止于姿容之喻。与明灿朗照的日月和肃爽清举的孤松等誉并观的诸玉意象，往往在赞誉“玉人”们外在形貌的优美姣好、光彩照人之际，透射出那样一种莹润朗照、澄明亮洁的精神风采和品格辉光。

这种如玉之美的清莹境界，不惟是魏晋士子所追慕的时代风尚，而且也是中国古代士子们孜孜以求的清洁自守、超尘拔俗的人格美境界。“明月松间照，清泉石上流”，“素月分辉，明河共影，表里俱澄澈”，诗人们所吟咏的，沉醉其中的，正是那一清澄透明、晶莹洁净的性灵世界；所谓冰清玉洁，冰雪情操，“一片冰心在玉壶”，皆此境界的凝炼概括；而“沧海月明珠有泪，蓝田日暖玉生烟”，则是在若许清凄迷惘的悲慨中，仍然闪烁着一片莹灿亮洁的光采。这种清澄明湛的人格理想，究其实，乃与古代中国的文化底蕴翕翕相关。以儒道释三教合流为特征的古代文化，儒家之清品高节，道家之清明虚静，佛家之清空洁净，共同熔铸了它的生命精神，从而熏陶了历代知识分子崇尚与追求清莹境界的文化心态，而玉，恰恰契合了这一心态的审美特征和求善原则，因而成为士子们理想美的最佳代表。“玉的美，即‘绚烂之极归于平淡’的美。可以说，一切艺术的美，以至于人格的美，都趋向玉的美：内部有光采，但是含蓄的光采，这种光采是极绚烂，又极平淡。”①

《红楼梦》之玉意象，无疑凸现了这一清莹高洁、绚烂平淡的人格美理想，体现出作者所追慕崇尚的魏晋风度。宝玉之温润仁善、尊崇女儿，黛玉之高标隽逸、清新灵慧，妙玉之孤高傲世、清雅冷洁，以及探春之清朗俊爽、神采飞扬，湘云之洒脱宽宏、不随流俗，甚至宝钗之端凝淡朴、含蓄蕴藉，都被作者视为超乎世俗之上的如玉如莹的人格美。二知道人评点湘云醉眠“纯是晋人风味”，而众女儿之结社、吟诗、论画、品曲、葬花、扑蝶、折梅、立雪，又何尝

① 宗白华：《艺境》，北京大学出版社 1987 年版，第 327 页。

没有充盈那一清纯脱俗、流光溢彩的晋人风味？好一似“霁月光风耀玉堂”，真正乃“玉是精神难比洁”；她们多不名玉而有玉的清莹美，虽无人生壮举却颇多性灵的辉光；她们多半命运悲凄无奈，而生命却那样晶莹亮丽，流动着高洁而鲜活的玉文化精神。

四、玉之质：诗意盎然

如此看来，玉便拥有了弥散状的多重寓意。玉是石之美者，女娲的锻炼赋予了顽石日后通灵的慧根，在大荒山无稽崖青埂峰下，它又独得天地自然之气，日月山川之精华孕育了它的灵性。它虽幻化为美玉而历劫下凡，却依然葆有其坚贞愚顽的石性。从其本然意义而言，玉与石同质一体，它是自然的，又是灵性的。在现实空间里，玉是纯洁美好的象征，它代表了清新亮丽的生命精神、莹润朗洁的人格风度，凝聚着作者如玉如莹的审美理想。书中名玉之人，莫不是作者深为钟爱、精雕细琢的玉人，洋溢着一派清莹澄明的魏晋气象。故而，玉又是审美的和诗意化的。在大观园中，玉又特别地隐寓玉人们细腻真挚的深情爱意，因而它又是极富情感的和生命化的。而在世人的眼里，玉又以珍贵饰物出现，与人形影不离，成了人物特殊地位和身份的象征。尤其那块通灵玉，被贾府上下人众视作命根子，对它的珍视程度远超对人的价值的宝爱；而当贾氏家族考虑婚姻关系时，玉便和金缔交，结成政治和经济互补互助的联盟，以取代任情真挚的深爱。从这一层面上说，玉又是功利的和世俗化的。与石兼具坚贞和痴顽仿佛，玉在其双面多重涵义中呈现其美与非美、善与非善的对立性生命结构。而玉之本原即是石，石经锻炼通灵而为玉，则玉之总体意象本来就是一个复合体，顽灵兼有，愚慧参半。准此而言，玉又是哲学的、理性的。只注重石之性而否定玉之性，显然是片面的；只钟爱玉之美而无视玉之非美，自然也是有失偏颇的。

在作者的形象设计里，玉价值的双面结构是一个诗意盎然的存在。神瑛侍者的所在赤瑕宫，其“瑕”除了解作“玉小赤”之外，又可解作“玉之病者”。脂砚斋特意指出：“按瑕字本注，玉小赤也；又玉有病者。以此命名恰极。”① 书中“病玉”、“浊玉”、“蠢物”这样一些带有作者自况自嘲意味的用语，恰如其分地道破玉之非美的存在。玉之病之浊，是它在富贵场、温柔乡“历劫”过程中所蒙受的世俗生活的尘垢。第25回宝玉因魇魔法而病至不省人事，完全是一个象征性的情节。跛道癞僧的神秘出现，意味深长地揭明玉之病因：那灵玉因被声色货利所迷，而失去其灵性宝光，不能再有驱除邪祟的神功。所谓“粉渍脂痕污宝光”，粉渍脂痕乃是宝玉身为贵族公子所常浮现的诸多非善非美的生活方式与生活习性的一种形象化总结。癞僧跛道实际是女娲的使者茫茫大士、渺渺真人在尘世的幻相，他们以手摩弄恢复了玉的灵性宝光，这当然是虚幻性的、寓意化的去“污”过程。在实际生活中，是林黛玉以她高标隽逸的人格魅力，清莹自然的精神辉光，照亮贾宝玉的生命进程。换言之，正是这位灵魂高贵、品性亮洁的世外仙姝所给出的情之督责，心之关爱，净化了宝玉的心性与情操，把他从声色货利的污浊氛围中拯救出来。

这正如青埂峰下的顽石乃是经过女娲的锻炼而得通灵一般，大观园中的灵玉也须时时得到绛珠灵魂的光照而葆其光亮鲜洁。在“玉”的象征层面上，林黛玉是最为晶莹光粲的一角。她的言行举止从来都那么清新自然，率真任情，而绝少世俗的纤尘，那颗玲珑剔透的心对周围的感觉是那么敏锐细腻，时时迸射着逼人的才智光辉。“捧心西子玉为魂”，以玉为魂，精妙地昭示林黛玉灵魂的纯洁晶莹。贾宝玉既视林黛玉有如神明，则林黛玉对他的彼此知己、爱情专一的执著要求，便具备了一种神秘而圣洁的力量，吸附着宝玉的感情

① 戚序本《石头记》第1回批语，朱一玄编：《红楼梦资料汇编》，南开大学出版社2001年版，第88页。

维度，使之愈来愈趋于纯净澄明的精神境界。

能够验证这一“玉”意的，是作者借宝玉之口所作的寓言：“女儿是水作的骨肉，男人是泥作的骨肉。”[①] 曹雪芹从女娲抟土造人的传说里得到启迪，将造人的材料水和泥判然分开，将水的清纯赋予了女儿，而将泥的污浊留给了男子。这一惊世骇俗的造人原理，规定了那一世俗世界里所有男子作为天地间渣滓浊沫而蠢蠢涌溢的泥性。在贾府内外，除了贾宝玉及其知己好友蒋玉菡、柳湘莲、秦钟之外，其余男性大多是泥性十足，浊臭逼人。尤其是贾府的年轻主子们如珍、琏、瑞、环以及薛蟠者流，终年沉溺于声色货利的泥潭之中，毫无品格的坚贞、性灵的辉光可言。而女儿为水，大观园内的那一群清纯美丽的少女们，恰与大观园外的尘泥世界形成了鲜明的对立。她们通体清澈透亮，心灵纯净，绝少尘埃，言行举止满是水质水韵，好比那一道清纯澄亮的沁芳泉水，令人一见便觉清爽愉悦。在这群水女儿中，最晶莹澄澈的便是林黛玉。林黛玉是花魂，是玉魂，也是水的极致。所谓“水集于玉”，水的清莹灵秀孕育了玉魂的高贵亮洁。处于泥与水的中介环节上的，是贾宝玉。他是男子，却与大观园外的男性世界相距甚远，相反，作者将他置身于大观园内的女儿天地里，让他在耳濡目染中感受水的灵气、水的清新，故而他的身上少有泥性。是男儿身却颇多女儿态，这也许恰是作者认定的审美化的人生境界。当然，这一境界并非美的最高层次。因为美玉的前身顽石虽说是女娲补天之馀的弃石，有着顽强坚硬的石质，可是它在女娲锻炼之前也不过是荒荒茫茫之际的泥土尘埃而已；即便是锻炼通灵幻形为玉之后，难免还会因为声色货利之迷而蒙尘被垢，失去其宝光玉色，而显示出一定的泥土气息，散发些许的浊臭之气。也正因此，浊玉才需要玉魂的光照，需要清泉的洗涤。绛珠

① 中国艺术研究院红楼梦研究所校注：《红楼梦》，人民文学出版社 1996 年版，第 28 页。

还泪的神话，为林黛玉的每每流泪作出了美丽异常的先验性解释。林黛玉泪特别多，似乎因为她是水作的女儿，终生的泪水足够偿还神瑛侍者当年的浇灌之恩。“绛珠之泪偏不因离恨而落，为惜其石而落，可见惜其石必惜其人。其人不自惜，而知己能不千方百计为之惜乎！”[①] 珍惜其石，必痛惜石上尘垢，于是林黛玉的性灵之泪化作清泉石上流，涤其尘，去其泥，使之焕然而为玉。

泥性与水性的对立，石性向玉性的升华，这些借诗情诉说的哲理，有时也会被一些贵石性而贱玉性的读者误读。他们把贾宝玉的摔玉、砸玉、骂玉诸行止视为作者对玉的否定和摒弃。殊不知林黛玉的第一道泪泉正是为贾宝玉“不自惜”的摔玉举动而挥洒；贾宝玉“重玉不重人”的呐喊，也正根由于对周围人众只重玉石之形体而不重玉人之美质的世俗心态的反感与愤懑。摔玉砸玉，并不意味着对玉质玉性的全然否定。或以为宝玉之“贾”姓，代表了作者的否定态度：贾者假也，假宝玉乃真石头。这同样也是一种误读。贾府中珍、琏、环、瑞以及璜、琮之辈，才是真正的假珍、假琏、假环、假瑞，名虽含“玉”而品性全无玉光玉色，纯然是泥沙俱下、浊臭逼人的假冒伪劣货色。贾氏家族为这一代儿孙起名皆从玉，原本倾注着家族的厚望，“那里承望到如今生下这些畜牲来，每日家偷狗戏鸡，爬灰的爬灰，养小叔子的养小叔子”[②]，直抵一个动物世界。而泥性绝少、玉性充盈的贾宝玉，焉能与这些“泥猪癞狗”混为一谈？宝玉之“玉”若假，则黛玉之“玉”何置？宝玉若与珍琏环瑞同假，则真玉安在哉？正所谓“假作真时真亦假”也。

为让读者辨明真假之分，作者特意为宝玉设计了一个虚幻的映像“甄宝玉”。第56回贾宝玉午睡时梦见甄宝玉——也生活在大观

① 戚序本《石头记》第3回回后批，朱一玄编：《红楼梦资料汇编》，南开大学出版社2001年版，第136页。

② 中国艺术研究院红楼梦研究所校注：《红楼梦》，人民文学出版社1996年版，第114页。

园一样的花园、怡红院一样的院子里，也使唤清一色的女孩子，也为他的妹妹胡愁乱恨；更巧的是，贾宝玉见到他时，他也正午睡刚醒，刚刚梦见了贾宝玉在睡觉。两个宝玉互闻互知，又在梦中相见，互相叫着对方的名字，有如呼唤自己的灵魂。这一象征性的情节宛似庄生梦蝶，梦醒之后是庄是蝶，是假是真，茫然不知，痴迷一片。丫鬟们以面镜而卧来解释梦中奇趣，殊不知这正是作者的生花妙笔所在：甄宝玉乃是贾宝玉的镜中映像，贾宝玉也即真宝玉也。梦中宝玉说："这如何是梦？真而又真了！"[①] 人物描写上的这种哲理化的虚实对称结构，在惝恍迷离中补充了对形象内在价值的展示。与此相仿，黛玉、妙玉也有个镜中映像：那就是刘姥姥虚撰的故事中的"若玉"小姐。"若"，似也，似玉非玉，谓其虚幻性的存在。"若"又通"弱"，谓年少，则意又通"妙"，若玉亦可视作"妙"玉。"若"又是传说中灵木之名。《山海经·西山经》说："西望大泽，后稷所潜也；其中多玉，其阴多榣木之有若。"[②] 又《尸子》注《山海经》曰："大木之奇，灵者为若。"[③] 有奇灵之木为若，则"若玉"与"灵玉"亦可等视同观。若玉既与"妙玉"对应，又与"灵（黛）玉"相和，则从一个侧面证出此书人物设计上的虚实映衬、真假对称之艺术构思。刘氏说这若玉十七岁便病故了，评家多以此为黛玉死龄之预叙，不无道理。

贾宝玉是真宝玉，这种审美指向还可从"宝玉"一典的出处得到证明。"宝玉"之典，人多以香菱所说的唐人诗句"此乡多宝玉"为然，并引其下句"慎莫厌清贫"来引发有关宝玉结局的探佚。其实，书中写香菱偏知湘云所不知的诗句，乃是为了突出香菱天资的颖慧与学诗的勤苦，以阐发"精华欲掩料应难"的题旨。然于作者

① 中国艺术研究院红楼梦研究所校注：《红楼梦》，人民文学出版社 1996 年版，第 776 页。

② 袁珂：《山海经校译》，上海古籍出版社 1985 年版，第 30 页。

③ 汪继培辑：《尸子》，上海古籍出版社 1989 年版，第 32 页。

读者，《春秋》或许较为生疏，和氏璧的典故却应耳熟能详。和氏因献玉而被刖足，“乃抱其璞而哭于楚山之下，三日三夜，泪尽而继之以血”[①]，所悲者非刖也，实因宝玉之被诬以为石也。贾宝玉时常自怨自艾，自视粪窟泥沟，自称蠢物浊玉，固然是出于面对纯洁晶莹、玲珑剔透的玉魂光照而生发的自惭形秽，然在更大程度上却是自身价值不被认同，不为世用而激发的愤懑之词。这部富有自况自叙意味的创世巨作偏偏以《石头记》名之，云其不过是石头所记，或记于石头上的故事，恰是这种愤懑之情外显于世的点睛之力笔。

与此类似，《红楼梦》中贾宝玉的“玉”性“玉”质是借那块有形的饰物具象化的，黛玉、妙玉的如玉美质则是作了无形的寓示。黛玉姓“林”，与“灵”字音谐意通，“黛”为深绿色，“林黛玉”的字面寓意是一方灵性已通的深绿色美玉：这象征着她性灵至上、高标隽秀的精神品格及其清泪莹莹、愁思绵绵的忧郁气质。林黛玉对自己的爱情命运有一种无法把握的悲哀，只能等待和听从家长的安排，这就折射出了“玉”意的多重性：它既是形象灵秀品行和美好情爱的寓化，也是她忧郁人生和无望命运的暗示。另一方面，妙玉亦是一方洁白精美的宝“玉”。小说多次指称她是“金玉质”、“无瑕白玉”；故而妙玉亦是曹雪芹精心设计的那宗教世界里超尘拔俗、洁心自守的一方白玉。妙玉身处空门，自称槛外人；宝玉以“槛内人”的称呼相应，并终将遁入空门。从某种意义上说，黛玉是宝玉现实世界里的精神知己，妙玉是宝玉宗教世界的心灵的投影；她们在纵的和横的两个层面上完构了“玉”的意涵。

“堪叹时乖玉不光”，玉人们虽然如玉如莹，光采煜耀，却无奈生不逢时，时乖运败，而致玉之多重价值的跌落，或许这正是作者洒泪泣血而撰是书之一大情结。今之读者若仍还是以玉为石，重石轻玉，曹雪芹有知，是否也会如当年的和氏一般悲恸而呼“悲夫宝

① ［战国］韩非：《韩非子》，上海古籍出版社1989年版，第34页。

玉而题之以石，贞士而名之以诳，此吾所以悲也”[①]？“满纸荒唐言，一把辛酸泪。都云作者痴，谁解其中味？”作者的自题绝句，似乎已预写了他的无奈与悲哀！

① ［战国］韩非：《韩非子》，上海古籍出版社1989年版，第34页。

第四章　悲歌一曲水国吟

水，是《红楼梦》中蕴涵丰富、在在而有的意象。大观园里，由曲径通幽处穿过石洞，便见“一带清流”从花木深处曲折泻于石隙之下；往北数步，可俯视“清溪泻雪”；它流向潇湘馆，盘旋竹下而出，行经花溆，“其水愈清，溶溶荡荡，曲折萦迂”①，度沁芳闸而后穿墙出园。这一脉清澄洁净的园中小溪，名之曰“沁芳泉”。在这汩汩流动的泉水之外，“水”意象还往往借助一些特殊的形态来呈现：它有时是梨花上的轻“露”，有时是石径上的薄“霜”；有时化为寒“雨”，淋漓在竹梢、芭蕉叶上和林黛玉寂寞的秋窗外；或凝成冷“雪”，飘舞在半空、梅花枝头以及众女儿欢乐的诗篇中；有时，它又聚作“泪”水，无休止地从林黛玉的眼中心底流出，无风仍脉脉，不雨亦潇潇，成为大观园中一道特殊的人文景观，而有别于泉、雨、霜之类的自然意象。

与大观园现实性的“水”意象相对应，作者还设置了神话层面上的“水”：西方“灵河”岸边的三生石畔，绛珠仙草因有神瑛侍者每日的“甘露”灌溉，得以久延岁月，修成女体，遂以蜜青果为食，“灌愁海水”为饮；太虚幻境里，有绿树“清溪”，情天“恨海”，警幻仙姑用以款待浊玉的，是名为“千红一窟”的仙“茗”和“万艳同悲”的美“酒”。其名乃以仙花灵叶上所带“宿露”烹

---

① 中国艺术研究院红楼梦研究所校注：《红楼梦》，人民文学出版社1996年版，第226页。

成，其酒则以百花之蕤万木之“汁”、麟“髓”凤“乳”酿就。如曰清溪、寒雨、冷雪、薄霜、轻露乃是实体性“水”意象的话，那么灵河、愁海、情海则是虚拟性的“水”意象。作者既赋予“水”以韵味独存的幽深别寄，又赋予它以风姿各异的外在形态，通篇文字自然是“水”象联翩，“水”意盎然。

一、女儿如水，流红沁芳

“水”在《红楼梦》中，不仅仅是溪流河海、霜雪雨露这样一些自然意象，也不仅仅是盈盈珠泪这一人文意象。在曹雪芹笔下，“水”还是“女儿”的象征。这位性灵殊异于众、诗人气质浓郁的小说家迁想妙得，让他的男性主人公贾宝玉向芸芸读者诉说：“女儿是水作的骨肉，男人是泥作的骨肉。我见了女儿我便清爽；见了男子便觉浊臭逼人。”将“女儿”比作“水”，自然也可以说，“水”是“女儿”的象征，“女儿是水”与“水是女儿”便构成微妙的等式。故而，“水”在“女儿是水作的骨肉”这句名言里，就成了一个比喻性的新意象。

女儿是“水”，因为女儿拥有如水般自然的风流态度。芍药裀中，史湘云酣眠初醒，慢启“秋波”；寿怡红时，芳官打扮异常，愈显得面如满月犹白，眼似“秋水”还青；高谈阔论时的尤三姐也是一双“秋水”眼。古诗云“水是眼波横，山是眉峰聚”，是以眼波之晶亮多情比喻水波之清澄流溢，水是实象而眼波为喻象；眼如秋水，则眼波为实象而秋水是喻象。风神灵秀的林黛玉，眉是“罥烟眉”，淡如青烟，弯似曲流；目是“含情目”，晶亮似水，柔媚如波；“泪光点点”，仿佛是那溪边水痕斑斑，又好像是花上晨露滴滴；“闲静时如姣花照水，行动处似弱柳扶风”[1] 的描述性意象，则不仅蕴涵

① 中国艺术研究院红楼梦研究所校注：《红楼梦》，人民文学出版社1996年版，第49页。

着林黛玉有如芙蓉般傍水而生、承露而活的生命况味，也传达了她如水波般柔曲轻盈、摇曳生姿的体态风韵。曹雪芹以水喻女儿之眼之泪之体态，是在传统喻象的基础上拓展了其联想内涵。女儿肌肤的柔软、线条的婉曲、气质的清纯、目光的晶亮，和“水”有太多的相似之处，说“女儿是水”，实在是朴素不过真切不过的比拟了。（今人咏唱“阿里山的姑娘美如水”，与“女儿是水”的名言似有异曲同工之妙。）

作为大观园诸少女的一个审美参照，太虚幻境中的警幻仙子更是美到极致：她的腰肢纤细柔美，行止轻盈飘忽，仿佛回风舞“雪”；她的姿容清纯美好，气质高贵娴雅，可当“冰”清玉润；她素若春梅绽“雪”，洁若秋菊被“霜”，静若松生空谷，艳若霞映“澄塘”，文若龙游“曲沼”，神若月射“寒江”。警幻仙子之美，是水的清澄晶莹、光灿流动之美，冰霜雨雪意象的高洁冷凝充盈其身，女儿美的集合体警幻仙子岂不恰是“水作的骨肉”?!

仿佛是警幻仙子美的印证，人间女儿的咏白海棠诗，也纷纷用到了“水”的变体意象。探春之“雪为肌骨易销魂”，宝钗之“冰雪招来露砌魂”，黛玉之“碾冰为土玉为盆”，湘云之“秋阴捧出何方雪，雨渍添来隔宿痕”①，诗句中“冰”、“雪”、“雨”、“露”俱以咏白海棠花的洁白柔美。然而咏花亦咏人，众女儿借物喻情，无一不是“清洁自励”。花如冰如雪，而人又如花，则人、花、水三位一体，构成了一个新的复合意象。水之清洁灵动与花之洁白芬芳，便无声地转化为人的内在气质和精神内涵。在诗中，冰、雪、霜、露是水，而且是含香沁芳的水；在诗外，众女儿清洁的品格如水，芬芳的性灵如水，超凡脱俗的精神风貌如水，丰逸灵动的才思文笔如水（“才思泉涌”、“才情横溢”原本就透射着“水”意象），拥有

① 中国艺术研究院红楼梦研究所校注：《红楼梦》，人民文学出版社1996年版，第493、493、494、500页。

诸端美好意象底蕴的大观园女儿，又焉能不是“水作的骨肉”?!

在借助比喻性的水意象“冰霜雪露”来表达“女儿是水”的意涵之外，曹雪芹还精心营构了一个实体性的水意象。大观园中那道清流妙名“沁芳”，联又云“绕堤柳借三篙翠，隔岸花分一脉香”，可谓道尽了水流的美质：岸边花繁柳郁，水面落红片片，水因柳色而染绿，又因花香而沁芳；它有三篙之深而仍清纯澄碧，是一脉之形而更显其蜿蜒曲折。泉水意象因此而弥漫一派清灵芬芳、柔婉明媚的氛围，构成那“真无一些尘土”的无比洁净之境。太虚幻境也因有“绿树清溪”而成“飞尘不到”的仙家净土，以与凡界遥相呼应。在贾宝玉心目中，“女儿”无一不钟神毓秀，得日月山川之精华，是“清净洁白”、令人一见便清爽的“人上之人”。从“女儿”的整体意义上看，这群清净洁白的女儿，居于少尘绝埃的大观园里，恰似洁净清澈的沁芳泉水。流红沁芳的脉流，是全体“女儿”的化身。落红阵阵、水流潺潺之际，它已由实体性意象升华为象征性意象。

或以林黛玉曾阻止宝玉抛花于水，诗又有“质本洁来还洁去，不教污淖陷渠沟”之句，而认为园中泉水并不洁净。这其实是一种误读。黛玉明明说：“你看这里的水干净，只一流出去，有人家的地方脏的臭的混倒，仍旧把花糟蹋了。”[①] 水在大观园中总是干净而芬芳的，它出了园子便会污浊，这恰好隐寓大观园众女儿的清净洁白。贾宝玉天性喜聚不喜散，渴望与所有姐妹终身厮守，一有分离便深感痛苦。这里面实隐含着“女儿三变”的思想：女儿未嫁是颗无价宝珠，出嫁便光色顿失，成了死珠，往后便成了鱼眼珠了。因为女子一嫁了人便沾染了男人气息，而不复纯洁芬芳。迎春将嫁，并要赔四个丫头过去，宝玉得知，跌足自叹道：“从今后这世上又少了五

① 中国艺术研究院红楼梦研究所校注：《红楼梦》，人民文学出版社 1996 年版，第 314 页。

个清洁人了。”[①] 在园中是“清净洁白”的女儿，出了园子便不再是“清洁人”，这正和沁芳泉在园内是净泉，出园便成污淖的景况一样；宝玉对女儿们的感觉，是审美的而不是现实的，是性灵化的而不是世俗化的。对所有“女儿”（包括他的姐妹在内）的“水”性，他从整体上一概予以尊重、倾慕、细心呵护，就像当年神瑛侍者悉心灌溉绛珠仙草一样，贾宝玉虔诚地呵护着一群晶莹澄澈、芬芳灵秀的“水”女儿，并从心底期望她们永远如此。

沁芳泉是女儿泉，自然意象与人文意象相映互辉、整合为一之后，“女儿是水”的命题便延伸出更多的蕴涵。——不仅女儿的姿容体态、性情品格之美幻化为水意象，而且女儿的青春与生命、柔情与愁绪，都融入了那一湾鲜活洁净、深柔婉转的泉水之中。第 23 回“《西厢记》妙词通戏语，《牡丹亭》艳曲警芳心”，在描述了落花浮水、飘飘荡荡的景象后，集中笔墨来指明水之象征意蕴。《牡丹亭》“如花美眷，似水流年”的唱词隔墙传来，原不经意的林黛玉竟然听得“心动神摇”、“如痴如醉”，站立不住，坐在石上细嚼其中滋味，联想到古人诗词中“水流花谢两无情”、“流水落花春去也，天上人间”，加上刚刚读过的《西厢记》中“花落水流红，闲愁万种”之句，凑聚在一起，“仔细忖度，不觉心痛神痴，眼中落泪”。崔莺莺、杜丽娘青春与个性意识的觉醒，浓聚在“如花美眷，似水流年”和“花落水流红”这警醒芳心的妙词艳曲里，启迪了林黛玉对生命的憬悟、对自身命运的沉思，故而心痛神痴，潸然泪下。作者对落花满泉的描写与构思，显然是从《西厢记》、《牡丹亭》的落花流水意象中申衍而来。“花落水流红”固然是前人事，也是眼前景、心中情。飘花沁芳的流水意象，其韵味醇美如是，浓厚如是，一如柔情似水的少女本身。

---

① 中国艺术研究院红楼梦研究所校注：《红楼梦》，人民文学出版社 1996 年版，第 1121 页。

二、形态各异，意味悠长

传统诗文中的水意象，往往含有情思万缕、愁思不绝的象征意蕴：

> 思君如流水，何有穷已时。①
> 无端一夜空阶雨，滴破思乡万里心。②
> 青鸟不传云外信，丁香空结雨中愁。③
> 自在飞花轻似梦，无边丝雨细如愁。④

人们以“水”、“雨”来寄托其相思、愁苦之情，多取流水之波动深柔、迢迢不断和雨水之连绵淋漓、凄寒抑郁。而柳永的《雨霖铃》词，流水与雨水俱在，酸泪与苦酒共存。“泪”诉离情，“酒”浇离愁，多情深恨波涌于心，恰如千里烟“波”；骤“雨”则既是实景意象，亦是象征意象，“兰舟”与“杨柳岸”则是“水”的潜意象。爱如水，愁如水，风情如水，抒情主人公宛在“水”中央。

大观园女儿的最优秀者林黛玉，便也是这么一枝宛在水中央、泪水淋漓的水芙蓉。在她的精神生活中，泪水仿佛是她情感宣泄的最主要的方式。初入贾府时“泪光点点”，当夜便因宝玉摔玉而流泪不止，平日又总爱在潇湘馆内临风洒泪，对月伤怀，自然界

① ［魏晋］徐幹：《室思》，余冠英选注：《汉魏南北朝诗选》，人民文学出版社1979年版，第107页。

② ［宋］张咏：《雨夜》，傅璇琮主编：《全宋诗》第1册，北京大学出版社1998年版，第547页。

③ ［唐］李璟：《摊破浣溪沙》，［清］彭定求等编：《全唐诗》第25册，中华书局1960年版，第10042页。

④ ［宋］秦观：《浣溪沙》，唐圭璋编：《全宋词》第1册，中华书局1965年版，第460页。

的风风雨雨、落花飞絮，他人的欢声笑语、眼色行止，无一不是引动她“泪自不干”的诱因。愁绪满怀无释处时，她哭出了一篇凄绝艳绝的《葬花辞》；题帕三绝句，无异于三首咏泪诗。“秋闺怨女拭啼痕”——因何而啼？又有何怨？在痛感自己身世飘零、青春易逝之外，自然含有对爱情的痛苦期待及对前景深感茫然的悲戚。林黛玉生魂名曰“绛珠”，此二字乃是她一生“血泪”凝就。眼中流出的泪是水，心底流出的泪是血，血总是浓于水的。“绛珠”是对林黛玉将生命与灵魂全交付与爱情的精当概括。“绛珠之泪至死不干，万苦不怨，所谓求仁而得仁，又何怨。悲夫！”① 怨与不怨是一对矛盾，怨因情爱无着、前途无望；不怨因求仁得仁、爱得其所。作为少女诗人的林黛玉，诗是她将满怀愁绪怨情诉诸自我、自怜于幽闺的形式；而当这位诗家以泪美人、水芙蓉的资质风韵楚楚动人地摇曳于大观园清新灵秀的世界里时，泪便成为她柔情深爱的视觉化倾诉了。在转瞬即逝的人生之旅上，她一边行吟一边洒泪，歌声伴着泪痕，血泪又化作歌吟，而长歌原可当哭呵！在那个没有性灵、无视情爱的漠漠尘世里，潇湘妃子的泪流与大观园中那一脉泉流愈加显得清亮晶莹，缠绵悲慨。

作者在情节展开之先设计的三生石畔的浇灌神话，是为这淋漓泪水所作的先验性解释。神瑛侍者用以浇灌绛珠草的，是象征清纯爱意的甘露，绛珠草心承神受的同时，郁结了一股缠绵不尽之意，思欲下凡“还泪”。那条灵河无疑是灵界泪河，它清亮无尘，“缠绵不尽”，成为绛珠仙子凡界还泪的源泉。大观园中的脉脉泉流有如灵河在凡界的投影，无声地映现着潇湘妃子的点点泪痕。甘露与河水创造了凡界的生命，又源源不断地给予这生命终生所需的情爱泪水；反过来，这生命又每每以性灵的泪泉冲荡顽

---

① 戚序本《石头记》第3回回后批，朱一玄编：《红楼梦资料汇编》，南开大学出版社2001年版，第137页。

石，涤其尘去其泥，使之焕然而为玉。“晓来谁染霜林醉？总是离人泪。”泪一向是为离恨而挥落的，然而，“绛珠之泪偏不因离恨而落，为惜其石而落，可见惜其石必惜其人。其人不自惜，而知己能不千方百计为之惜乎”①！珍惜其石，必痛惜石上尘垢，于是泪作清泉“石”上流，“秋流到冬尽春流到夏”，至死不干，万苦不怨。林黛玉因而成了泪小姐、水女儿。

也正因此，作者才设计她通体晶莹透亮的“水”质“水”韵。诸少女中，惟有林黛玉是自扬州逆水而上，舟行来京的；结社取号，也惟独“潇湘妃子”之名血痕斑斑、情爱离离，“水”像四溢。而极具象征意味的花名设计更是“水”意淋漓：“除了他，别人不配作芙蓉。”林黛玉傍水而生，依露而活，恰似一枝风露清愁的水中莲花。西方人对东方的莲花意象有如下的理解：“实际的莲花具有两种特别激发了东方人想象力的特征——它朴素纯洁的美和它神秘的水中诞生。”② 这两个特征与林黛玉的美质妙合无痕。“清水出芙蓉，天然去雕饰”，宛如林黛玉风神气韵的写照。在这位清纯灵秀的少女身上，人们仿佛看到了那位凌波微步，罗袜生尘，“灼若芙蓉出渌波”的“水”仙洛妃的影子。

循此以观，我们也才会明白，为什么“雨”的意象以潇湘馆内为多。雨不仅以自然意象的身份应和着林黛玉凄寒孤寂的心绪，雨还是上天对超凡拔俗的人间精灵倾诉情爱、盎现性灵之举的一种感应。人间泣声细细，泪雨涟涟，上天便寒风习习，冷雨潇潇。雨水像是上天的眼泪，当上天俯视那作践女性、泯灭真情的世界，发现还有血泪成河的凄艳之情存在时，禁不住潸然泪下。于是潇湘馆内便常常春雨凄凄，秋霖脉脉，窗外天之泪，窗内人之泪，

① 戚序本《石头记》第3回回后批，朱一玄编：《红楼梦资料汇编》，南开大学出版社2001年版，第136页。

② ［美］P·E·威尔赖特：《原型性的象征》，叶舒宪编：《神话——原型批评》，陕西师范大学出版社1987年版，第230页。

天与人默相应和，“不知风雨几时休，已教泪洒窗纱湿”[①]。潇湘馆内为何植有千百竿翠竹？那是为了印证林黛玉的斑斑血泪。潇湘馆后院又为何有大株梨花兼着芭蕉？因为梨花带雨的意象宛似黛玉珠泪盈盈，而雨滴芭蕉的声音更助黛玉悲情戚戚。正所谓“耳边愁听雨萧萧，碧纱窗外有芭蕉”[②] 之境之情也。“伤心枕上三更雨，点滴霖霪、点滴霖霪”[③]，“小风疏雨潇潇地。又催下、泪千行”[④]，“梧桐更兼细雨，到黄昏、点点滴滴”[⑤]，“更堪细雨新秋夜，一点残灯伴夜长”[⑥] ……也许是前代词人的情感风貌在后世的精神延伸，《红楼梦》第 45 回写黛玉“听见窗外竹梢蕉叶之上，雨声淅沥，清寒透幕，不觉又滴下泪来”，此处，“雨声”这一听觉意象与“滴泪”这一视觉意象的组合，透射出黛玉心底哀怨无极、天与同泣的意蕴。

贾宝玉所唱之“红豆曲”云：“滴不尽相思血泪抛红豆，开不完春柳春花满画楼，睡不稳纱窗风雨黄昏后，忘不了新愁与旧愁，咽不下玉粒金莼噎满喉，照不见菱花镜里形容瘦，展不开的眉头，捱不明的更漏。呀！恰便似遮不住的青山隐隐，流不断的绿水悠悠。”[⑦]

---

① 中国艺术研究院红楼梦研究所校注：《红楼梦》，人民文学出版社 1996 年版，第 609 页。

② ［宋］晁补之：《浣溪纱》，唐圭璋编：《全宋词》第 1 册，中华书局 1965 年版，第 573 页。

③ ［宋］李清照：《添字丑奴儿》，唐圭璋编：《全宋词》第 2 册，中华书局 1965 年版，第 930 页。

④ ［宋］李清照：《孤雁儿》，唐圭璋编：《全宋词》第 2 册，中华书局 1965 年版，第 925 页。

⑤ ［宋］李清照：《声声慢》，唐圭璋编：《全宋词》第 2 册，中华书局 1965 年版，第 932 页。

⑥ ［宋］朱淑真：《秋夜有感》，傅璇琮主编：《全宋诗》第 28 册，北京大学出版社 1998 年版，第 17965 页。

⑦ 中国艺术研究院红楼梦研究所校注：《红楼梦》，人民文学出版社 1996 年版，第 612、382 页。

相思血泪凝成红豆，“红豆”适与“绛珠”等量齐观，黄昏雨声里愁思难绝，流不断的悠悠绿水原本由新愁旧愁幻化而成。今人赞誉“你是眼泪的化身，你是多愁的别名”①，恰极当极。

在林黛玉的“雨”、“泪”意象之外，作者也为钗、探、湘、妙营构了水意象的其他特殊形态。如果说林黛玉的水世界是泪涟涟、雨潇潇、泉流潺湲的话，那么薛宝钗水意象的设计，则多为晶莹冷凝的“冰”、“雪”、“霜”、“露”等。“薛”谐音“雪”，判词与曲词俱直言“雪里埋”、“晶莹雪”。那著名的冷香丸调制过程中所用的“四样水”，是雨水日的“雨水”、白露日的“露水”、霜降日的“霜”和小雪日的“雪”；宝玉诗有“出浴太真冰作影”作喻，宝钗亦有“冰雪招来露砌魂”自比。冰雪霜露的本质是水，其外在特征是晶莹透亮、冷凝轻寒。它象征薛宝钗也和众女儿一般，品格高洁晶亮，契合“女儿是水”的命题，此其一。其二，它有异于溶溶漾漾的流水，也不同于抛珠滚玉般的泪水，“泪”与“泉”是动态的水意象，鲜活而缠绵；冰霜雪露多为固态化的水，呈静态。这自然象征着薛宝钗内心世界无泪寡爱的情感冷藏状态。因而她偶或有香汗淋漓，却绝少泪雨淋漓。

与此相仿佛，大观园中那位美丽的青年女尼妙玉，平日所喝的水是旧年“蠲的雨水”和收的梅花上的“雪”。说是“雨水”，必定自空中接来，而且还将这雨水密闭封存使之澄清，一个“蠲”字立显此水之“洁”；是“雪”而来自梅花，自然愈加洁净，且亦“沁芳”（这一“花上水”意象与园中“水上花”意象恰成对照）。妙玉行止如此与众迥异，其求“洁”程度远逾黛玉，其抑情程度也甚于宝钗，故云其“太高”、“过洁”。然而物极必反，雨再洁落地不洁，雪再白入泥即污，岂不正是“风尘肮脏违心愿”？妙玉终

① 蒋和森：《林黛玉赞》，蒋和森：《红楼梦论稿》，人民文学出版社，1981年版，第145页。

陷淖泥中，欲洁而何曾能洁？与妙玉相比，宝钗之雪之霜，于最终孤守空闺之时，寂寞余生之中仍然保持其形其质，既洁且冷。“几曾随逝水？岂必委芳尘？”谓此亦当。

“水”的另一种特殊形态是“云雨”。《周易》云：“密云不雨，自我西郊。”[①]《高唐赋》中，那位愿荐枕席的巫山神女“旦为朝云，暮为行雨”，朝朝暮暮都有云雨相伴而行。巫山云雨由此成为诗人们吟咏不尽的一个特定意象：“一枝红艳露凝香，云雨巫山枉断肠”[②]，“玄宗回马杨妃死，云雨难忘日月新”[③]，“江山故宅空文藻，云雨荒台岂梦思”[④]，“巫峡迢迢旧楚宫，至今云雨暗丹枫”[⑤]，“一春梦雨常飘瓦，尽日灵风不满旗”[⑥]……“云”与“雨”相连，始终有男女欢爱的特定内涵。大观园女儿中，与此意象翕翕关涉的，是史湘云。“湘江水逝楚云飞”不独巧妙地嵌入了“湘云”之名而已。十二钗正册之四，画着“几缕飞云，一湾逝水”，十二支曲子之六说“云散高唐，水涸湘江”，“云”与“水”的意蕴是十分显明的。“湘江水逝”、“一湾逝水”、“水涸湘江”三重意象相同，一谓史湘云之情感性灵如流水般波动深柔，而非是止水之静穆、雪霜之冷凝；二喻湘云如湘水女神般拥有一段情爱；三则象征湘云青春已逝，情爱失所。“楚云飞”、“飞云”、“云

---

① ［三国魏］王弼注，［唐］孔颖达疏：《周易正义》，［清］阮元校刻：《十三经注疏》，中华书局1980年影印本，第26页。

② ［唐］李白：《清平调》，［清］彭定求等编：《全唐诗》第5册，中华书局1960年版，第1703页。

③ ［唐］郑畋：《马嵬坡》，［清］彭定求等编：《全唐诗》第17册，中华书局1960年版，第6464页。

④ ［唐］杜甫：《咏怀古迹》，［清］彭定求等编：《全唐诗》第7册，中华书局1960年版，第2511页。

⑤ ［唐］李商隐：《过楚宫》，［清］彭定求等编：《全唐诗》第16册，中华书局1960年版，第6195页。

⑥ ［唐］李商隐：《重过圣女祠》，［清］彭定求等编：《全唐诗》第16册，中华书局1960年版，第6145页。

散高唐”的意象喻指更为明确：夫妻欢爱不永，幸福转眼消逝。有“云”而无“雨”，并不影响其寓意。潇湘馆中的“雨”意迹近“泪雨”之“雨”，空有情爱期待而实践无望。此处之“云”象却是“云雨”之“云”。《高唐赋》中“朝云”始出时，“湫兮如风，凄兮如雨，风止雨霁，云无处所”①。水云作雨，风止雨霁而云飞水逝，欢爱成空，唯留寒塘鹤影而已。

探春形象所关涉的水意象，则又与众不同。很有一点英武之气的三姑娘既无黛玉式的缠绵哀愁，也非宝钗式的冷凝淡漠，而倾向于阔朗爽俊、神采飞扬。她亦有哭，哭得刚烈；她亦有愁，愁与人异。骨肉分离的远嫁之悲，是一种难以言说的悲慨，这在小说中化作“江水”的意象呈现出来。“一帆风雨路三千”之“路”，是“水”路，是烟波浩淼的大江和无边无际的大海。十二钗正册上画着“一片大海，一只大船”，以一弱女子而只身独行三千里，更兼风雨飘摇，能不“掩面涕泣”吗？“清明涕送江边望”，江上一去，正是“去去千里烟波，暮霭沉沉楚天阔”的意境。当是时，“自生自灭”的现实愤慨与家园破败、“子孙离散”的悲凉预感交织而成的深悲厚哀，恰似那一江春水连绵不绝向东涌流而去。“江水”在此也便成为一个象征性的意象。

三、水集于玉，敷演大荒

在远古神话里，女娲既炼五色石以补苍天，又化育万物，抟土造人。在这有关我们祖先起源问题的原始意象里，泥水混合而为人，无论男女，泥性与水性共存且浑然一体。《红楼梦》的作者却从女娲抟土造人的传说中得到启迪，并由此延伸出开拓性的新意象。他将女娲造人的材料“泥”和“水”判然分离，将“水”

① ［战国］宋玉：《高唐赋》，［清］严可均校辑：《全上古三代秦汉三国六朝文》，中华书局1958年版，第73页。

赋予了女性，而把“泥”留给了男子并对各自的特质作了规定：泥，不过是人世间的渣滓浊沫，浊臭逼人；水，却是日月山川精华灵秀之所生，令人清爽。作者将人世间“极清净极尊贵”的美质给了女性，并对她们作了深情的赞美和歌咏。这真是“女娲炼石已荒唐，更向荒唐演大荒”！然而这一“大荒”之“演”，却有如那一向视女性为卑为下的男权世界里振聋发聩的一声呐喊，唤醒了人们对女性价值的重新思考。

“女儿是水”的命题，又与春秋时代人关于人与水关系的阐述有部分暗合之处：“人，水也。男女精气合而水流形……是以水集于玉而九德出焉，凝蹇而为人。”① 人由水凝蹇而成，与“女儿是水作的骨肉”本质相通；而曹雪芹的独到之处，就在于他提出“女儿”是水，男子非水的说法。这不仅是将古人的哲学命题文学化了，还将“水”的专利权归于女性；且更将“水”的灵秀清明聚集于“女儿”之最优秀者林黛玉的形象中，这又如同是对《管子》中“水集于玉”思想所作的进一步的文学化表达。由“人，水也”申发为“人上之人——女儿是水”，到突出“水集于玉”，作者对传统水意象的继承与拓展之脉络清晰可见。

《管子》又说：“水者何也？万物之本原也，诸生之宗室也，美恶贤不肖愚俊之所产也。”② 水是万物的本原，是自然与生命的创造者，这与西方原型批评理论中有关水意象的解释不无相通之处：“水这个原型性意象，其普遍性来自于它的复合的特征：水既是洁净的媒介，又是生命的维持者。因此水既象征着纯净又象征着新生命。”③ 据说圣子基督本人就是通过在约旦河的洗礼，从水中和精神上再生和复活。水是洁净的，可以使人再生，这双重意

① ［唐］房玄龄注：《管子》，上海古籍出版社，1989 年版，第 134 – 135 页。

② ［唐］房玄龄注：《管子》，上海古籍出版社，1989 年版，第 134 – 135 页。

③ ［美］P·E·威尔赖特：《原型性的象征》，叶舒宪编：《神话——原型批评》，陕西师范大学出版社 1987 年版，第 228 页。

蕴与林黛玉形象的隐寓意义何等相似：她既是“洁净女儿”之最，又承甘露而生；而后者在盎现水是她生命本原这一意义之外，无疑还含有爱情使她从精神上再生的特殊意味。这恰好表明，水意象的象征性是人类普遍性的经验和感受，是集体无意识的一种。按照荣格的说法，原始意象或原型是一种形象，“每一个意象中都凝聚着一些人类心理和人类命运的因素，渗透着我们祖先历史中大致按照同样的方式无数次重复产生的欢乐与悲伤的残留物”①。水意象中所凝聚的“洁净”与“新生”因素，正是这样的一些“残留物”，它跨越了时空的拘限，潜伏和蛰动于东西方人共同的“水”观念中；而曹雪芹匠心独运的结果，是让作品中“水”原型的出发点上升到了一个较高的起点。这个起点既是文学的，也是哲学的，当然更是历史的和传统的。

倘若细加品赏“水”意象在中国思想文化园林中的潺潺流动，我们可以发现它除了洁净与再生之外的许多意蕴。老子以水为“上善”，为“善利万物而不争”②、曲则全、柔胜刚的典型；荀子以水为民心，引《左传》语云：“君者舟也，庶人者水也，水则载舟，水则覆舟。”③ 孔子从水流悟出“逝者如斯，不舍昼夜”④。有人从水中见到了“性”：“人之性如水焉，置之圆则圆，置之方则方；澄之则渟而清，动之则流而浊。”⑤ 有人从水中体味到“德”：“水有四德：沐浴群生，通流万物，仁也；扬清激浊，荡去滓秽，

① ［瑞士］C·G·荣格：《论分析心理学与诗的关系》，叶舒宪编：《神话——原型批评》，陕西师范大学出版社1987年版，第101页。

② 徐澍、刘浩注译：《道德经》，安徽人民出版社1990年版，第20页。

③ 董治安：《荀子汇校汇注》，齐鲁书社1997年版，第276页。

④ ［魏］何晏集解，［宋］邢昺疏：《论语注疏》，［清］阮元校刻：《十三经注疏》，中华书局1980年影印本，第2491页。

⑤ ［晋］傅玄：《傅子》，《全晋文》卷49，［清］严可均校辑：《全上古三代秦汉三国六朝文》，中华书局1958年版，第1737页。

义也；柔而难犯，弱而能胜，勇也；导江疏河，恶盈流谦，智也。"[①]"气蒸云梦泽，波撼岳阳城"的洞庭湖水，唤起的是"欲济无舟楫"[②]的失意；"奔流到海不复回"[③]的黄河水，"江水流春去欲尽"[④]的春江潮，意味着时光年华；"迢迢不断如春水"[⑤]的，是离愁；"流到瓜州古渡头"[⑥]的，是相思；秦少游眼中，柔情是水；李清照心里，水是闲愁……人们对水的认识与表现，渐渐从哲理走向审美；而水之诸端象征意蕴，又汇聚着人们对水的自然意态风韵的感受与领悟，作为一种普遍经验而得到历史、社会的认同。《红楼梦》中的水意象，自然也融入了各种审美化的"水"意、"水"象。

思想家的水观，是哲理性的，文学家的水观，是审美性的，而伦理学家的水观，则又是道德性的。几千年男权统治的社会里，"女人祸水"是顽固强韧的官方意识，历代王朝中，几乎每一个亡国之君的背后，都站立着一位祸水红颜，国破家亡、朝纲颓毁的历史责任往往不是由"明君贤臣"来承担，而多半归罪于一个个"水性"女子。即便是民众文化心理，也普遍存在"水性杨花"的观念。中国政治化的历史中，只见伪道德的狰狞，而完全不见真性情的脉流。然而，到了《红楼梦》的作者，却将这道德传统作了一个颠覆。作者正式宣告，女儿是水作的骨肉，是清明灵秀、

---

① 汪继培辑：《尸子》，上海古籍出版社1989年版，第35页。

② ［唐］孟浩然：《临洞庭湖赠张丞相》，［清］彭定求等编：《全唐诗》第5册，中华书局1960年版，第1633页。

③ ［唐］李白：《将进酒》，［清］彭定求等编：《全唐诗》第5册，中华书局1960年版，第1682页。

④ ［唐］张若虚：《春江花月夜》，［清］彭定求等编：《全唐诗》第4册，中华书局1960年版，第1184页。

⑤ ［宋］欧阳修：《踏莎行》，唐圭璋编：《全宋词》第1册，中华书局1965年版，第123页。

⑥ ［唐］白居易：《长相思》，［清］彭定求等编：《全唐诗》第25册，中华书局1960年版，第10057页。

清净洁白的人上之人，而男人才恰恰是渣滓浊沫！这在以男权统治为中心的世界里，该是怎样的一声惊世骇俗的呐喊！女儿是水，是洁净，是生命万物之源。无论她为泉为河，为云为雨，为冰为雪，为霜为露，她的本质是水，晶莹透亮，清爽洁净。在大观园这个女儿国里，一脉清流应和着上天的汩汩灵河，草上露，梅上雪，竹上雨，面上泪，构成一个声色并作、风光秀异的水的世界，水的王国。“昨夜朱楼梦，今宵水国吟。”① ——一部《红楼梦》，是一篇“水国吟”，一卷“真真国女儿诗”！灵河是泪河，沁芳泉是女儿泉，灵魂与性情两条清流上下辉映，虚实相衬，涤荡着蒙尘数千年的道德传统，以复活其本真面貌。

“女儿是水作的骨肉”，不过是曹雪芹借助其主人公之口向历史所作的宣言。凡一提到这句“宝玉名言”，便以为男主人公好色好淫、邪魔淫鬼者，不特诬宝玉，更诬雪芹矣！

作者曾自题一绝云：

满纸荒唐言，一把辛酸泪。
都云作者痴，谁解其中味。②

自云“荒唐”，又何必慨叹无人解“其中味”？可见，将一篇“女儿颂”、“水国吟”说成“荒唐言”，不过是作者在调侃读者。作者以痴情历十年之苦辛而成此书，字字是血，行行是泪，何“荒唐”之有！对荒唐历史的反动，是真切。倘若历史以伪真实的姿态来看这真实，真实自然也就是荒唐。作者以一把辛酸泪倾诉其痴，则“泪”水涟涟，“血”痕斑斑的，又岂止是泪小姐、水女

① 中国艺术研究院红楼梦研究所校注：《红楼梦》，人民文学出版社 1996 年版，第709 页。

② 中国艺术研究院红楼梦研究所校注：《红楼梦》，人民文学出版社 1996 年版，第7 页。

儿？说“女儿是水”的作者亦当水性丰盈！林黛玉以终生的泪水冲涤“浊玉”之尘垢，去其泥性，成其玉性，则此玉此石亦当水意盎然，晶莹发亮；那精心琢玉、深情吟水、洒泪沥血的曹雪芹又焉能不有水之光、玉之辉？“谩言红袖啼痕重，更有情痴抱恨长”①：作者之情之恨远甚红袖，若以水作比，也恰是一江春水向东流了！

警幻仙姑有歌曰：“春梦随云散，飞花逐水流。寄言众儿女，何必觅闲愁。”② 这又是一个悖论。既告诫众儿女“何必觅闲愁”，又何必慨叹“谁解其中味”？又何必泪、何必痴、何必荒唐、何必辛酸？花落水流云飞，原可缅怀悲悼；而名之以“梦”，仿佛梦醒情冷，一切皆空，可又不能不洒泪泣血于字里行间，任它点点与斑斑。可见云空未必空。为千红一哭，与万艳同悲：有此悲天悯人之博大襟怀，才可能在昨夜朱楼梦醒时，酣然饱满地悲歌今宵水国吟。

---

① 甲序本《石头记》凡例，朱一玄编：《红楼梦资料汇编》，南开大学出版社2001年版，第79页。

② 中国艺术研究院红楼梦研究所校注：《红楼梦》，人民文学出版社1996年版，第71页。

第五章　十二花容色最新

一、花草竹木：主角生命的立体言说

"花"无疑也是《红楼梦》中的主题性意象之一。花以其娇媚、鲜艳而成为女性的青春和生命的象征，红楼女性之最林黛玉是作者刻意雕琢的"花魂"。对作者的这种感性设计，清时读者即已有清晰的把握。乾隆时期明斋主人诸联即将红楼群芳比成众花：

> 黛玉如兰，宝钗如牡丹，李纨如古梅，熙凤如海棠，湘云如水仙，迎春如梨，探春如杏，惜春如菊，岫烟如荷，宝琴如芍药，李纹、李琦如素馨，可卿如含笑，巧姐如荼蘼，妙玉如簷蔔，平儿如桂，香菱如玉兰，鸳鸯如凌霄，紫鹃如腊梅，莺儿如山茶，晴雯如芙蓉，袭人如桃花，尤二姐如杨花，三姐如刺桐梅。①

诸联的比喻中，一些以小说文本为依据而拟出，如宝钗之牡丹、李纨之古梅、晴雯之芙蓉、袭人之桃花，而将迎春比作梨花，大约从迎春归宁哭诉、古诗有以"梨花一枝春带雨"喻美女哭泣而得出。其余诸喻，则大多是诸联根据自己对小说的感悟和对人物个性的理解而借拟的。如黛玉如兰取其幽，岫烟如荷取其清，熙

① ［清］诸联：《红楼评梦》，一粟编：《红楼梦卷》，中华书局1963年版，第119页。

凤如海棠取其娇艳，尤二姐如杨花取其轻浮。这些是诸联以比德于花的方式，为书中诸女所作的定评，和作书人对书中人的品格定位不一定完全吻合。

花木意象自身有其意味悠然的传统寓意。风光诱人的大观园，一个幽微灵秀之地，也是展示钟灵毓秀的女性之心理特质与个性风采的佳境。春日里桃花飘落，柳絮纷飞，寄寓着人物命运的叹息；蔷薇架下的忧郁引出了一段人生的启示；凹晶馆前的皓月清风把无言的悲愁倒映在水中，琉璃世界的白雪红梅折射着人物的个性与性灵。潇湘馆，一个幽雅清凉的世界，微风时送绿意于帘内，一片竹叶便是一片忧郁；雨滴竹梢，牵动林黛玉伤感的心绪。蘅芜苑内只草无花，芳馨异常，自然素朴，一扫浓艳娇妍、花红柳绿气象；香草美人，一种典雅淡泊的传统美弥漫其中。惟有这幽微灵秀之佳境，才是展示钟神毓秀的女性之心理特质与个性风采的背景。

《红楼梦》借助花叶竹木意象以喻群芳的姿容、体态、气质、性情，是通过多层次、多角度进行的。小说的人物命名往往具备一种隐喻性，名字融入了人物的内质、灵魂和命运的表征。芳名内蕴花木意象者，有娇杏、香菱、紫鹃、李纨、林黛玉等。娇杏原为甄士隐家一普通丫鬟，却因为偶然的一次回顾，就被贾雨村误认为是红颜知己，后来娶做二房，不久又扶正做夫人。“娇杏”之名，原为娇艳杏花，明喻其仪容不俗、清明动人，也暗含了其命运的转变系于偶然、侥幸之意。甲戌本侧批曰：“侥幸也。托言当日丫头回顾，故有今日，亦不过偶然侥幸耳，非真实得尘中英杰也。非近日小说中满纸红拂、紫烟之可比。”[①] 香菱原名“英莲”，三岁便被拐卖，其人如莲，其情堪怜。入了薛家，宝钗名之“香菱”，其意如香菱本人所说：“不独菱花，就连荷叶莲蓬，都是

① 朱一玄编：《红楼梦资料汇编》，南开大学出版社2001年版，第101页。

有一股清香的。但他那原不是花香可比，若静日静夜或清早半夜细领略了去，那一股香比是花儿都好闻呢。就连菱角、鸡头、苇叶、芦根得了风露，那一股清香，就令人心神爽快的。”① 原寓其人生这一阶段清香可人，精华难掩，然后来被夏金桂改名为“秋菱”，温润轻灵之“香”为肃杀冷清之“秋”所替代，一字之易，完成了香菱命运由“根并荷花一茎香”到“水涸泥干，莲枯荷败”的过渡，预示着香菱无法避免的悲剧结局。又紫鹃，即如杜鹃花一样鲜艳深情，紫鹃的性情也如紫色的杜鹃花一般纯真艳美、挚热绽放。李纨，纨固为白色丝绢，“李”却是白色之“李”木，李花亦为白色，寓其气质之素淡、人生之澹泊。林黛玉，原本是草木人儿，“黛玉”即绿玉，也即绿竹的代名，则林黛玉呈现给读者的，宛似一片清郁哀婉的竹林，而她的人生飘洒着情的血泪，所以作者赋予她“潇湘妃子”的雅号，以预示她“泪尽而亡”的命运。其他如花袭人、花芳官、椿龄、葵官、药官等名，都多少隐含了花花草草的诸般意象，而那些花木草叶本身的意蕴特征，也就伴随着名字而一同展开了它们丰赡的审美价值。红楼女性的名字与命运，仿佛杜丽娘所吟唱的，似这般花花草草由人恋，生生死死随人愿，便酸酸楚楚无人怨。念着这些名字，一种柔媚芬芳、凄楚缠绵的感觉立刻充溢心间。

小说为众多女性设置的花名签，也为群芳气质作了模糊定位。小说第63回“寿怡红群芳开夜宴”中，作者将诸多花草意象和钗黛湘探一一配置，实际上也就含蓄道出群芳的不同气质特征。薛宝钗掣的花名是牡丹花，签上诗句为“任是无情也动人”，众人笑谓宝钗的气质与牡丹花十分相配，牡丹花的雍容富丽、娇柔妩媚，也就叠印在宝钗的气质个性世界中。探春掣得杏花，则杏花倚云

① 中国艺术研究院红楼梦研究所校注：《红楼梦》，人民文学出版社1996年版，第1128页。

而栽的不凡仙姿既成了探春超凡品格的代表，又成了她日后远嫁命运的一种寓示。黛玉掣得芙蓉花，芙蓉的风露清愁便直接宣示了黛玉的风露清愁。湘云之海棠，李纨之老梅，麝月之荼蘼，袭人之桃花，一一都与她们的气质吻合。这样的安排，显示了作者运用意象以表现形象特质时的经意与圆熟。

咏花诗是群芳个性的聚焦展示。小说中的诗词曲联，是作者以韵文的形式对人物的性情、气质、个性以及命运所作的一种描述，隐含着作者对人物的审美评价，其中关涉花木草叶意象的那些内容，则更有蕴涵丰富、启人联想的意味。有时候，某种花木意象会成为象征某一特定形象的主要标志，有时候又会成为一些相关形象某些气质特点的共同象征。大观园题咏，宝玉之“有凤来仪”，描述竿竿绿竹、个个竹叶，赋予竹之“堪宜待凤凰”特质，实际是作者借助宝玉视角吟咏黛玉的情感内容与品格规范，显得纯情清雅，寓意深长。宝钗吟叹“蘅芷清芬”，满溢香草美人的柔软冷翠风味。而“怡红快绿”蕉棠对出，自有一种缠绵浓艳的情调，这无疑也是借助宝玉之口，描述红楼群芳的青春与亮丽。白海棠诗是薛宝钗压轴。在《咏白海棠》诗里，宝钗以白海棠自况，用白海棠的“冷”与“洁”来取喻自己的品格，情致温柔而含蓄，抒发了一种淡雅、静穆的情怀。“淡极始知花更艳”，“淡”，是外表极其淡泊；“艳”，是蕴涵极其深婉。这表达了她在自我情感中所追求的那种“淡”和“艳”相统一的意境。脂批说是“自写身份”，不无道理。菊花诗社是林黛玉夺魁。黛玉三首菊花诗首首都好，正因为浓缩了传统文人傲世独立品格的菊花，与黛玉的孤高自许、目无下尘个性暗合，而黛玉“孤标傲世偕谁隐，一样花开为底迟”、“满纸自怜题素怨，片言谁解诉秋心”的叩问，也与作者“满纸荒唐言，一把辛酸泪。都云作者痴，谁解其中味”的衷肠一一印合。菊花意象，不仅呈现了书中人并作书人的傲世风骨，也凝聚了传统文化中最富代表性的那一份文人情怀。

传统文化中，梅花也是一种气度不凡、清正傲骨品格的象征物。曹雪芹将繁丽的梅花栽在栊翠庵中，安排李纨提出要折梅来玩，则梅树的枯寂孤冷和梅花的娇媚鲜活，就叠印在妙玉、李纨的气质性情之中了。在冰雪迷茫中，作者又推出三首“雅艳奢华”的咏红梅诗，有如雪中红梅一般为全篇作了鲜艳夺目的点缀，增加了画面的美艳感。咏梅诗重点在于突出后至的李纹、李绮、薛宝琴，三人之中又以宝琴最为凸显。宝琴有经典的抱梅立雪画面，被众人称誉为“双艳”，象征她与红色梅花的特殊缘分。宝琴许配梅家，又抱梅咏梅，这样一种情缘胜过了其他众多的女性，故而在其象征层面上，红艳的梅花更与宝琴结下不解之缘。涂瀛在其《薛宝琴赞》中点破了宝琴与梅花之间的象征关系曰：

> 薛宝琴为色相之花，可供可嗅、可画可簪，而卒不可得而种，以人间无此种也。何物小子梅，得而享诸！虽然，芦雪亭之雪非即薛宝琴之薛乎？栊翠庵之梅非即梅翰林之小子梅乎？则白雪红梅，天然配偶矣……爰醒其意曰：“玉京仙子本无瑕，总为尘缘一念差。姊妹是谁修得到，生时只许嫁梅花。”①

《红楼梦》不仅景有花木，人物名含花草，诗写花叶，且其情更如花。黛玉曾写《桃花行》诗，写出了自己的情感状态：东风无语，独自凭栏的少女身着茜红色的衣裙，孤独地在桃树旁悄然站立，桃花柔媚的姿质仿佛少女柔媚的颜容，桃花纷飞的状貌有似少女纷飞的眼泪。于是，桃花与黛玉融为一体，是花是人，已然不可分辨了。桃花意象有时也象征着袭人的情感特质，柔媚而娇俏。尤三姐刎剑倒地的片刻，作者用“揉碎桃花红满地，玉山

① ［清］涂瀛：《红楼梦赞》，一粟编：《红楼梦卷》，中华书局1963年版，第128页。

倾倒难再扶”来形容，将鲜血四溅的凄惨与惊恐幻化为那一种悲壮刚烈的画面，在这里，桃花的意象不仅缓和了氛围与情绪，而且将血腥场景审美化了。如果说，桃花于黛玉是一种柔情之花，于袭人是一种媚情之花，那么桃花于尤三姐，毋宁是一种悲情之花了。

二、落花飞絮：女性命运的动态预演

小说中的落花飞絮，在某种程度上成为众多女性命运的一个寓意化代表。花谢花飞，本是自然界常有的现象，以花喻人，也是古代诗文中常见的方式。让书中人亲来葬花，以葬花之举来预示如花般美丽的人也终将被埋葬的结局，却是《红楼梦》一书以花喻人手段运用得最为经典、最为至情的一个情节。

“葬花”一事在春天时节中的黛玉，是时时而有；《葬花吟》将葬花之事推向一个高潮，也将葬花人的情绪体验推向高峰。第27回“埋香冢飞燕泣残红”是林黛玉诗化行为的聚焦展示，然花冢却在第23回就已垒成。风过花树，飘落的花瓣沾满宝玉全身，与宝玉所读《西厢记》中“落红成阵”之句恰成照应，是借曲词以助描摹。宝玉将花瓣抖落至沁芳泉中，与黛玉埋花瓣于香冢，也成一种情势上的对应，以出两人之痴情。此时正当三月中浣，词句警人、余香满口的《西厢记》已在林黛玉的心中埋下青春的暗示，《牡丹亭》的唱词更促发了黛玉青春的觉醒。初听“良辰美景奈何天，赏心乐事谁家院”，不过点头自叹，评价戏文是一篇好文章：这还是一种审美，听者的情感反应与曲词尚有一段审美距离。及至听见“如花美眷，似水流年”而心动神摇，如痴如醉，站立不住，则见出听者已进入戏中情境，戏外人的情感已逐渐进入了戏中人的心灵世界。继而联想到古人诗词中与眼前景、心中事密切相关的词句，不禁心痛神驰、眼中落泪，则说明黛玉已不知觉进行了角色替换，将自我青春、情爱、生命的审视与戏中人的情感、命运融为一体。杜丽娘的伤感触发了林黛玉的青春觉醒，而亲手埋葬落花的林黛玉，其伤感程度比杜丽娘更甚。

郑重葬花并悲哭落花命运的画面在第27回展开。这天正值四月二十六日芒种节，众姐妹在园中饯花却独不见爱花的林黛玉。宝玉知她躲到别处去了，因登山渡水，过树穿花，奔往花冢。尚未转过山坡，就听见呜咽之声：林黛玉一篇葬花辞，就这样借助了贾宝玉的听力而哭洒出来。原来林黛玉因昨夜晴雯不开院门、复见宝钗从怡红院中出来，误会了宝玉，身世的感慨加之爱情的失望，激发了对生命存在的自我省视，因而洒泪挥就那伤感缠绵的葬花辞。想必林黛玉一夜未能成眠，晨起独自来到花冢，悲声念诵，以释放那满腹的委屈和哀伤。山坡阻挡了听者视线，则听者所有的注意力都凝聚在所听的内容上，林黛玉所哭的内容、声息、情绪便都在这片刻得到了集中的释放。这也是一种虚化处理，遮蔽了声色大作的哭颜。

山坡那边的听者贾宝玉起初不过点头感叹，这还处在审美阶段。及至"恸倒"在山坡之上，则已超越了旁观者的审美感觉。由"一朝春尽红颜老，花落人亡两不知"的悲切，生发对"具希世俊美"的林黛玉将临的飘落命运的伤感，又由林黛玉推及钗袭香菱众美人均将无可寻觅，再推及身处的美景美园也终将归属他人：这种种触目可及的美好，与它们终极命运的惨淡构成巨大反差，触发少年宝玉的悲悯情怀，令他满腔愤怨缠绵无法消解，故而也化作了悲声。林黛玉的人生是诗意的人生，故以诗家的眼光来审视自我的生存和周边的世界；贾宝玉的领悟是诗意化的领悟，故其审美感觉能与林黛玉同步。在这点上，贾宝玉的痴正好与林黛玉的痴相匹配，所以贾宝玉会以他的恸哭来应和林黛玉的呜咽。心心相应，息息相关。而由近及远，由个别到一般，则又见出贾宝玉对众少女的关怀，乃是一种普遍的群体关怀。这已超出对林黛玉一人一事的怜惜，而近乎一种宗教式的人文关怀，一种对所有美好事物行将凋零的悲悯。

小说第26回，林黛玉因受了委屈而独立花荫之下悲戚呜咽，作者用“花魂点点无情绪，鸟梦痴痴何处惊”来点染此时此刻的情与景，花魂与鸟梦营造了林黛玉悲哭的诗意化场景。第27回《葬花辞》自设问句曰：“昨宵庭外悲歌发，知是花魂与鸟魂”，又以“花魂鸟魂总难留”作答，一则与“花魂点点”、“鸟梦痴痴”呼应，二则也表明黛玉的悲歌实即花魂的悲歌。第37回林黛玉《白海棠》诗有云：“偷来梨蕊三分白，借得梅花一缕魂。”再次凸显花之魂。第76回林黛玉更以“冷月葬花魂”来对史湘云的“寒塘渡鹤影”，则透出林黛玉眼中心底，始终以“花魂”自我标举。此句在蒙府、戚序、梦稿诸本中均作“冷月葬花魂”，庚辰本原作“死魂”，后旁改作“诗魂”，程甲、列藏、王张评诸本均作“诗魂”，故有学者谓此句当为“冷月葬诗魂”[①]。推测是由“诗魂”到“死魂”再到“花魂”，乃是从版本角度论其先形讹后音讹所致的变异。然从“花魂”讹变为“死魂”再讹变为“诗魂”，符合过录时由形讹至音讹的规则。再则，以“花”对“鹤”，自然胜过以“诗”对“鹤”。“花”而有“魂”，是实中虚；“诗”而成“魂”，是虚上虚[②]。林黛玉生于花朝，又于芒种饯花日葬花，《葬花吟》又归结了众多如花少女的飘零归宿，故其葬花，也就成了“群芳碎”的一种诗意化的象征。最早的读者曾抒发自己的阅读感受说：“埋香冢葬花乃诸艳归源，葬花吟又系诸艳一偈也。”“葬花

---

① 参见冯其庸：《八家评批红楼梦·校后记》，文化艺术出版社1991年版，第3014－3018页。又台湾刘广定持相同观点，见《明清小说研究》1993年第3期。

② 杨蒲曾撰文举明中期陶辅传奇小说集《花影集》之《晚趣西园记》中的一首诗来佐证诗魂与鹤影之对：“行乐西园里，佳时自倒樽。竹风清醉思，池月浴诗魂。流火萤穿墉，凝云鹤傍门。应何更夜赏，真趣在黄昏。”以为此诗“池月浴诗魂”与“冷月葬诗魂”句式相同，境界相近，诗中也出现了鹤的意象。参见杨蒲：《池月浴诗魂——关于〈红楼梦〉校勘的一桩公案》，《社会科学战线》1995年第1期。然花、鹤之对未必似之。

吟是大观园诸艳之归源小引，故用在饯花日诸艳毕集之期。”“余读葬花吟，至再至三四，其凄楚感慨令人身世两忘，举笔再四不能下批。”①

三、浴花葬花：历代文人的痴意悲情

清时索隐派以为“葬花”之词之事，乃出于纳兰性德《金缕曲·亡妇忌日有感》：“此恨何时已。滴空阶、寒更雨歇，葬花天气。”故而认为此书所写乃是纳兰家事。按“葬花”一词，在清前早有使用，如《全唐五代词》中有无名氏之《伤春曲》：“芳菲时节，花压枝折。蜂蝶撩乱，阑槛光发。一旦碎花魄，葬花骨，蜂兮蝶兮何不知，空使雕阑对明月。”② “花魄”与“花骨”并出，是迄今所见“花魂”之最早语源。明冯梦龙《醒世恒言》第4卷《灌园叟晚逢仙女》一篇，描写花农秋先养花护花、赏花葬花的痴情行为曰：

> 且说秋先每日清晨起来，扫净花底落叶，汲水逐一灌溉，到晚上又浇一番。若有一花将开，不胜欢跃，或暖壶酒儿，或烹瓯茶儿，向花深深作揖，先行浇奠，口称花万岁三声，然后坐于其下，浅斟细嚼。酒酣兴到，随意歌啸。身子倦时，就以石为枕，卧在根傍。自半含至盛开，未尝暂离。如见日色烘烈，乃把棕拂蘸水沃之。遇着月夜，便连宵不寐。倘值了狂风暴雨，即披蓑顶笠，周行花间检视，遇有欹枝，以竹扶之，虽夜间，还起来巡看几次。若花到谢时，则累日叹息，常至堕泪。又不舍得那些落花，以棕拂轻轻拂来，置于盘中，

---

① 甲戌本第27回回末总评、庚辰本第27回回前总批、甲戌本第27回侧批（庚辰本第27回眉批略同），分见朱一玄编：《红楼梦资料汇编》，南开大学出版社2001年版，第416、406、415－416页。

② 张璋、黄畬编：《全唐五代词》，上海古籍出版社1986年版，第992页。

时尝观玩。直至干枯，装入净瓮，满瓮之日，再用茶酒浇奠。惨然若不忍释。然后亲捧其瓮，深埋长堤之下，谓之“葬花”。倘有花片，被雨打泥污的，必以清水再四涤净，然后送入湖中，谓之“浴花”。①

林黛玉将落花装入花囊，而后埋于香冢，与秋先将落花装入净瓮，然后埋于长堤之下，何其相似乃尔；贾宝玉抖落花片于沁芳泉一事，则直与秋先浴花之举相仿。言《红楼梦》作者演绎葬花情节，受到此篇小说的启发亦无不当②。

至清时笔记中“葬花”事渐多。康熙间赵吉士（1625—1703）《寄园寄所寄》卷上《撚须寄·诗话》中曾记叶小鸾受记语曰：

师曰：“既愿皈依，必须审戒，我当一一审汝，仙子身三恶业，曾犯杀否？”对云：“曾呼小玉除花虱，尝遗轻纨坏蝶衣。”“曾犯盗否？”对云：“不知新绿谁家树，怪底清箫何处声？”“曾犯淫否？”对曰：“晚镜偷窥眉曲曲，春裙新绣鸟双双。”“口四恶业，曾妄言否？”对曰：“自谓生前欢喜地，诡云今世辨才天。”“曾绮语否？”对云：“团香制就夫人字，镂雪裁成幼妇诗。”“曾两舌否？”对云：“对月意添愁喜句，拈

① ［明］冯梦龙：《醒世恒言》，人民文学出版社1956年版，第79－80页。

② 刘红军《黛玉葬花探源》一文提出，明末清初诗人杜浚作有《花冢铭》，“似乎同曹雪芹构思黛玉葬花有一定的瓜葛：‘余性爱瓶花，不减连林，偿有概世之蓄。瓶花者，当其荣盛悦目，珍惜非常；及其衰颓，则举而弃之地，或转入混渠莫恤焉，不第唐突，良亦负心之一端也。余特矫其失，凡前后聚瓶花枯枝，计百有九十三枚，为一束，择草堂东偏隙地，穿穴而埋之，铭曰：投菊、汝梅、妆水仙、木樨、莲房、坠粉、海棠、垂丝，有荣必有落，骨瘗于此，其魂气无不之，其或化为至文与真诗乎？’……杜浚等人的举动无疑构成了一种特定的文化氛围，从而对曹雪芹的创作有一定的启发作用。或者，正是杜浚的这些言行激发了曹雪芹的创作灵感，从而正如杜浚所预料的那样，创作出这段妙绝千古的‘至文与真诗’呢！”参见《红楼梦学刊》1995年第3辑。

> 诗评出短长词。""曾恶口否?"对云:"生怕帘开识燕子,为怜花榭骂东风。""意三恶业,曾犯贪否?"对云:"经营缃帙成千轴,辛苦莺花满一庭。""曾犯嗔否?"对云:"怪他道蕴敲枯砚,薄彼崔徽扑玉奴。""曾犯痴否?"对云:"抛弃珠环收汉玉,戏捐粉盒葬花魂。"沥师遂授记。[①]

"戏捐粉盒葬花魂"之典源于清初周亮工(1612—1676)的《书影》卷六《乩诗》[②],说明"葬花魂"为清初人所熟知。康乾时期龚炜(1704—1769)《巢林笔谈》卷一记有"瘗鹤葬花"一条,以葬花为清致之雅事:"冯具区瘗鹤先墓旁,表曰羽童墓,自为铭。朱学熙以古窑器葬落花于南禺,黎太仆为作《花阡表》。二事有清致。"[③] 文中提到的冯具区(冯梦祯,1548—1605)、朱学熙(字叔子)、黎太仆(黎遂球,1602—1646),皆明末人。《花阡表》全名《南禺妙高峰花阡表》,见于黎遂球《莲须阁集》卷24。王思任(1575—1646)亦有《题朱叔子花阡》、《又为朱叔子题花阡》,分别见于《文饭小品》卷1、卷2。说明朱学熙以古窑器葬花,被当作一桩文人雅事而得到推许。与龚炜同时之吴雷发在《香天谈薮》中记洛阳赏花习俗与葬花作诗之事曰:"洛阳人梨花开时,携酒其下,曰为梨花洗妆。惜洗妆诗,未有出群之才,足以称此。余尝于花落时,聚而瘗之。袭以破砚,作葬花诗曰:蝶拍莺簧当挽歌,蜂房酿酒酬高坡。蓬窠埋后无人赏,负却春光奈尔何。幽香绝艳本难知,无限荒榛又蔽之。开亦枉然何况落,谁吟楚些吊湘累。连袂成行觅斧斤,描空射影聚飞虻。劳君百计戕

① 朱太忙标点:《寄园寄所寄》,上海大达图书供应社1935年版,第152页。

② [清]周亮工:《书影》,中华书局1958年版,第160页。"戏捐粉盒葬花魂","捐"作"损"。

③ [清]龚炜:《巢林笔谈》,中华书局1981年版,第15页。

佳丽，难损青山与白云。”[①]

除这些笔记中所载的葬花之事外，古代诗词中也常用到“葬花”、“葬落花”等词，如南宋吴文英《风入松》词：“听风听雨过清明，愁草瘗花铭。”[②] 元代乔吉散曲《水仙子·暮春即事》：“苔和酥泥葬落花。”[③] 明末施绍莘散曲《惜花·滴溜子》：“几回风雨，知多少藁葬芳魂。”[④] 写风雨葬花，虽非人之行为，而“葬花”、“葬花魂”之意显明。又曹寅《楝亭集》卷4《题柳村墨杏花》有“百年孤冢葬桃花”[⑤] 之句，明显有花冢意象，曹雪芹写黛玉葬花，亦当受到曹寅诗句的启发。有时候古诗中也常以“葬西施”来代指鲜花为风雨所葬，因为传说中美女西施沉水而亡，如唐李商隐《景阳井》诗：“浊泥犹得葬西施。”[⑥] 韩偓《哭花》诗：“夜来风雨葬西施。”[⑦] 明唐寅《落花诗》：“五更风雨葬西施。”[⑧]“葬西施”是以人喻花，黛玉葬花则有以花喻人的用意，正如甲戌本第27回回末总评云：“埋香冢葬花乃诸艳归源，葬花吟又系诸艳一偈也。”

由上可知，词人纳兰性德乃是众多用到“葬花”一词的诗人之一，并非因为纳兰就是小说人物的历史原型；而纳兰的出色之处，是将其妻卢氏的亡故含蓄地融入“葬花”意象，使得“葬花”一词有了它内涵的双关性。就此而言，《红楼梦》写葬花，便带有

① 周光培编：《历代笔记小说集成》第80册《清代笔记小说》第20册，河北教育出版社1994年版，第3页。关于“葬花”的笔记还能举出一些，日人合山究以为《红楼梦》诞生时代有“葬花”的时代氛围，是曹雪芹创作此情节的生活基础。参见合山究：《红楼梦与花》，《红楼梦学刊》2001年第2辑。

② 唐圭璋编：《全宋词》第4册，中华书局1965年版，第2906页。

③ 隋树森编：《全元散曲》，中华书局1964年版，第623页。

④ 谢伯阳编：《全明散曲》第3册，齐鲁书社1994年版，第3764－3765页。

⑤ ［清］曹寅：《楝亭集》，上海古籍出版社1978年版，第203页。

⑥ ［清］彭定求等编：《全唐诗》第16册，中华书局1960年版，第6224页。

⑦ ［清］彭定求等编：《全唐诗》第20册，中华书局1960年版，第7833页。

⑧ ［明］唐寅：《唐伯虎全集》，中国书店1985年版，第8页。

一种象征主义的意味：林黛玉从花谢花飞的画面中预感到青春生命的必将飘落，而哭吟葬花之诗，故葬花也是大观园少女们悲剧命运的一种诗化预写。如果说《红楼梦》作者从前人诗文中接受了“葬花”行为所深藏的悲剧美学意蕴，从而描绘了自己文本中的“葬花”画面的话，是比较适宜的；而若将葬花之人等同于生活中某一具体的行为人，则不免有刻舟求剑之迂执了。

又典籍中另有许多足可与“葬花”意象等量齐观的措辞，如“埋玉”、“埋香”、“葬玉”等。其中高频用词是“埋玉”，多指可爱或可敬之人的谢世，如北齐《高百年妃斛律氏墓志》：“娱乐未终，早深埋玉之叹；芳菲始茂，奄同销桂之悲。”①《梁书·张缵传九》：“不谓华龄，方春掩质，埋玉之恨，抚事多情。”② 《世说新语·伤逝第十七》：“庾文康亡，何扬州临葬，云：‘埋玉树著土中，使人情何能已已！’”③ 隋时虞世基《秋日赠王中舍诗》：“哀哉人道促，痛矣嗟埋玉。”④《太平广记》卷282《梦七·沈亚之》：“珠愁纷瘦兮不生绮罗，深深埋玉兮其恨如何。”⑤ 唐诗中用到“埋玉”者繁多，如李白《宣城哭蒋徵君华》：“敬亭埋玉树，知是蒋徵君。”⑥ 窦巩《哭吕衡州八郎中》：“还家路远儿童小，埋玉泉深昼夜长。”⑦ 李端《慈恩寺怀旧》：“鲤庭埋玉树，那忍见门人。”⑧ 令狐楚《李相薨后题断金集》：“一览断金集，载悲埋玉人。”⑨ 白

① 赵万里：《汉魏南北朝墓志集释》，科学出版社1956年版，第200页。

② ［清］严可均校辑：《全上古三代秦汉三国六朝文》，中华书局1958年版，第3334页。

③ 徐震堮：《世说新语校笺》，中华书局1984年版，第350页。

④ 逯钦立辑录：《先秦汉魏晋南北朝诗》，中华书局1983年版，第2713页。

⑤ ［宋］李昉编：《太平广记》第6册，中华书局1961年版，第2249页。

⑥ ［清］彭定求等编：《全唐诗》第6册，中华书局1960年版，第1887页。

⑦ ［清］彭定求等编：《全唐诗》第8册，中华书局1960年版，第3050页。

⑧ ［清］彭定求等编：《全唐诗》第9册，中华书局1960年版，第3237页。

⑨ ［清］彭定求等编：《全唐诗》第10册，中华书局1960年版，第3750页。

居易《商山路有感》："杓直泉埋玉，虞平烛过风。"[①] 罗隐《湖上岁暮感怀有寄友人》："音书久绝应埋玉，编简难言竟委尘。"[②] 徐铉《哭刑部侍郎乔公诗》："求文空得草，埋玉遂为尘。"[③] 齐己《乱中闻郑谷、吴延保下世》："小谏才埋玉，星郎亦逝川。"[④] 徐台符《哀韩璆》："穹昊何事教埋玉，朋友无由继断金。"[⑤] 卢照邻《郑太子碑铭》："灵原超忽，永深埋玉之悲；荒陇凄其，谁识生金之字？"[⑥] 娄师德《镇军大将军行左鹰扬卫大将军兼贺兰州都督上柱国凉国公契苾府君碑铭并序》："旋悲阙佩，遽伤埋玉。"[⑦] 于知微《明堂令于大猷碑》："黄发攀钠，心伤折石之痛；元髫恋抠，睑盈埋玉之悲。"[⑧] 宋之问《祭杜学士审言文》："名全每困于烁金，身没谁恨其埋玉？"[⑨] 李峤《答李清河书》："亡友崔生，才高位下，盛年夭阏，同志遽绝弦之伤，有识深埋玉之恨。"[⑩] 张贲然《忠武将军茹公神道碑》："昔也扱金，兹焉埋玉。"[⑪] 李商隐喜用"埋玉"一词，如《代李元为崔京兆祭萧侍郎文》："顾埋玉之难追，叹焚芝之何及？"[⑫] 又《祭长安杨郎中文》："生金认石，埋玉恨土。"[⑬] 又《祭徐姊夫文》："埋玉焚芝，固未可喻。"[⑭] 唐昭明《对

---

① ［清］彭定求等编：《全唐诗》第13册，中华书局1960年版，第4948页。

② ［清］彭定求等编：《全唐诗》第19册，中华书局1960年版，第7600页。

③ ［清］彭定求等编：《全唐诗》第22册，中华书局1960年版，第8606页。

④ ［清］彭定求等编：《全唐诗》第24册，中华书局1960年版，第9445页。

⑤ 陈尚君辑校：《全唐诗补编》下册《全唐诗续拾》卷42，中华书局1992年版，第1340页。

⑥ ［清］董诰编：《全唐文》第2册，中华书局1983年版，第1711页。

⑦ ［清］董诰编：《全唐文》第2册，中华书局1983年版，第1900页。

⑧ ［清］董诰编：《全唐文》第3册，中华书局1983年版，第2396页。

⑨ ［清］董诰编：《全唐文》第3册，中华书局1983年版，第2442页。

⑩ ［清］董诰编：《全唐文》第3册，中华书局1983年版，第2502页。

⑪ ［清］董诰编：《全唐文》第6册，中华书局1983年版，第6265页。

⑫ ［清］董诰编：《全唐文》第8册，中华书局1983年版，第8164页。

⑬ ［清］董诰编：《全唐文》第8册，中华书局1983年版，第8173页。

⑭ ［清］董诰编：《全唐文》第8册，中华书局1983年版，第8178页。

貌似温敏判》:“既而生也有涯,岁聿其逝,情殷埋玉,迹必应金。”[①] 阙名《对卧大夫箦判》:“是以长卿文园,空传封禅之草;刘桢漳浦,亟闻埋玉之悲。”[②]《唐文拾遗》卷67阙名《唐故国子律学直讲仇君墓志铭并序》:“几伤埋玉,更轸摧兰。”[③] 王言敷《董匡信及妻王氏墓志铭》:“遗芳长在空埋玉,贤君子兮贤夫人。”[④] 宋孙道绚《醉思仙·寓居妙湛悼亡作此》:“叹黄尘久埋玉,断肠挥泪东风。”[⑤] 欧阳修《谢景平挽词》:“方看凌云驰騄骥,已嗟埋玉向蓬蒿。”[⑥] 苏洵挽词:“美德惊埋玉,瓌材痛坏梁。”[⑦] 宋吴曾《能改斋漫录》:“坐令永抱埋玉悲,游子那知京兆眉。”[⑧] 明冯梦龙《情史》卷13《张红桥》:“尘网妆楼,燕鸣故垒,而张已埋玉西郊矣。”[⑨] 明蒋一葵《尧山堂外纪》卷65《宋(金)·孟宗献》:“谁谓诗成谶,清冰果自焚。人嗟埋玉树,天为落文星。”[⑩] 清震钧《天咫偶闻》:“燮到杭州,遍询苏小墓所。皆云西泠桥畔,是其埋玉处也。”[⑪] 清招招舟子《游戏策问一则》:“石柱欲圮,户坏略封,凄凉埋玉之乡,惆怅销金之窟。”[⑫]

---

① [清]董诰编:《全唐文》第10册,中华书局1983年版,第9412页。

② [清]董诰编:《全唐文》第10册,中华书局1983年版,第10166-10167页。

③ 陆心源编:《唐文拾遗》卷67,清光绪十四年(1888)版,第2页。

④ 阎凤梧编:《全辽金文》,山西古籍出版社2002年版,第393页。

⑤ 唐圭璋编:《全宋词》第2册,中华书局1965年版,第1248页。

⑥ [宋]欧阳修:《欧阳永叔集》卷上《居士集》卷14《谢景平挽词》,商务印书馆1936年版,第120页。

⑦ 邱少华点校:《苏洵集》附录卷下《韩琦之二》,中国书店2000年版,第188页。

⑧ [宋]吴曾:《能改斋漫录》卷11《国香》,中华书局1960年版,第317页。

⑨ 《古本小说集成》,上海古籍出版社1990年版,第1025页。

⑩ 《四库全书存目丛书》子148杂家类,齐鲁书社1995年版,第189页。

⑪ [清]震钧:《天咫偶闻》卷6《外城东》,北京古籍出版社1982年版,第142页。

⑫ [清]招招舟子:《游戏策问一则》,国学扶轮社清宣统二年至民国三年(1910—1914)版。

上列句中"埋玉"，并不着意于所悲悼的逝者的性别。然"香"、"玉"在很大程度上作为女性的指代生存于古人的文化语境中，如"怜香惜玉"、"偷香窃玉"之香之玉皆然。所以在指女性之亡时，"埋玉"可以替换为"埋香"、"葬玉"。《王承检掘得墓铭》以"葬玉"与"埋香"并行，可知两者等值："深深葬玉，郁郁埋香。"① "埋香"也可添字，如"埋香骨"。唐李贺《官街鼓》："汉城黄柳映新帘，柏陵飞燕埋香骨。"② 李商隐《与同年李定言曲水闲话戏作》："莫惊五胜埋香骨，地下伤春亦白头。"③ 陆龟蒙《宫人斜》："须知一种埋香骨，犹胜昭君作虏尘。"④ "埋香"又可替换为"埋花"。又宋李甲《幔卷紬》："绝羽沈鳞，埋花葬玉，杳杳悲前事。"⑤ 清孙诗樵《馀墨偶谈》卷 7《花神记》即"埋香"、"葬花"、"葬玉"并用，以述阮凤凰亡故："土工得骨一具以告，埋香无主，葬玉有方，命别为掩之，不知何代，亦不知何人也……余不敢冒掩骼之仁，亦不能不作葬花之记……又诗曰：'名园珍重出墙枝，小传曾刊倚壁碑。葬玉埋香多韵事，有人亲志郭公姬。'亦韵事也。"⑥ 此或即"埋香冢"之语源也。由此推想，林黛玉吟咏葬花辞，堆垒埋香冢，日后香销玉陨之际，贾宝玉或有葬玉埋玉之悼词也。黛玉哭吟葬花，宝玉悲悼埋玉：倘若《红楼梦》为完成之作，未必不有此等情节也。

① ［清］彭定求等编：《全唐诗》第 25 册，第 9918 页。
② ［清］彭定求等编：《全唐诗》第 12 册，第 4435 页。
③ ［清］彭定求等编：《全唐诗》第 16 册，第 6186 页。
④ ［清］彭定求等编：《全唐诗》第 18 册，第 7217 页。
⑤ 唐圭璋编：《全宋词》第 1 册，中华书局 1965 年版，第 490 页。
⑥ ［清］孙诗樵：《馀墨偶谈》，清同治十年（1871）版，第 1214 页。

第六章　文生于情情生文

一部《红楼梦》，首先强调的是一个“情”字。作者曾借空空道人之口宣称此书是“大旨谈情”，《石头记》的题名曾易为“情僧录”。《红楼梦曲·引子》道：“开辟鸿蒙，谁为情种？都只为风月情浓！”[①] 书中以“秦钟”之名暗示书中人大多是“情种”[②]。终局又设有“警幻情榜”，上列有种种“情”辞，为书中各类情种的气质性情作出情感定评。前 80 回中有 20 条回目嵌有“情”字，如“痴情女情重愈斟情”、“情中情因情感妹妹”等。蒙府本第 1 回批语说作者是“情里生情”、“因情捉笔”，甲戌本第 8 回双行夹批曰：“作者是欲天下人共来哭此情字。”戚序本第 2 回回后总批云：“有情原比无情苦，生死相关总在心。”又第 28 回回后总批说：“世间最苦是痴情，不遇知音休应声。”又第 29 回回后批说：“一片哭声，总因情重。”[③]

最引人注目的是，小说以“晴雯”之名隐寓此书乃是一部“情文”。“晴雯”二字呈现给读者眼目的，有如一幅晴空彩云的美丽图景。“青”原本是一种美丽可目的颜色，大凡带有“青”字偏

---

① 中国艺术研究院红楼梦研究所校注：《红楼梦》，人民文学出版社 1996 年版，第 82 页。

② 《石头记》第 7 回“宴宁府宝玉会秦钟”中，在“方知他学名唤秦钟”一句下，甲戌本有双行夹批曰：“设云情种。古诗云：未嫁先名玉，来时本姓秦。二语便是此书大纲目、大比托、大讽刺处。”

③ 朱一玄编：《红楼梦资料汇编》，南开大学出版社 2001 年版，第 209、113、427、427 页。

旁的字都喻示了美的感觉：水之美者为清，草木之美者为菁，日之美者为晴，米之美者为精，人之美者为倩，女之美者为婧，言之美在请，目之美在睛，心之美在情，性之美在静。有情之文即如晴天之雯一般光彩熠熠，所以“晴雯”二字，便是作者设置的一个蕴涵丰赡的象征性意象。它仿佛是作者满怀情愫的载体，向读者展示了文本蕴藏的诸多情韵。

一、情文：“儿女真情”之文

作者在第1回里借茫茫大士之口道：“大半风月故事，不过偷香窃玉、暗约私奔而已，并不曾将儿女之真情发泄一二。想这一干人入世，其情痴色鬼、贤愚不肖者，悉与前人传述不同矣。”① 这表明此书“情文”之“情”，涵有“儿女真情”的重要内容。这儿女真情，是独立于风月故事之外的，是一种天然率真的性情。

情文之情是手足之情、天伦之情。元春省亲，独命宝玉进见，及至一见，揽弟入怀，一语未终，便泪如雨下。宝玉于众姊妹中，与探春更显和睦，送小玩物给探春，探春也为二兄做鞋。迎春将嫁，宝玉心中惨怛，作歌云：“古人惜别怜朋友，况我当今手足情。”② 元春省亲时间很短，小说写她在拜见、听戏、吟诗、叙话之外，最多的便是哭，凡六哭；贾政身为父亲，与女儿说话时“含泪启道”，所说的话是臣子庄语，“含泪”则出自父亲的真情。第22回猜谜时，贾母出谜，贾政故意乱猜，以显示谜语的难度；贾政出谜，却暗中作弊，将谜底交宝玉偷偷传给贾母知道，让贾母“一猜就是”。这节目有似老莱子娱亲，在贾政取悦母亲的小动作中，作者展示了一片儿女真情。

---

① 中国艺术研究院红楼梦研究所校注：《红楼梦》，人民文学出版社1996年版，第9页。

② 中国艺术研究院红楼梦研究所校注：《红楼梦》，人民文学出版社1996年版，第1121页。

情文之情是友情、闺情、意气相投之情。甲戌本凡例说："开卷即云风尘怀闺秀，则知作者本意为记述当日闺友闺情。"[①] 将书中人的友情一概视之"闺友闺情"恐有疏漏，因为小说文本显示的友情原不局限于闺阁之内。它可发生在地位相仿的女性之间，如宝钗为湘云设计螃蟹宴、送燕窝给黛玉、为岫烟赎棉衣时的体贴与关爱，作为槛外人的妙玉拉钗黛二人入内室吃体己茶的尘中真情；鸳平紫袭之间命运相类、意气相投，也常焕发一种知己真情。它也可发生在尊卑不等的男性之间，如宝玉与秦钟、蒋玉函、柳湘莲之间亲而不轻、昵而不腻的同性友情。这种儿女真情还发生在尊卑有别的异性之间，寿怡红时，众少女为宝玉祝寿，在酒席上"三"、"五"高呼，"七"、"八"乱叫，手镯叮当，环佩摇晃，满厅红飞翠舞，玉动珠摇，个个卸妆宽衣，长裙短袄，直喝到酒罄坛空，忘情唱曲，最后男女同榻，香梦沉酣，不知东方之既白。这中间透露的，是作者对人性平等的一种倡扬。

情文之情是书中人的悲情。书名曾题为"金陵十二钗"，太虚幻境里有《红楼梦曲》十二支，预示十二金钗的身世和结局，茶名寓千红一哭，酒名寓万艳同悲，名字全归在"薄命司"，作者又用虚拟的"痴情司"、"结怨司"、"朝啼司"、"夜怨司"、"春感司"、"秋悲司"来作陪衬，"薄命司"对联中又明书"春恨秋悲"四字。丫鬟堆里，晴雯屈死，香菱受虐，鸳鸯抗婚，司棋殉情。小姐群中，迎春误嫁，探春远适，湘云孤守，惜春出家，凤姐冰山融化、哭向金陵，元春骨肉分离、梦断宫闱。元迎探惜四春原寓意"原应叹息"，《葬花辞》中"花谢花飞飞满天，红消香断有谁怜"、"一朝春尽红颜老，花落人亡两不知"[②] 诸句，不仅寄寓了林黛玉对自我身世的哀怜与痛惜，同时也概括了千红万艳的共同

---

① 朱一玄编：《红楼梦资料汇编》，南开大学出版社2001年版，第79页。

② 中国艺术研究院红楼梦研究所校注：《红楼梦》，人民文学出版社1996年版，第370－371页。

悲剧。

情文之情也是书中人的恋情。这是小说“儿女真情”中最核心最真挚的内容，可谓“情中情”。《红楼梦》描写了诸多男女青年相恋相爱的故事：秦钟与智能寺庙缱绻，茗烟与万儿书房偷欢，龄官儿为爱画蔷，林小红因情遗帕，金哥以死守信，司棋因爱成悲，尤二姐因爱自误而吞金，尤三姐为表情真而刎剑……诸多爱情故事，或发生在贵族少爷与丫鬟、女伶、女尼之间，或发生在小厮与丫鬟之间，或发生在名士浪子与平民少女之间；有的仅止于情的倾慕，有的发展为性的结合；有的迅即成为悲剧，以殉情而终，有的尚未展开描写，却已能预知它结局的悲凉。戚本第66回回前总评云：“余叹世人不识情字，常把淫字当作情字；殊不知淫里无情，情里无淫，淫必伤情，情必戒淫，情断处淫生，淫断处情生。三姐项下一横是绝情，乃是正情；湘莲万根皆削是无情，乃是至情。生为情人，死为情鬼。故结句曰‘来自情天，去自情地’，岂非一篇尽情文字？再看他书，则全是淫，不是情了。”[①] 显然，《红楼梦》笔涉风月，却无关乎“淫”，它所着力挖掘和表现的，正是封建时代的少男少女们人性之中最柔软、最美好、最闪亮的那部分内容，它是情而不是淫，是合乎人性的爱情。这样的一篇文字，正是“至情文字”，也就是“情文”。而诸般爱情故事中，最诗意辉煌也最伤感悲凄的，要数宝黛之间发生的爱情，它的确当得“情中情”之评。

二、情文：“情不情”、“情情”之文

情文之情是“情不情”之情。“情不情”是警幻情榜对此书第一主人公贾宝玉所作的情感定评。小说第8回叙宝玉摔茶杯事，有甲戌本眉批曰：“按警幻情榜，宝玉系情不情。凡世间之无知无

① 朱一玄编：《红楼梦资料汇编》，南开大学出版社2001年版，第495页。

识，彼俱有一痴情去体贴。”[1] 第19回宁府摆戏，宝玉想去望慰那小书房中寂寞挂着的美人图，庚辰双行夹批曰：“极不通极胡说中写出绝代情痴，宜乎众人谓之疯傻。”蒙府本侧批曰：“天生一段痴情，所谓情不情也。”[2] 同回宝玉得知袭人两姨姐妹要出嫁，感叹那么好的人品没生在深堂大院，自己这般浊物倒生在这里，此处有庚辰双行夹批，道出《情榜》所评是“宝玉情不情”。第23回宝玉在沁芳桥边读《西厢记》，一阵风过，吹落桃花，满身满地都是，宝玉惟恐抖落在地践踏了可惜，此时庚辰双行夹批道：“情不情。”[3] 第25回宝玉因为想点红玉来用，又怕袭人寒心，又担心红玉性情，甲戌本有侧批道：“玉儿每情不情，况有情者乎?”[4] 第31回“撕扇子作千金一笑”，庚辰本回前批曰：“撕扇子是以不知情之物，供娇嗔不知情时之人一笑，所谓情不情。”[5]

凡此种种，俱可表明“情不情”的涵义和特征。宝玉将草木虫鱼等自然万物都看作是有生命的对象，用一种平等体贴的态度与它们交流对话，所以他看见燕子就和燕子说话，看见鱼就和鱼说话，见了星星月亮，不是长吁短叹就是咕咕哝哝的，见到杏花落了，感叹它绿叶成荫子满枝，看到雀儿唧啾，推想它来年是否还记得到这里与杏花相会。在宝玉看来，“不但草木，凡天下之物，皆是有情有理的，也和人一样，得了知己，便极有灵验的”[6]。将自然生命化、审美化，并用自己的痴情去体贴自然的情理，与自然成为知己，以己之“情”施展于“不情”之物，这即是“情不情”的第一层内涵。

---

① 朱一玄编:《红楼梦资料汇编》，南开大学出版社2001年版，第207页。

② 朱一玄编:《红楼梦资料汇编》，南开大学出版社2001年版，第302页。

③ 朱一玄编:《红楼梦资料汇编》，南开大学出版社2001年版，第367页。

④ 朱一玄编:《红楼梦资料汇编》，南开大学出版社2001年版，第381页。

⑤ 朱一玄编:《红楼梦资料汇编》，南开大学出版社2001年版，第428页。

⑥ 中国艺术研究院红楼梦研究所校注：《红楼梦》，人民文学出版社1996年版，第1082页。

面对无知之物可以用情，而与有知有情之人相处时，则更能施用其“情”了。龄官画蔷，宝玉便担心这个陌生的丫鬟会被她内心说不出来的大心事压倒，下大雨了，想的是这丫鬟禁不住骤雨一激，全然忘了自己也在大雨之中；闻知袭人两姨表姐妹要出嫁，极好的人品却没生在深堂大院，所以叹惋不已；自己被荷叶汤烫了，却反问端汤的玉钏烫着了没有、痛不痛。这些皆属于用情于有知无情之人。晴雯撕扇，宝玉半是赔罪半是调笑，设法要让晴雯转恼作喜，并不顾及自己公子哥儿的面子；可卿之逝，宝玉只觉得心中像戳了一刀似的，哇的一声吐出一口血来。这是用情于有知有情之人。没有主奴界限，没有尊卑观念，不论性别，不分辈分，这正是宝玉率真敦厚的天然性情的反映，是宝玉平等意识在不同人际层面上的表现。

宝玉用情于有知有情之人，最真最深的对象当是林黛玉。他曾两次向黛玉表态：“你死了，我做和尚。”[①] 一次错将袭人当黛玉表心迹：“睡里梦里也忘不了你。”[②] 紫鹃拿谎言试探宝玉时，他被急得迷失本性。戚序本第2回回末总批云：“有情原比无情苦，生死相关总在心。”[③] 当木石前盟彻底无望时，宝玉自然会滋生所谓“情极之毒”，不能不流于无情之地而遁入空门。“情极之毒”正根基于“情不情”。第21回庚辰本回前批曰：“有客题《红楼梦》一律，失其姓氏，惟见其诗意骇警，故录于斯：自执金矛又执戈，自相戕戮自张罗。茜纱公子情无限，脂砚先生恨几多。是幻是真空历遍，闲风闲月枉吟哦。情机转得情天破，情不情兮奈我何？”录诗后又点醒读者：“凡是书题者不少，此为绝调。诗句警拔，且

① 中国艺术研究院红楼梦研究所校注：《红楼梦》，人民文学出版社1996年版，第408页。

② 中国艺术研究院红楼梦研究所校注：《红楼梦》，人民文学出版社1996年版，第435页。

③ 朱一玄编：《红楼梦资料汇编》，南开大学出版社2001年版，第113页。

深知拟书底里，惜乎失名矣！”[①] “拟书底里”如云小说创作的宗旨，而书写“情不情”的特质及其表现，补缀情天、破解情机，便是作者的拟书底里。

情文之情也是“情情”之情。第27回宝玉来看黛玉，和黛玉说话，但黛玉却回头叫紫鹃道：“把屋子收拾了，撂下一扇纱屉；看那大燕子回来，把帘子放下来，拿狮子倚住；烧了香就把炉罩上。”[②] 此处甲戌本侧批曰：“不见宝玉，阿颦断无此一段闲言，总在欲言不言难禁之意，了却情情之正文也。”[③] 第28回宝玉闻得葬花辞，在山坡那边恸哭，黛玉猜想有谁能和自己一般有痴病，抬头看见宝玉，便道：“啐！我道是谁，原来是这个狠心短命的……”刚说到“短命”二字，又把口掩住[④]。此处甲戌侧批曰：“情情，不忍道出‘的’字来。”[⑤] 及至宝玉赌咒发誓说自己受了委屈，并不敢对黛玉有半点不好，黛玉听了，不觉将头天晚上到怡红院吃闭门羹的事“都忘在九霄云外了”。此处甲戌本侧批云：“情情本来面目也。”庚辰本侧批云：“情情衷肠。”[⑥] 细味脂批，可知“情情”二字，乃是林黛玉情感特质的一个精妙概括，即用情于有情之一人。欲言不言情愫难禁，不忍说出一个“的”字，面对情急忘却怨愤，都只是与宝玉相处相对之时。因此“情情”二字，实际上反映了林黛玉对所爱的、同时也爱自己的“那一个”一往情深、执著不渝的心态，与贾宝玉的“情不情”恰成一对。

“情情”是一种意气相投的情痴之情。宝黛自小一起长大，

---

① 朱一玄编：《红楼梦资料汇编》，南开大学出版社2001年版，第335页。

② 中国艺术研究院红楼梦研究所校注：《红楼梦》，人民文学出版社1996年版，第367－368页。

③ 朱一玄编：《红楼梦资料汇编》，南开大学出版社2001年版，第413页。

④ 中国艺术研究院红楼梦研究所校注：《红楼梦》，人民文学出版社1996年版，第374页。

⑤ 朱一玄编：《红楼梦资料汇编》，南开大学出版社2001年版，第417页。

⑥ 朱一玄编：《红楼梦资料汇编》，南开大学出版社2001年版，第419页。

"日则同行同坐，夜则同息同止"，"言和意顺，略无参商"，因此宝玉虽有迎探惜姐妹，后来又来了薛宝钗，"品格端方，容貌丰美"，但他与黛玉之"亲密友爱处"却"较别个不同"①。这种耳鬓厮磨、两小无猜的生活历程，是"脾气情性都彼此知道"的生活前提，也造就了日后"情情"的感情基础。宝黛初会，宝玉得知黛玉无玉，随即砸玉，这是常人没有的痴狂；黛玉当即猜知宝玉的用意，因宝玉而自责，无人之时悄然流泪，这亦是常人没能有的痴狂。桃花飘落，宝玉用衣服兜了抖落在池内，以免落地被人践踏，这是情痴才有的行止；黛玉却扫起落花，堆垒花冢，绢袋装了埋在土里，让落花日久随土尘化，庚辰双行夹批曰："写黛玉又胜宝玉十倍痴情。"② 黛玉哭吟葬花辞已是痴，宝玉细聆悲声恸倒山坡之上更是痴，两人举止，恰是以痴对痴。

情情是一种心灵共振的知己之情。入园择居之时，黛玉想着潇湘馆好，岂知宝玉也是一样的念头，不仅清幽，和怡红院又近。庚辰本侧批曰："择邻出于玉兄，所谓真知己。"③ 因为两人生活趣味相投，审美标准一致，所以对居处的选择不约而同，一拍即合。宝玉因为黛玉从不劝他立身扬名，所以深敬黛玉，以至不避嫌疑，在公开场合一片私心称扬黛玉，黛玉无意中闻知，不禁又惊又喜，"素日认他是个知已，果然是个知已"④。生活情趣和人生观念的一致，是宝黛相知相解、精神契合的前提，也是黛玉"情情"的思想基础。

"情不情"是用情于一切有知无识之物、有情无情之人，"情

① 中国艺术研究院红楼梦研究所校注：《红楼梦》，人民文学出版社 1996 年版，第 68 页。

② 朱一玄编：《红楼梦资料汇编》，南开大学出版社 2001 年版，第 368 页。

③ 朱一玄编：《红楼梦资料汇编》，南开大学出版社 2001 年版，第 367 页。

④ 中国艺术研究院红楼梦研究所校注：《红楼梦》，人民文学出版社 1996 年版，第 433 页。

情”却是只用情于钟情自己之一人。基于这种特质，“情情”便在将“情”倾注于对方一人的同时，要求对方也将“情”施于自己一人，这就凸显了爱情关系中的专一性要求。黛玉对待异性，除了宝玉，她一概视为臭男人，她对宝玉的使小性子和假意试探，都是她表达感情的独特方式，而宝玉的多情泛爱，也是导致他们时常发生摩擦、口角、误会、痛苦的重要原因。第8回探宝钗时黛玉语语含酸，戚序本回前批曰：“幻情浓处故多嗔，岂独颦儿爱妒人。”① 金玉之说仿佛利刃，时时悬在她的头顶，而她心灵的病愁也由此生发。第31回写湘云入园，黛玉便知是宝玉赠金麒麟的机会，故前来打探，批者点道：“金玉姻缘已定，又写一金麒麟，是间色法也。何颦儿为其所惑？故颦儿谓情情。”② 情情，一方面是未形猜妒情犹浅，肯露娇嗔爱始真；另一方面情到深处，也易因默契而达成谅解。黛玉因晴雯不开门而误会宝玉，以致在哀伤之至时哭出一篇凄美绝艳的葬花辞，而当宝玉解释委曲后，便把怨怼都忘在九霄云外去了。脂砚斋称此是“情情衷肠”。由此可知，宽容通达是“情情”的本质特点。

“情情”也是一种因情忘我、万苦不怨的精神品格。以知己之情为基础的爱情，是一种能牵动全部身心的生死恋情，一种以对方的幸福为己幸福的情怀。第29回书写黛玉的心声说：“你好我自好，你何必为我而自失。殊不知你失我自失。”③ 正所谓爱着你的爱，梦着你的梦，悲伤着你的悲伤，幸福着你的幸福。黛玉入府当夜，因宝玉摔玉而第一次流泪，脂批云：“补不完的是离恨天，所馀之石岂非离恨石乎。而绛珠之泪偏不因离恨而落，为惜

① 朱一玄编：《红楼梦资料汇编》，南开大学出版社2001年版，第192页。

② 己卯本回前批，朱一玄编：《红楼梦资料汇编》，南开大学出版社2001年版，第428页。

③ 中国艺术研究院红楼梦研究所校注：《红楼梦》，人民文学出版社1996年版，第402页。

其石而落。可见惜其石必惜其人，其人不自惜，而知己能不千方百计为之惜乎？所以绛珠之泪至死不干，万苦不怨。所谓求仁得仁又何怨。悲夫！"① 此后每遇宝玉生病，或再次摔玉，黛玉便总是泪自不干。宝玉挨打，黛玉哭得眼睛红肿像桃儿一般，满面红光，气噎喉堵；紫鹃试探宝玉，导致宝玉迷失本性，黛玉闻知，将刚服的药全部吐出，一时面红发乱，目肿筋浮，喘得抬不起头来。生病、挨打已是如此，设如宝玉遇到更大的灾难，黛玉岂不是要伤痛之极、泪尽而逝？

小说以"情情"对应"情不情"，而"情不情"也只有一"情情"可对。第19回有庚辰本双行夹批云：

> 听其囫囵不解之言，察其幽微感触之心，审其痴妄委婉之意，皆今古未见之人，亦是今古未见之文字。说不得贤，说不得愚，说不得不肖，说不得善，说不得恶，说不得光明正大，说不得混账恶赖，说不得聪明才俊，说不得庸俗平凡，说不得好色好淫，说不得情痴情种，恰恰只有一颦儿可对，令他人徒加评论，总未摸着他二人是何等脱胎、何等骨肉。余阅此书，亦爱其文字耳，实亦不能评出此二人终是何等人物。后观《情榜》评曰"宝玉情不情"，"黛玉情情"，此二评自在评痴之上，亦属囫囵不解，妙甚！②

小说书写的"情"有多种，惟有宝玉黛玉之情为情中之最。有正本第3回回前有批曰："天地循环秋复春，生生死死旧重新。君家著笔描风月，宝玉颦颦解爱人。"③ "情情"、"情不情"之文字，

① 戚序本《石头记》第3回回后批，朱一玄编：《红楼梦资料汇编》，南开大学出版社2001年版，第136－137页。

② 朱一玄编：《红楼梦资料汇编》，南开大学出版社2001年版，第311页。

③ 朱一玄编：《红楼梦资料汇编》，南开大学出版社2001年版，第114页。

当是作者用力最勤的“情文”了。

三、情文：“情文化”之文

情文，也是中国传统的情文化之文。自四书五经而始的传统文化，含有以礼节情与至情任情两种不同的内容，而往往表现为彼此掣肘、相辅相成的两端。因此中国的情文化，是节情的文化，也是任情的文化。

情文化之情是合礼之情。以礼节情的文化表现为温柔敦厚的诗教和怨而不怒的态度。儒文化是中国传统文化中占支配地位的思想体系，乃以仁学为中心，讲求人的社会性，不以自我为中心。《中庸》有“节情以中”之说，认为“喜怒哀乐之未发谓之中，发而皆中节谓之和”①。中节要求克己，不能不及，更不能过，所谓非礼勿视，非礼勿听，非礼勿言，非礼勿动，作为社会个体的人的私欲私情均须服从于礼。中和，即要求从根本上注重性情的温良柔顺，将“允执其中”作为人格修养的要义。风靡当时的郑卫之声，孔子以为淫，而视《关雎》为“乐而不淫，哀而不伤”②。不淫不伤的抒情方式，才合乎中和标准，也即发乎情止乎礼。《论语》中所载孔子言行，也体现出一种雍容和顺、迂徐含蓄的风格。

儒家的节情说与道家不内伤其身的无情说也有合拍之处。在漫长的历史里，封建统治阶级有意识地提倡“三教同源”、“三教合一”之说，将儒道释思想各取所需地糅合扭结在一起，这就更使儒道文化在反对、抗衡的同时又接受、融合，以至交渗互涵，趋于统一。理学家找到了儒道文化思想上的重合点，将两学的相通因子加以沟通和发挥，实践了彼此的融合渗透，形成新的文化思想，使之不再是纯粹的儒或纯粹的道。存天理灭人欲，涵养性

---

① ［汉］郑玄注，［唐］孔颖达疏：《礼记正义》，［清］阮元校刻：《十三经注疏》，中华书局1980年影印本，第1625页。

② ［清］刘宝楠：《论语正义》，中华书局1990年版，第116页。

情，因性而明，弃情用中，便是文化合流的产物。“虽生死荣辱转战于前，曾未入于胸中，则何异四时风花雪月一过乎眼也……是故哀而未尝伤，乐而未尝淫；虽曰吟咏情性，曾何累于性情哉！”①这是主张以理节情，对人世间的生死荣辱漠不关心，以物观物，情累都忘，随物迁化，情顺万物而无情。这是一种既儒又道的情调，显示了浑融涵厚的文化色彩。

从这个意义上说，“情文”也是“无情”之文。与宝玉之“情不情”、黛玉之“情情”有异，宝钗的情榜评语当为“无情”。薛宝钗的“端凝持重”、“温柔敦厚”气质，正是儒家所推崇的为人风格。儒家这种节情以中的理性精神，亦渗透在薛宝钗的气质个性中，形成这一形象不愠不怒、不喜不笑的端凝安详、温和豁达风度。对宝玉的应付和回避，她不过说一声“我是为抹骨牌来的么”之后笑笑走开，不在意，不生气；劝导宝玉，宝玉却“咳”一声抬脚就走，她也只是脸红了一红，对别人的无礼仍是不计较不恼怒。诸多场合，她只是“浑然不觉”。贾政在座，众姐妹皆有拘禁之感，惟有宝钗坦然自若，是在“天性从礼合节”② 之外，尚有一种经受传统文化陶冶的功力。当贵族小姐的尊严受到极大伤害时，她并不大光其火，充其量也只是机带双敲，不动声色地借题发挥而已，而且见好就收，事后全然不提。与其见素抱朴、无为不争的人生追求相吻合，薛宝钗的衣饰住行也倾向于素朴淡雅的生活情调。她从不爱花儿朵儿的，家中仅有的十二支饰花，还分送了贾府姐妹；衣着是家常式样，一色半新不旧；蘅芜苑内只草不花，冷而苍翠，绝无艳美浓丽气象，极素淡自然，又极芳馨清雅；居室内一应摆设全无，雪洞一般，连高龄老太太看了亦觉太过；药名亦嵌“冷”字，原料系白色花蕊及霜雪雨露。《红楼梦

① ［宋］邵雍：《伊川击壤序》，《四部丛刊初编》第147册，上海书店1989年版，第2－3页。

② 朱一玄编：《红楼梦资料汇编》，南开大学出版社2001年版，第362页。

曲》赞她为"山中高士晶莹雪"，"雪"的冷凝风格恰如宝钗其人。

宝钗的情感特点便是白雪般的冷漠无情。她的花名签曰"任是无情也动人"——既为"无情"，缘何"动人"？被誉为冷美人的薛宝钗，正是一个以不伤其身为标准，不动喜怒哀乐之情的"无情"之人。从道家的视角看，无情并非没有感情。"既谓之人，恶得无情……是非吾所谓情也。吾所谓无情者，言人之不以好恶内伤其身，常因自然而不益生也。"[①] 无情不等于心如死灰，而是要破除生死好恶之情，对待世上万事万物，应是"哀乐不易施于前"[②]。因为道家所推崇的人生，乃是"游心于淡，合气于漠"[③]的恬淡无为的人生，所以不能让生死牵动自己的感情，以免内伤其身。方法即是一切因循自然，不加作为，看开得失。"且夫得者时也，失者顺也；安时而处顺，哀乐不能入也：此古之所谓县解也。而不能自解者，物有结之。且夫物不胜天久矣，吾又何恶哉！"[④] 得是合乎时机的，失也是顺，那也就无所谓得失。既然得失生死都不过是自然的变化，逃避不了，动情无用，那么还不如不动感情，任其自然，反而能够得到解脱。

在个人情感的宣泄方式上，宝钗采取绝对的无欲状态，藉"后天之学力"来按捺先天的情怀；所以她的先天病状、胎里带来的一股"热毒"，要用后天精心调配的冷香丸来医治克服。王夫人于金钏之死唏嘘自责，宝钗却表现得淡漠寡情，劝慰王夫人不要因为"十分过意不去"而伤了自己的身心；薛小妹所编怀古诗，因为有两首牵涉到抒发男女之情的内容，宝钗便推说"无考"。宝玉认定《桃花行》非宝琴所作，是深知宝姐姐"断不许妹妹作此哀音"，为情所累。她虽然心中暗生对怡红公子的爱慕情绪，悄悄

① ［清］郭庆藩：《庄子集释》，中华书局1961年版，第221页。

② ［清］郭庆藩：《庄子集释》，中华书局1961年版，第155页。

③ ［清］郭庆藩：《庄子集释》，中华书局1961年版，第294页。

④ ［清］郭庆藩：《庄子集释》，中华书局1961年版，第290页。

将元妃所赐的极富暗示意味的红麝香串羞笼于臂，甚至情急之时，也曾半含半露、欲说还休地吐出半句“大有深意”的话语，但更多时候，宝钗却是回避现实，压抑感情需求，总远着宝玉。无情之人何尝无情？端凝、淡漠的外表，冷则冷矣，那一份未能完全压抑住的天性，却如蘅芜苑内奇蔓异藤一般，无声无息地散发出丝丝缕缕天然的馨香，时时动人。

情文化之情又是任情之情。儒家强调理性精神，主张以礼节情，不是不要感情，而是要求发乎情止乎礼义，适可而止，不淫不伤。换言之，以礼节情，并非规定以礼泯情。儒家讲究经世致用，一向重视文和道的关系，所谓文以载道，文的社会功用处于首位，而言之无文，行而不远，要言之有文，先得言之有情。《论语》为儒家经典，虽体现了节情原则，但激情文字仍然充溢其间。颜回之死，孔子大悲：“噫！天丧予！天丧予！”[①] 冉伯牛患病，孔子自牖执其手曰：“亡之，命矣夫！斯人也而有斯疾也！斯人也而有斯疾也！”[②] 孔子删诗，自当奉行“发乎情止乎礼义”的原则，但《诗》中仍然留有大量歌咏爱情的篇章。“关关雎鸠，在河之洲”式的自然风情，充溢“辗转反侧，夜不能寐”的执著与深沉，“所谓伊人，在水一方”式的瞻望迷茫，透露“溯流从之，宛在水中央”的向往与痛苦。儒家所推崇的尧舜二帝，是“任情”的代表。尧以娥皇、女英妻舜，舜不告而娶，孟子却认为合乎儒家之礼，因为“告则不得娶”。后世君子也能谅解，以为不告犹告也。娥皇、女英与舜的爱情婚姻，是古之圣君中最动人凄美的故事，然而它却是以非礼开始的。发愤以抒情的《离骚》，被司马迁称为“忧愁幽思”之作，很难以怨而不怒衡量；被称为“史家之绝唱，

① ［魏］何晏集解，［宋］邢昺疏：《论语注疏》，［清］阮元校刻：《十三经注疏》，中华书局1980年影印本，第2498页。

② ［魏］何晏集解，［宋］邢昺疏：《论语注疏》，［清］阮元校刻：《十三经注疏》，中华书局1980年影印本，第2478页。

无韵之《离骚》”的《史记》，也难用哀而不伤来拘囿。“礼岂为我设耶”的宣言，抒发一个时代的遗世独立之情；归凤求凰、偷香窃玉，成为传诵不衰的人间佳话。倩女离魂只为践情爱之约，红拂慧眼识人实即私奔。璩秀秀爱上了玉匠崔宁，死了也要做鬼夫妻，表明礼能管其生不能管其死，理能束其身不能束其魂。中国文化的早期阶段，本身就显示了情与礼始终冲突、以情抗理、任情而为的文化特点。

至于宋明，情文化逐渐体现为以情代礼的真情文化。李贽在其《焚书·杂述·读律肤说》中声称：“盖声色之来，发于情性，由乎自然，是可以牵合矫强而致乎？故自然发于情性，则自然止乎礼义，非情性之外复有礼义可止也。惟矫强乃失之，故以自然为美耳，又非于情性之外复有所谓自然而然也。”① 李贽主张的是有情之礼，情中之礼，只要出于人的情性，自然合乎礼义。这就将情性和礼义统为一体，对“发乎情止乎礼义”的传统定义作出新的阐释，是对既往的文化观念的一个有力矫正。汤显祖公开标明“有情的天下”，《牡丹亭》即是以情代礼的经典之作。他在《牡丹亭·题词》中说：“如丽娘者，乃可谓之有情人耳。情不知所起，一往而深。生者可以死，死可以生。生而不可与死，死而不可复生者，皆非情之至也。”② 因为情之至，故而因情成梦，因梦成戏，现实世界中理之必无，梦幻世界里却是情之所必有，这样就将“情”张扬到了极致。《聊斋志异》世界也是一个“情”的世界，由于作者设置了真幻相生、以幻写情的情节框架，男女主人公便突破了现实礼教的框囿，情之所至，爱之即成，双美同至往往而是，而色授魂与又胜过颠倒衣裳。在这些以“情”为特征的经典文学作品里，情和欲获得了高度的契合，从而突破了传

① ［明］李贽：《李贽文集》，社会科学文献出版社 2000 年版，第 123 页。

② ［明］汤显祖：《牡丹亭》，人民文学出版社 1980 年版，第 1 页。

统“情”文化的礼教大防。

《红楼梦》对“情”的张扬，并不止于宝黛爱情故事。贾蔷和椿龄的感情，是家道衰微的贾门子弟和身份微贱的女伶之间的恋情，戏雀与画蔷写尽了蔷龄之恋。林红玉与贾芸的感情，是贾府子弟和府中丫鬟之间的恋情，遗帕与赠帕展现了芸红之恋。司棋与潘又安的感情，是丫鬟与小厮的恋情，也是古代文学中常见的表兄妹之恋，偷期密约两相缱绻，事情败露之后，司棋毫无畏惧惭愧之色。智能与秦钟两情相悦，幽会私合，缠绵旖旎，最后也酿成悲剧。尤三姐以对方人品的出众和个性的独特为标准，于千万人中挑中了柳湘莲，虽带有一见钟情的意味，而尤三姐戏弄珍琏，守贞待嫁，却显示了这位平民少女的一往情深、侠骨柔肠。爱情故事的女主角所倾情的对象，都是她们自以为可以“情”的那个，用情于可以情之人，是这些故事的共同特点。如果要仿造“情不情”的构词方式来形容的话，那恰是“情可情”。

书中有个招人非议的女性角色，即秦可卿。前人对这个名字的象征意义作出了各种解说，如“情可亲”、“情可轻”、“情可倾”等，评价或褒或贬，甚或有指其为“淫”情的典型的。若坐实了淫丧天香的评语，可卿便是一个淫情的代表；畸笏“命芹溪删去”之语固然昭示了删削的痕迹，然芹溪接受此命，对原稿大作改动，则至少表明作者对改塑后的可卿形象的认可。既然如此，追究可卿的淫丧情节，甚至求索可卿生活原型的细节种种，本没有多少必要。太虚幻境中的可卿，乃是警幻仙姑的妹子，一个兼有钗黛二人之美的仙女形象，与现实中的秦可卿也不是一回事。如果以太虚幻境中的兼美可卿之与梦中宝玉的结合，来指证宁府孙媳妇可卿之诱惑了荣府少爷宝玉，以斥责可卿的荒淫无耻，也是一种板滞泥执的思维。换言之，秦可卿究竟是一个诱惑型的女妖形象，还是一个兼美型的女仙形象，这点并不重要。就其象征意义上，与其说这名字代表了“情可轻”，毋宁说它代表了“情可情”，集合了小说文本中所有施情于可情之人的爱情故事的共同特征。与“甄士隐”、“贾雨村”的命名方式相类：这两个名字既表现为代表了士与宦的两个实际人物，同时又符号化，成为“真事隐”、“假语存”这样两个抽象概念的指代。“秦可卿”一名所代表的，既是宁国府孙媳妇可卿，也是太虚幻境的仙女可卿，更是“情可情”意义的寄托，它也已符号化了，在更加广阔的层面上成为《红楼梦》所有“情”事的象征。“秦可卿”的形象，在某种程度上来说，便成为一个意象。因此，情文之情，也是“情可情”之情；情文之文，亦是“情可情”之文。

老子曾曰：“道可道，非常道。名可名，非常名。”[①] 仿照老子的句法，便延伸出新的“情”价值观：情可情，非常情。用情于可情之人，原是容易达成的愿望；然而情若真易达成，则又不是至情常情了。尤三姐择定柳湘莲，原有一见钟情的色彩，彼此缺乏真正的了解和交往，所以这一爱情未及展开便告夭折，那鸳鸯剑既是定情物，又是斩杀爱情的利刃，爱情的主角相见之日，便是爱情死亡之时。贾琏偷娶尤二姐，原出于对美色的占有和对自身婚姻的补充，尤二姐却自以为终身有靠，将青春和幸福都押在这虚假的婚姻上，最后死于妻妾争风。智能儿和秦钟的爱情，是欲大于情，茗烟与万儿的爱情，更带有性而上的意味，最后都不免黯然失色。什么样的爱情方称得上是至情、常情？真正把人带入人性的诗意的境界的，当属“情中情”——宝黛爱情。

四、情文：“情中情”之文

《红楼梦》第1回甄士隐梦中见一僧一道对话，言及三生石畔神瑛侍者与绛珠仙子的一段仙缘，那僧道：“要想这一干人入世，其情痴色鬼，贤愚不肖者，悉与前人传述不同矣。”那道人道：

① 徐澍、刘浩注译：《道德经》，安徽人民出版社1990年版，第1页。

“趁此何不你我也去下世度脱几个，岂不是一场功德?”那僧道：“正合吾意，你且同我到警幻仙子宫中，将蠢物交割清楚，待这一干风流孽鬼下世已完，你我再去。”① 此段文字旁蒙府本有侧批曰：“幻中幻，何不可幻?情中情，谁又无情?不觉僧道已入幻中矣。”② 又第34回的回目有“情中情因情感妹妹”之语，该回情节恰是挨打后的宝玉情中生情，遣晴雯送两条旧帕于黛玉，黛玉深感其情，挥毫在绢帕上写下三首绝句，此后宝黛两人的感情进入默契阶段。可见“情中情”即特指宝玉与黛玉的爱情。

与文学史上诸多描写爱情的名篇相比，《红楼梦》在表现宝黛爱情上显示了它新的风貌。《西厢记》中崔张相爱，以身相许，不以夫贵妻荣为目的，还提出“愿天下有情的皆成眷属”的进步婚恋观，是情战胜礼的颂歌。然张生之病之愁，固然由情而起，但消愁疗疾的良方，是“今宵端的雨云来”③，尚未能免《会真记》中“索我于枯鱼之肆”④ 之俗；“小生以犬马相报”的感激与许诺，又带有一定的交易意味。从全剧看，对婚姻的曲折的考虑多于对爱情本身的描写。《牡丹亭》突出了杜丽娘追求爱情幸福的强烈渴望，昭示了人性解放的要求，然柳杜之恋固然灼热奔放，毕竟还缺少坚实的基础和持久的力量。柳梦梅形象比较单薄，让杜丽娘为他出生入死，他应该自惭形秽。才子佳人小说肯定了真情至性的合理存在，描写精神层面上的痴情，然从情中剔除了欲，又加入了理，结果使真情蜕变为矫情。洪昇对于情的看法，与汤显祖有相似之处，《长生殿》中爱情和政治的双重主题，却使李杨爱情的描写带上了浓厚的政治阴影。《桃花扇》借情言政，侯李爱

---

① 中国艺术研究院红楼梦研究所校注：《红楼梦》，人民文学出版社1996年版，第9页。

② 朱一玄编：《红楼梦资料汇编》，南开大学出版社2001年版，第90页。

③ 王季思校注：《西厢记》，上海古籍出版社1978年版，第128页。

④ 王季思校注：《西厢记》，上海古籍出版社1978年版，第200页。

情以其鲜明的政治内容为特征，境界比较高拔，然兴亡之感似乎成了爱情的唯一因素，爱情的本体内容未能得到更丰富的展示。在《红楼梦》之前，诸多作品的爱情描写，往往只到达爱情的外围，或直通其最低的情欲层次，爱情本身显得羸弱苍白。

《西厢记》、《牡丹亭》的爱情故事，在反传统反礼教的目标上走得并不是很远。主人公爱情选择的标准是“他有德言工貌，小生有恭俭温良”[①]，人生理想是“盼今朝得傍你蟾宫客，你和俺倍精神金殿对策”、“六宫宣有你朝拜，五花诰封你非分外”[②]。《桃花扇》侯李爱情也有共同的思想基础，李香君“守贞待字，碎首淋漓不肯辱于权奸”[③]，然其性质却是“赞圣道而辅王化”[④]。薛宝钗正是德言工貌齐全的佳人，五花诰的信奉者，贾宝玉也曾为她酥白的臂膀迷醉过，但他们之间始终横亘着一条难以跨越的思想鸿沟。宝黛爱情虽然也有倾慕对方体貌的因素，但宝玉并不着重于黛玉的品貌之美，而是为她脱俗的气质、感情的率真、人生观的高度一致而倾倒。《红楼梦》中宝黛爱情的描写，第一次以真实生动的生活化艺术形象反映出一个进步的婚恋观，即爱情必须以精神上的高度契合、人生观念的共识、情感性灵的共鸣为基础，必须与反礼教相始终。这就突破了前代作品中将金殿对策、五花诰封作为最高爱情理想的描写模式，在社会历史容量上拓展了爱情的丰富内容。

宝黛爱情又是纯情深挚的男女之情，是摒弃了低级庸俗的欲望追求的精神活动。宝黛爱情描写确非前代作品中“假拟妄称，

---

① 王季思校注：《西厢记》，上海古籍出版社 1978 年版，第 21 页。

② ［明］汤显祖：《牡丹亭》，人民文学出版社 1980 年版，第 187 页。

③ ［清］孔尚任：《桃花扇小识》，王季思等注：《桃花扇》，人民文学出版社 1984 年版，第 3 页。

④ ［清］孔尚任：《桃花扇小引》，王季思等注：《桃花扇》，人民文学出版社 1984 年版，第 1 页。

一味淫邀艳约、私订偷盟之可比”①，神瑛侍者和绛珠仙草的宿命情缘，为这段爱情铺垫了圣洁缠绵的神异基调，绛珠还泪的故事规定了凡界的宝黛爱情是质本洁来还洁去的爱情，这就超越了前代作品中一见钟情、随后即求枕席之欢的层次，升华为一种灵魂的契合。宝黛均为对方而不为己，皆为所爱而不自惜，舍情以外，别无他求，和一般爱情的占有欲有着本质区别。在那种欲掩还露、忽嗔忽喜的情感形态中，在那两情相悦、缠绵曲折的爱情表达方式中，体现出的是一种精神层次的爱情追求。可以说，《红楼梦》的宝黛爱情描写，第一次使爱情获得了本体的意义。宝黛之间既有体态的美丽相吸引，又有亲密的交往做感情的温床，融洽的旨趣更使他们息息相通，于是在较高的审美层次上表现为纯情的两性热恋。

《红楼梦》第一次从正面表现了爱情本身。小说充分描写了宝黛爱情纠葛发生、发展的全过程，细腻地展现了恋人之间曲折微妙、矛盾痛苦的感情历程。宝黛初见，便是摔玉、哭玉，这比一见钟情要真实得多，细腻得多。随后是宝钗到来之前的感情阶段：既亲密无间，两小无猜，又有不虞之隙，时生摩擦。宝钗既至，黛玉便生不忿之意。等到金玉之说四起，宝玉又在黛钗湘之间游移不定，黛玉便常含酸嫉，口角、争吵、烦恼，一重不了一重。而当宝玉用“说不说混帐话”来衡量黛钗湘时，黛玉便在宝玉的情感世界里胜出，悄然占据了他爱情的首席位置。宝玉挨打、赠帕题帕之后，宝黛爱情进入了默契期，此后再也不见宝黛的口角与哭闹。可以说，作者将宝黛这样两个年轻的灵魂准确地刻镂给世人观赏，将他们的爱恋、酸嫉、体贴、思慕、哭闹与和好的全部过程展现给读者，让读者在细致入微的芬芳文字里领略一个真

① 中国艺术研究院红楼梦研究所校注：《红楼梦》，人民文学出版社1996年版，第6页。

实爱情故事的演出。

《红楼梦》的宝黛爱情，具有深刻的时代性和社会性。宝黛爱情以悲剧为最终结局，宝玉带着对人生的失望与幻灭遁入空门，黛玉怀着终生的遗憾谢世而去。这一爱情悲剧，是封建时代贵族之家中平平常常的悲剧，作者却以动人的艺术魅力写出这一爱情的存在价值和合理性，写出它的毁灭过程。这一悲剧，不仅源于时代与观念的矛盾、家族利益的压力，而且也与宝黛自身的弱点相关。爱情的悲剧结局，真实地揭示出造成悲剧的社会历史根源，打破了文学对生活的虚饰，与以往诸多作品的大团圆结局有着天壤之别，体现了震撼人心的悲剧审美力量和批判现实的力度与深度。

曹雪芹挥动如椽巨毫，借助"晴雯"意象，铺洒这一篇深情文字，与传统文化之"情文"观一脉相承。《世说新语》之"文学"篇第72则记载："孙子荆除妇服，作诗以示王武子。王曰：'未知文生于情，情生于文？览之凄然，增伉丽之重。'"[①] 有情乃有文，有文必显情，情文并重，乃能动人。刘勰在其《文心雕龙》中每每强调情文之理，其《情采》篇有云："故立文之道，其理有三：一曰形文，五色是也；二曰声文，五音是也；三曰情文，五性是也。五色杂而成黼黻，五音比而成韶夏，五情发而成辞章，神理之数也。"[②] 他将文章分为形文、声文、情文三类，以为"情文"源于人之喜、怒、欲、惧、忧五性，体现了一种理论自觉。又其《体性》篇云："夫情动而言形，理发而文见。"[③] 文章的文采优劣和审美价值，都系乎作者的情性，则情性对于文章的决定性作用不言自明。李渔在《一家言》中评《秦楼月》时曾云：文生于情，非情人不能为文人。这是将作者与作品视为一体，充分

① ［晋］刘义庆：《世说新语》，岳麓书社1989年版，第54页。

② 王运熙、周锋：《文心雕龙译注》，上海古籍出版社1998年版，第284页。

③ 王运熙、周锋：《文心雕龙译注》，上海古籍出版社1998年版，第253页。

肯定了“情”于“文”的价值。又黄宗羲亦曾有言：“文生于情，情生于身之所历。”[1] 作者的亲身经历是生发有“情”之文的前提。《红楼梦》开卷即云自己“历过一番梦幻之后”，借通灵之说，“撰此《石头记》一书也”[2]。因为爱过，所以多于情，深于情，浓于情，于人世中翻过筋斗来，才能挥洒出一篇“情文”。嘉庆甲戌年（1814）嫏環山樵在《补红楼梦》之“叙”中言曰：“古人云：情之所钟，正在我辈，故情也，梦也，二而一者也。多情者始多梦，多梦者必多情，犹之善为文者，文生于情，情生于文，二者如环之无端，情不能出乎情之外，梦亦不能出乎梦之外……妙哉，雪芹先生之书，情也，梦也；文生于情，情生于文者也。”[3] 《红楼梦》第5回中，为太虚幻境拟写了一副对联，道是：“厚地高天，堪叹古今情不尽；痴男怨女，可怜风月债难酬。”[4] 而事实上，《红楼梦》所摹写的“情”，非关风月之情，所谓人生自是有情痴，此恨不关风与月，此一“情文”，关乎人性之最美者。故而《红楼梦》可谓“情文”之最。“晴雯”、“晴雯”——我们呼唤着这个名字，体味着这一意象，仿佛与晴空美丽的云彩频频睹面，在情天情海的世界里，为这芬芳馥郁的深情文字而陶然迷醉。

① ［清］黄宗羲：《四明山九题考》，沈善洪主编：《黄宗羲全集》，浙江古籍出版社2005年版，第375页。

② 中国艺术研究院红楼梦研究所校注：《红楼梦》，人民文学出版社1996年版，第1页。

③ ［清］嫏環山樵：《补红楼梦》，北京大学出版社1988年版，第1页。

④ 中国艺术研究院红楼梦研究所校注：《红楼梦》，人民文学出版社1996年版，第74页。

第七章　看来岂是寻常色

作画讲究设色，作诗亦重设色；工诗善画的曹雪芹同样注重设色艺术。敷色施彩，以色写情，乃是曹雪芹刻画人物形象的一大特色。

日常生活中，色彩的感觉是最普遍的美感经验。一般说来，色彩在人们视觉上的倾向性差异，往往会引发他们在在有别的情绪联想，并进而生发出迥然不同的情感内容；而人们对生活色彩的选择、欣赏、喜好和使用，则又概莫能外地折射出他们的情感倾向，程度不同地映现其情感深处的质的规定性。正是基于这种映现功能，艺术家们才每每运用色彩来描画形象，传情达意。而设色写情、借色传情，也恰是曹雪芹小说创作的一大显征。本章试从具体形象入手，对其以“色”传“情”的设色艺术作一整体勘察。

一、因情设色，色心相与

《红楼梦》开篇即宣称，整部书不过“大旨谈情”。“红楼梦曲”第一支歌云：“开辟鸿蒙，谁为情种？都只为风月情浓！”小说回目中每每嵌以醒目的“情”字；篇末设有“情榜”，上列着作者对人物情感特征的定评；脂砚先生也屡屡用“痴情”、“情种”、“情深”、“情极”等饱蘸浓情的语词来评点书中人物。“彩笔辉光若转环，心情魔态几千般。”同是人“情”，“情”因人异；书中人因其生活经历、文化教养、气质个性各不相同，其“情”也自有涵味不同的各个层面。而不同形象的情感特质一旦投射到生活色彩上，便自然呈现出在在殊异的诸般色相。曹雪芹正是从形象情感内容的既定性、倾向性出发，因情设色，以色传情，在诸多形象的情感描绘中臻于传情入色、情色互契之化境。

林黛玉即是生动的一例。她自幼体弱多病，失怙无依，身世飘零。虽有外祖母的疼爱、众姐妹的友善，却难消那情感的创伤；虽愿将生命交付与爱情，却又无法把握自己的婚姻。于是，面对明媚的春光、妩媚的桃花，她不由吟唱着自心底颤然而出的层层“哀音”。人皆赏春，她独葬花；人有欢笑，她却悲泣。终其一生，唯多愁善感、泪光莹莹、哀怨无限。因而，幽深冷峭、抑郁伤感，便构成她情感内容的基本倾向。为了凸显这一倾向，作者选择了“绿”色色系，来设计她的名姓表字、容情体貌、居住环境，将绿色、绿光、绿影、绿质融入形象的生活色彩，以求其“情”与“色”交融互涵，相得益彰。林黛玉前身乃“绛珠仙草”，为报甘露灌溉之惠，解五内缠绵之意，思下凡以终生之泪相酬。神话开篇，已酿就了她一生情感的幽绿惨戚氛围。“林黛玉”，其名姓所呈之意象，正给人以忧郁深婉的幽绿感；其眉眼特征，亦使人宛见那淡如青烟的缕缕哀愁；那“颦颦”表字，更是对她郁积于心、彰显于眉的清愁丽哀的精妙概括。黛玉所住之潇湘馆，本有“千百竿翠竹遮映”，“竿竿青欲滴，个个绿生凉”；而黛玉一旦拥有“潇湘妃子”的雅号，潇湘馆那绿凉清幽的环境色，就立即弥漫着冷凝纤秾、清泪欲滴的忧伤气息。“凸碧山庄”与“凹晶水馆”既为黛玉所拟，则黛玉那奇妙俊逸之才情、碧润晶莹之气质与她的凹凸不平之人生、跌宕流动之情愫，便在这粲然意象的交相辉映之中得以披示。即此可见，“绿”色所涵容的诸般心迹，已然成为林黛玉情感世界的质的规定性。作者借助“绿”的映现功能，敷写黛玉的忧伤情怀，遂使其“情”得以外现化、具体化。

情榜所示，贾宝玉的情感特征是“情不情”。无论对象有情无情，宝玉“俱有一痴情体贴”。对无情之“物”花鸟草木，宝玉皆怜惜珍爱，迁情以往，以至物我两忘，浑然不觉；对有情之人，宝玉亦爱怜体贴，友善敬慕；而对唯钟情于己一人的林妹妹，宝玉更是一往情深，生死相恋。“情不情”亦即警幻所言之“意淫”。宝玉物物用情，处处施爱，虽不免公子哥儿情调，然用情于物，则于痴愚表象中映现一片天真烂漫、性灵至上的少年襟怀；施情于人，则于“爱红”顽症上透出一份瓣香异性、护法裙钗的异样禀赋；钟情于黛玉，则更凸显其情爱追求中那份酣然饱满的顽艳、执著、勃勃生机。欢快、热烈、活跃、多动，浓于热情，富于激情，葆有深情，正是贾宝玉的情感特质。而最能表达这一情感特质的色彩，则断断乎非“红”莫属。故尔，宝玉雅号为“怡红公子”，住的是“怡红院”，与生俱来的通灵宝玉也“灿若明霞”。宝黛初会时，宝玉通体衣饰正以“红”为基色：大红箭袖、红丝束发、银红大袄、大红鞋；雪天里，他身披大红猩猩毡；祭晴雯，他身着血点般大红裤子……穿红因爱红，爱红遂穿红，如是以观“怡红”，岂不恰是“公子”宝玉怡悦红颜的情怀的妙注?!

同是因情设色，黛玉之清愁丽哀、雅恨幽怜色化为纤秾冷凝、郁悒深婉的幽绿，而宝玉之多情博爱、欢悦执著则色化为妍丽温馨、浓烈旷放的殷红。写黛玉之情以传神为主，绘宝玉之情则从形似落墨，总因情色相契，故尔一个神情逼肖，一个形神兼备，真可谓随色象类，曲尽其情。

“任是无情也动人”的薛宝钗，惯以封建理性来压抑自我的情感需求。她肃然律己，漠然处世，以“藏愚守拙”自励，以针黹纺绩为事，与府中人众不即不离，若即若离，保持一种微妙的平衡友善关系。为了盎现这一淡而冷的情感倾向，作者又呈妙思，施巧手，冠之以与“雪”相谐音的“薛”姓；其判词及“终身误”曲亦直以白“雪”相比附；所服用的“冷香丸”原料，全系白色花蕊、雨露霜雪；蘅芜苑内只草无花；房中摆设“雪洞一般”

……如雪之白，即是薛宝钗情感内容的色化。本来，天真烂漫的心性，曼妙动人的恋情，应当是少女情怀的“天然色”，薛宝钗作为其中的“一媛”又何独不然？于是，我们看到，在她冰般冷、雪般白的情感“覆盖”下，还时不时地闪现出“金”色的情感意向。“金簪雪里埋”的判词，“薛宝钗”的名字，均隐现其乃是一枚灿灿金钗（“钗”也即“簪”：从语源上说，钗源于叉，乃是双股之簪）；其金锁，既证成“金玉”之说，又寓其皇商薛家富小姐的身份；其丫鬟亦姓“黄”名“金莺”，俨然为主人的“慕金”意向添一妙笔；其言行、诗作，也不时流露出潜在的“慕金”祈尚，闪现出“待时飞”、“上青云”的人生热望。然“黄”之于“白”，并非平分秋色；“薛宝钗”实即“雪包钗”、“雪埋钗”——不特冷若冰霜的理性封煞了她的“金”色热望；而且“运败金无彩”，家运的颓败也一如坚冰严霜、皑皑白雪，深深覆埋并埋葬了她生命价值的终极实现。“淡极始知花更艳”，色彩“淡极”化为“白”，情感淡极归于“冷”；“更艳”乃其金灿眩目的生命企求。于是乎，宝钗服用冷香丸以克服其先天的“热毒”，便成了以单一白色褫夺先天固有热色的绝佳象征。白色固然素净、纯粹，但却是“无彩之色”，它恰好寓示了薛宝钗那淡然凄然、苍白寡味的情感生活。

“宝钗扑蝶”是书中一个著名的情节片段。第27回，宝钗去潇湘馆，因见宝玉进去了，为避嫌疑而回身走开。“忽见前面一双玉色蝴蝶，大如团扇，一上一下迎风翩跹，十分有趣，宝钗意欲扑了来玩耍。”① 多有论者认为，作者此处非泛泛之笔，念念不忘“金玉之说”的宝钗此时将“玉色蝴蝶”当作了宝黛二玉的象征；宝钗的追扑正反映出她内心深处对宝黛的嫉恨。其实这是一种误

① 中国艺术研究院红楼梦研究所校注：《红楼梦》，人民文学出版社1996年版，第362页。

读。宝钗是否嫉恨宝黛，此略不论。作者设计“扑蝶”画面，目的之一在于凸显宝钗性格中活泼纯真的一面。素日端庄凝重的宝钗，为大观园妩媚明丽的春色所感染，启动了天真烂漫的少女情怀，见到蝴蝶翻飞，情不自禁追扑玩耍，以致“香汗淋漓，娇喘细细”。这表明宝钗并非迂执无情的冷面少女。甲戌本此处侧批道：“池边戏蝶，偶尔适兴……明写宝钗非拘拘然一迂女夫子。”“可是一味知书识礼女夫子行止。”① 活泼娇媚与幽娴淡雅共构了宝钗复杂丰满的个性化人生。再就语词的本义而言，“玉色蝴蝶”亦断非宝黛二玉的化身。“玉色”本指“莹白之色”，系美辞。前人诗文中多有出现，如宋梅尧臣《和永叔内翰思白兔答忆鹤杂言》：“待将枝条与人折，忆看家中玉色兔。”② 元叶顒《故圃梅花》：“身世水云乡，冰肌玉色裳。”③ 一称誉白兔的毛色，一比喻白梅的花色，均指“莹白”之色。更明显的是宋戴复古《题郑宁夫〈玉轩诗卷〉》中的“玉声贵清越，玉色爱纯粹”④ 之句，“纯粹”之指表明“玉色”之本义乃是白色无疑。而以“玉色”形容蝴蝶的，亦不独曹雪芹为之，前人诗句亦有“盈盈绿房缀冰蕊，玉蝶婀娜穿帷飞”⑤、“青蚨孕子宁无兆，玉蝶化身元有情”⑥ 的吟咏，其中“玉蝶”显系“玉色蝴蝶”的缩略，亦是美辞。由此可知，薛宝钗所追玩的一双玉色蝴蝶，乃是两只莹白色的蝴蝶。宝钗目中所见，当是“迎风翩跹”、“十分有趣”的蝴蝶本身，“玉色”乃是作书人作文字描述时的优美形容。身为书中人的宝钗未必能由蝴蝶的

① 朱一玄编：《红楼梦资料汇编》，南开大学出版社 2001 年版，第 416、407 页。

② 傅璇琮主编：《全宋诗》第 5 册，北京大学出版社 1991 年版，第 3218 页。

③ 《景印文渊阁四库全书》第 1219 册，台湾商务印书馆 1985 年版，第 56 页。

④ 傅璇琮主编：《全宋诗》第 54 册，北京大学出版社 1998 年版，第 33459 页。

⑤ ［元］袁桷：《溧阳张节妇瓶中杏枝着花因赋》，《景印文渊阁四库全书》第 1203 册，台湾商务印书馆 1985 年版，第 77 页。

⑥ ［元］杨维桢：《金钱卜欢》，［清］顾嗣立编：《元诗选》初集 · 辛集，中华书局 1987 年版，第 2007 页。

“白色”联想到字面意义上的“玉色”，然后再由“玉色”比附为宝黛双玉。更何况双玉的象征色一为绛红，一为黛绿，亦与莹白之色杳不相涉。

至于回目中“戏彩蝶”一语与情节描写不相一致，有两种可能。一是此书乃作者“披阅十载，增删五次”，洒泪泣血所作，“书未成，芹为泪尽而逝”[①]，以未定稿而有失检照，亦不为奇。二是此书在早期的传抄中，常出现文字的差误、错漏或矛盾的情况，“彩蝶”、“玉蝶”，二有一误。与作者同时、见过早期抄本的明义，在其《题红楼梦》诗中云：“追随小蝶过墙来，忽见丛花无数开。尽力一头还两把，纨扇遗却在苍苔。”[②] 所吟“扑蝶”故事与今人所见之小说情节不尽相同。此亦一明证。从作者所设计的薛宝钗不爱花儿朵儿、屋里雪洞一般的情感特征来说，宝钗追扑“玉色”蝴蝶似更合情理。另，回目云“戏蝶”，亦见宝钗扑蝶时并非怀有憎恶嫉恨之情。读古人诗书，当不诬古人，亦不负古人。以“玉色”蝴蝶比附为宝黛二玉，再置于宝钗所追扑的位置，非特诬钗，亦负芹意焉！

“扑蝶”故事的第二阶段是“金蝉脱壳”。很多读者以为此段乃写宝钗嫁祸于人，暴露了她细密阴险的心机。这同样是一种误读。宝钗专心扑蝶，蹑足来至滴翠亭边，无意中听到了两个丫鬟的悄悄话，以侧写方式带出了一桩风流案。从亭内对话的语音推测，乃是怡红院里的丫鬟林小红。红玉就空给宝玉端茶时，宝玉竟然不识是自己院中的丫鬟，宝钗却凭说话声就知道是红儿，且深知这丫鬟“眼空心大”，是个“头等刁钻古怪”的东西。这不仅反映出宝钗观察人、了解人的深细个性，还衬托出宝钗比红玉更加刁钻古怪，精明深细更胜一筹。宝钗对红玉私相传递事件的反

① 朱一玄编：《红楼梦资料汇编》，南开大学出版社2001年版，第85页。

② 一粟编：《红楼梦卷》，中华书局1963年版，第11页。

应是“心中吃惊”：“怪道从古至今那些奸淫狗盗的人，心机都不错。”[①] 这与王夫人遇到金钏与宝玉戏谑之事时的反应如出一辙。这当然反映了宝钗对封建正统观念的自觉认同，但并不表明宝钗因此就要嫁祸。从主观上看，宝钗没有嫁祸的动机。宝钗脱口叫出“颦儿，我看你往那里藏”，是想向红玉表示：我刚到这里，什么都没听见。一方面，宝钗出于明哲保身的做人原则，并不想惹一丁点是非上身；另一方面，也是给红玉留面子，让红玉放心的意思。金钏不过和宝玉说了两句玩笑话，就被撵而致投井。司棋在园中幽会潘又安，无意中叫鸳鸯撞破，司棋哭跪在地，苦求鸳鸯保密：“我们的性命，都在姐姐身上，只求姐姐超生要紧！”[②] 后担心事情败露而“惧罪”病倒，鸳鸯还特地去探望，“支出人去，反自己赌咒发誓”，说若透露消息，“立刻现死现报”[③]，安慰司棋好生养病。抄检大观园时，司棋因与潘又安的往来物件、情书被抄出，而毫无余地地被撵出贾府。林红玉和贾芸的情事，既非司棋潘又安式的完全没有人身自由的丫鬟小厮之间的恋爱，也非宝玉金钏式的少爷丫鬟之间的暧昧戏谑，但私相传递等同于司棋，发生恋情超过金钏，坠儿年小不知情由，一旦传出则显然威胁到林红玉的存身、发展，甚至关乎这个丫鬟的名誉、生命。那么处在宝钗的位置上，所做的是故意避开，假装不知，就完全是一种仁厚了。以宝钗小姐的身份，她不可能像鸳鸯那样主动宽慰当事人，也绝不会像王夫人那样伺机而动，雷霆震怒；她使金蝉脱壳之计，首先是摆脱听壁角的嫌疑，其次是保存说话者的颜面。再

① 中国艺术研究院红楼梦研究所校注：《红楼梦》，人民文学出版社 1996 年版，第 363 页。

② 中国艺术研究院红楼梦研究所校注：《红楼梦》，人民文学出版社 1996 年版，第 991 页。

③ 中国艺术研究院红楼梦研究所校注：《红楼梦》，人民文学出版社 1996 年版，第 994 页。

从客观上说，能真的嫁祸不？如说宝钗是为了嫁祸给林黛玉，它的前提是：身为丫鬟的红玉的话被小姐黛玉（或宝钗）听见，会给黛玉（宝钗）带来灾祸。但事实恰恰相反，假定红玉认同了被听见悄悄话的事实，担心有祸事发生的应该是林红玉而不是林黛玉。金钏事件中，金钏死了，宝玉照样滋润。司棋事件中，司棋惧罪病倒，鸳鸯何祸之有。比照可知，即使是爱刻薄人的黛玉听见了红玉的私情，也不能给黛玉带来什么祸害，反是红玉可能遭遇灭顶之灾。如若有人认为红玉为了自身安全而至陷害黛玉，那就不是曹雪芹笔下的林红玉了，脂批也不会写有“红玉”二字和“绛珠”二字对应的话了。林红玉不过眼空心大而已，并非奸佞阴险小人。

如此看来，“金蝉脱壳”一段非但不是为了暴露宝钗的险恶机心，而且还在极具戏剧性的场景中，不动声色地烘染了宝钗宽容仁厚的德性，稳重安详的贵族小姐风范，善于应变的机智。无怪乎庚辰本有侧批曰：“闺中弱女机变如此之便，如此之急。”“像极！好煞，妙煞！焉的不拍案叫绝？”[①] 若以物比之宝钗此德，恰似白色之玉。“扑蝶”画面中的蝴蝶，由原稿中的“彩蝶”幻化出了现在的一双“玉色蝴蝶”，或许就是作者为了衬托宝钗如玉之德、如白之洁而改动的罢。玉色，以喻宝钗之情，当无不当。

因情设色，情因色显。情既随物以宛转，色亦与心而徘徊，色彩与情感融融相得，传微入妙之至。

二、对比设色，冷暖相济

融绘事中的色彩对比于小说创作，也是曹雪芹匠心独运之处。色彩对比，妙在“活跃”画面，产生鲜明生动的艺术效果；没有它，画面将流于板滞，陷入平庸。对比所显示的色彩的距离、差

① 朱一玄编：《红楼梦资料汇编》，南开大学出版社2001年版，第408页。

异或矛盾，将诱发读者内心深处的多重体验，启动他们在联想、对比中作更多层面的理解。正是有鉴于此，曹雪芹在以色写情时，或在相关形象之间巧设对比，或于同一形象自身妙作比照，明暗相间，冷暖相济，从而最大限度地凸现了人物形象情感内容的丰富多样。

贾宝玉和林黛玉无疑是一组最鲜明的形象对比。其情感体验一热烈一冷峭，情感风格一明快一幽婉，情感表达方式一外露一深藏，情感倾向则一色化为“红”，一色化为“绿”。两个形象的情感基色构成冷暖对比，置于红楼整体画面的中心。作者之所以设置这一对比，显然是为了更鲜明地展现形象间判然有别的情感特质：潇湘妃子的忧郁伤感，反衬出怡红公子的愉悦欢快；后者的感情试探与表白愈是袒露、明快，便愈显前者心态之多嗔善饰。脂砚斋言宝玉“情不情”而黛玉“情情”，宝玉之痴“恰恰只有一颦儿可对”，正道出宝黛情感倾向之间的对立性差异。“红”与“绿”互为补色，相反相成，既成为红楼整幅画面中最引人瞩目的主体色彩，也恰于鲜明生动的对比中倍显其各自的奇光异彩。

薛宝琴和邢岫烟是又一对较为明显的对比关系。“岫烟”，名字即示人以清寒淡远之感。书中凡遇邢岫烟便极写其寒素。未进京前，赁妙玉庙中房子，一住就是十年；来京目的只为投亲；“琉璃世界”里，众人“一色大红猩猩毡和羽毛缎斗篷”，唯邢岫烟“仍是家常旧衣，并无避雪之衣”，“越发显得拱肩缩背，好不可怜见的”，身上的唯一饰物碧玉佩也还是探春送的。第57回写她路遇宝钗，岫烟所道内心苦衷，竟无一不是由贫寒所致。栖身寺庙，已浸染世外人孤寂清寒的精神气息；寄居豪门，处于艰窘微妙的境地亦不以为意；明察槛内槛外人的奇情异想，默守清贫而无一奢求，随遇而安而不投机趋奉，堪称清淡寒素之至。结伴同来的薛宝琴则迥然异乎是。她身为豪门千金，曾随父亲周游各地，领略过异国风情，又已许配梅翰林之子，进京原为待嫁。咏梅诗三首，推宝琴所作为最，风格娴雅艳丽，通篇洋溢着浓郁的“奢华”气息。宝琴立雪，被众人称羡为仇十洲的《双艳图》。活泼纯真、娇丽艳媚的薛宝琴既许“梅”、又咏梅，更与梅“双艳”，则宝琴之如红梅般雅艳奢华的胸襟气象岂不粲然可睹、莹然可观?！同来四人，纹、绮竟视有若无，而重出琴、岫，寒素与艳红自然成比，一如远山青烟，一似雪地红梅，互补反衬，以见寒素的更寒素，奢华的更奢华，得其奇趣，成其佳境。

又一种情况是人物自身情感色彩的内在对比。这类对比设色，意在增添形象内涵的丰富性和可变性，从情感角度折射出人物形象的复杂多样。林黛玉即是其中一例。她固然是一块凝聚着生之丽哀、爱之清愁的绿色美玉，然其前身乃是一株绛珠仙草。草色或可为绿，绛珠却是红珠。脂砚斋云：“点红字。细思绛珠二字，岂非血泪乎!”可知“绛珠”乃是黛玉一生“血泪”的结晶。“血泪”非“红”而何?爱情乃是黛玉一生性命之所系，黛玉以一生血泪报答知己知遇之恩，至死不干，万苦不怨，其执著程度非红色无以展演。潇湘馆中千竿翠竹，固是黛玉清雅、孤傲、忧郁等品格的象征，但黛玉一旦获得“潇湘妃子”的雅称之后，那“青欲滴”、“绿生凉”的竿竿绿竹便在惝恍迷离之间幻化为血渍斑斑的湘妃竹。幽绿是实情实景，系明写；血红是暗示，是虚写。黛绿与血红冷暖互补，虚实相呈；黛绿的浓郁氛围中，时时闪烁着“绛珠”那微弱暗淡的红光。

再如尤三姐，其情感基色呈现出一种纵向对比。在前期，尤三姐的色彩风格浓艳纷杂：其衣着是“大红袄子”、“葱绿抹胸”、“绿裤红鞋”；容貌是“柳眉笼翠雾，檀口点丹砂”；行止则“素有聚麀之诮”，“天生脾气不堪，仗着自己风流标致，偏要打扮的出色，另式作出许多万人不及的淫情浪态来，哄得男子们垂涎落魄，欲近不能，欲远不舍，迷离颠倒，他以为乐”①，是贾珍、贾琏眼

① 中国艺术研究院红楼梦研究所校注：《红楼梦》，人民文学出版社1996年版，第909页。

中刺多扎手、娇艳无比的玫瑰花。其情感世界颇为复杂，既有不甘受人凌辱，直至玩弄作践异性的报复心态，亦未放弃对个人幸福生活的企望。情感色彩可谓纷繁驳杂。然从改行自择夫之后，尤三姐便洗尽浓妆艳抹、娇媚风流，一改原先那种窒息灵魂、汩没人性的放浪生活，每日素淡衣妆，“吃斋念佛”，真个是“非礼不动，非礼不言”、“斩钉截铁”[①] 起来。由杂色纷陈趋于单一素色，情感色彩在前后两个阶段呈现出杂与纯、浓与淡的鲜明对比。这一对比设色，显然意味深长。它无异于向读者昭示，作者塑造这样一个虽有淫奔史却能悔行改过、然仍不为社会所容而终致自戕的女性形象的特殊意义。

情绪内容与环境氛围的对比设色，也是曹雪芹匠心巧运、生面独开之处。它实际上正是以色写情、融情于色的另一生动的侧面。如妙玉，其个性孤介冷僻，情感倾向清寒冰冷，苦闷抑郁，青春年华惟有那荧荧青灯、森森古佛相依相伴。然而，就在她栖居的栊翠庵四周，却绽放着鲜亮艳丽的红梅花，洋溢着一派明媚的早春气息。在这里，环境、心境冷暖悬殊，抑扬对峙；似呈相悖之势，又反成互补之功。环境色彩愈是绚烂，就愈发反衬出槛外人心境之凄凉、寂寞、惨淡、冷戚。至如那几百枝杏花“喷火蒸霞”一般的稻香村，却住着那位灰冷淡漠的李宫裁，也同样是情与境对比设色、冷暖互补的佳例。

对比设色，就是这样在曹雪芹“彩笔辉光若转环”的挥运下，在明与暗、浓与淡、冷与暖、纯与杂的对立与反差中，趋于鲜明，臻于画境。

三、随类赋彩，遥相呼应

与对比设色相关的是呼应设色。绘画中，呼应是指色彩之间

① 中国艺术研究院红楼梦研究所校注：《红楼梦》，人民文学出版社 1996 年版，第 918、920 页。

所具有的类似关系。也即是说，在同一幅画面中，某些相类似的色彩上下、前后、左右均有联系，彼此互相照应、互相依存而不显得零散、孤立。呼应是绘画中谋求色彩和谐、追求整体效果的一个不可或缺的方面。没有呼应，色彩将沦为无序，画面亦将显得凌乱。反之，如果在同种色或相似色之间，间以其他颜色，并以某种形式反复出现时，则往往使人感受到一种色彩的节奏美、韵律美。曹雪芹不愧是深悟画理并通于“文理”的大家。在他的笔下，那些身份、性别各异，地位、教养迥殊的人物，常会因为某些相同的原因或相似的情感倾向，而呈现出相同或相似的情感色彩；它们互为比衬，彼此联络，形成一个气脉贯通的有机整体。曹雪芹随类赋彩，以色写情，色因情异；色虽相类，而其涵味却在在有殊。似同实异，似而不似，正在似与不似之间，特犯不犯，相辅相成，以成遥相呼应之势。

如宝玉和凤姐，即是一对绝佳的比照、呼应关系。贾宝玉的情感基色为“红”，四周环绕的是象征其富贵地位的“金”色光环，如作者为此而点染的“紫金冠”、“金抹额”、“雀金呢”、“金螭璎珞”、“二色金百蝶穿花大红箭袖”等文字。而王熙凤华贵的日常穿戴中，色彩虽是纷繁富丽之至，然最突出的也恰是“金”、“红”二色。宝凤二人，同被府中人视作“凤凰”，然而一是以“金”色象征贵公子的富贵悠闲，一则以“金”色寓示少奶奶的富贵贪婪；一是借“红”色呈现其炽热真情，一则以“红”色象征其泼辣淫情。“明是一盆火，暗是一把刀”，王熙凤生命力之旺盛，拜金意识之浓烈，言谈举止之肆无忌惮，性格特征之刚烈威厉，皆如火一般烈焰高涨，气势蒸腾。就此意涵而言，凤姐之于宝玉，虽说是同具“金”质“红”色，然而其寓意则不啻云泥之判。色同情异，特犯不犯，真所谓“叶徒相似，其实味不同”。

紫鹃、袭人乃是书中最重要的两个丫鬟形象，彼此也构成一对比照、呼应的关系。袭人探母，身穿“桃红面子刻丝银鼠褂子”；凤姐给她一件大红雪氅，却已“半旧”。她的松花汗巾在琪官之手，“松花配桃红”，姻缘暗缔。“寿怡红”时，袭人所得之签为桃花，诗云“桃红又见一年春”。桃花之妩媚娇艳，恰与袭人“天生成百媚娇”的柔媚娇俏气质相吻合。而紫鹃，其名字就宛然示人以殷红之感，它似是一丛血红的杜鹃花，又更像是一只啼血的杜鹃鸟。“望帝春心托杜鹃”：紫鹃的赤诚、殷切、热情，曾于宝黛之间起到过积极的作用；“一声杜宇春归尽，花落人亡两不知”，这两句哀婉的诗，则又分明寓示着紫鹃当先于黛玉泣血而亡。比较而言，袭人之桃红，因“轻薄桃花逐水流”的象征意蕴，而寄寓其柔媚娇俏、轻薄飘荡的情感倾向；紫鹃之血红，却因杜鹃啼血的传统意象，凸现其纯真赤诚、热情深婉的情感内容。桃红与血红，一浅一深，一淡一浓，比照映衬，自成佳趣。

女伶龄官，“眉蹙春山，眼颦秋水，面薄腰纤，袅袅婷婷，大有林黛玉之态”①。“龄”谐“林”音，本名椿龄，椿树之香绿风调，亦宛似林黛玉。龄官病如黛玉——吐血；个性亦如黛玉——敏感多疑；痴情更似黛玉——因恋贾蔷而正色拒绝宝玉的调笑，亦可谓“情情”。既如此，其情感基色自然也一如黛玉——饱含丽愁淡哀的幽绿。然细加审谛，龄官之与黛玉，在情感内容的规定性上却又不尽相同。椿龄画蔷，是忧叹爱情无望而痛苦流泪；黛玉葬花，寓意则显然更进一层。原是“如花美眷，似水流年”，今则“花落水流红，闲愁万种”，由怜花而伤春，复由伤春而慨叹自我命运的不可把握，故而发出那“花落人亡两不知”的沉沉哀音。画蔷，象征着森严的封建等级制度下地位悬殊的青年男女之间婚恋不自由的现实意蕴；而葬花，不仅意味着出身相等的贵族青年之间婚恋同样不自由的严酷现实，而且也揭示出理想的婚恋形态

① 中国艺术研究院红楼梦研究所校注：《红楼梦》，人民文学出版社1996年版，第413页。

因其自身的柔弱而终被扼杀毁灭这一深刻的主题。故而，作者曾借宝玉之口说：“若真也葬花，可谓东施效颦，不但不为新特，且更可厌了。”[①] 林、龄二人身份迥异，教养悬殊，而情感相近，色泽相类，遂成遥相呼应之势。从这个意义上说，椿龄形象的设色，恰是对林黛玉形象的横向补充。因此，若视龄为黛影，倒也十分恰当。

李纨与宝钗的呼应关系也颇有意味。“纨”，素也；桃红李白之“李”姓，也恰恰示人以白色之感。其侍妾一名素云，一名碧月，均呈白色之意象。经作者如是几笔点染，李纨情感画面昭示于人的，岂不正是一幅素白清淡的丝绢?！李纨自幼不十分读书，只不过将些《女四书》、《列女传》读读，认得几个字，“记得前朝这几个贤女便罢了”[②]。其封建教养一如宝钗。然作为待字闺中的富家小姐，宝钗尚有“金”色的梦幻；而李纨已是寡居少妇，对个人的情感生活已不复存在任何奢望，故而她虽居于“膏粱锦绣之中，竟如槁木死灰一般，一概无见无闻，惟知侍亲养子，外则陪侍小姑等针黹诵读而已”[③]。这样的情感生活，若加以色化，显然亦是冷寂无彩的“白”色。正因如此，李纨虽随众姊妹搬入花红柳绿的大观园，并住在喷火蒸霞一般的杏花阵中，却只是过着与环境色调极不相称的灰冷索寞的生活。李纨是恪守妇德的楷模，宝钗亦然；李纨不涉世情，默守己心，宝钗之未来亦必如是。俟“运败”之时，宝钗因命运之“雪”的封杀而趋于“无彩”，亦将陷入灰冷的寡居氛围。“雨打梨花深闭门”，所闭岂非“竹篱茅舍”

① 中国艺术研究院红楼梦研究所校注：《红楼梦》，人民文学出版社 1996 年版，第 412 页。

② 中国艺术研究院红楼梦研究所校注：《红楼梦》，人民文学出版社 1996 年版，第 56 页。

③ 中国艺术研究院红楼梦研究所校注：《红楼梦》，人民文学出版社 1996 年版，第 56 页。

之门乎?!所打之“梨花”岂不正好呈现“无彩”的白色色相?!可以说，李纨的现在就是宝钗的未来的预演，李纨的情感生活正是宝钗的悲剧命运的预示。纨钗二人，一为人间素绢，一如高山白雪，境异情同，色相遂呈纵向补充之势。

呼应设色，流通关照，随类而赋，因色成象；既有横向的拓展，又有纵向的伸衍，充实了读者对形象的情感倾向的深层觉解，又形成了红楼整体画面的丰富与和谐。

四、统一设色，惨淡经营

绘画既将“对比”作为构思的起点，又把“完整”作为构思的终点。清代大画家石涛有言：“吾道一以贯之”，“亿万万笔墨，未有不始于此，终于此。”这是说，绘画之道，当始于一，又终于一。始于“一”者，以一统万；终于“一”者，万万归一。因此，“审一画之来去”，便可“达众理之范围”①。一以贯之，既是一统，更是统一，亦即力求画面的完整统一。从设色角度而言，若要求得画面色彩的完整和谐，先要设法取得统一的“色调”；色调如能统一和谐，画面自然粲如跃如。红楼人物整体情感画面上，虽是色因情设，异彩纷呈，诸色并显，然圆览其大端，却又呈示一种统一而又和谐的色调，那就是“红”。书名《红楼梦》，以“红”冠首，已隐示其旨。园中住处有“绛芸轩”、“怡红院”、“紫菱洲”；人物衣饰是“大红鞋”、“大红箭袖”、“大红猩猩毡”，以及那块灿若明霞的通灵玉；梦中所饮之仙茗仙酒，为“千红一窟”、“万艳同杯”；人物情感所示色彩，有凤姐之金红、袭人之桃红、紫鹃之血红、尤三姐之玫瑰红、薛宝琴之梅花红，以及史湘云之海棠红、贾探春之杏红、香菱之石榴红、鸳鸯之水红、红玉

① ［清］石涛：《苦瓜和尚画语录》，《笔记小说大观》第8辑，江苏广陵古籍刻印社1984年版，第390页。

之银红、茜雪之绛红……写来或浓或淡，或浅或深，或鲜亮或幽婉，于红色色系中极尽腾挪幻化之能事，然又百变不离一“红”。20世纪初境遍佛声曾注意到红色的多样化之于人物的作用曰：“红本炎上之色，楼有空中之象，若小红、嫣红、猩猩红，以及酒香红药、诗艳红梅，点染于人物时景者，不可枚举。”[①] 刘勰《文心雕龙·神思》云：“贯一为拯乱之药。”[②] 在这里，贯一之道即是“红”，也只是“红”；以“红”为主色调，遂使通幅画面纷繁而不驳杂、丰富而又统一。“红”建立起一种“秩序”的美，更酿成一派温馨香暖的色调氛围；它最能寓示大观园女儿的青春曼妙、风流多情，也最能体现那红楼之酣然一“梦”。

善于调色配色，经营位置，亦是使画面完整统一的重要手段。在红楼人物总画面上，作者无疑是将宝黛二人置于最显著的中心位置，设计殷红与黛绿的冷暖对比，以出鲜明跳跃、引人注目的艺术效果。环拱于这一中心，作者又精心设计了椿龄之香绿、岫烟之青寒、妙玉之冷碧等冷色，以反衬梅花红、玫瑰红、石榴红等暖色，互为补色，相反相成，在距离和差异中显示色彩的活跃流动。与此同时，为了取得色彩对比的调和与中心色块的稳定，作者又出薛宝钗的雪白、李纨的冷灰、熙凤宝钗宝玉的金黄等中性色间于其间，以作调和，缓冲色彩过于鲜明的对立，稳住过分跳跃的画面，起到均衡画面、稳定整体的作用。就色彩所蕴含的情绪倾向及其现实意蕴而言，钗、纨、凤、宝皆有串联并平衡现实关系的蕴味。如拿黛玉吃茶开玩笑，唯王熙凤合适；长篇联句若无凤姐“一夜北风紧”起头，便少了趣味；宝黛之间的争吵、矛盾，亦常由凤姐居中调解。又如凤姐委屈了平儿，李纨便出来

① 境遍佛声：《读红楼札记》，初刊于《说丛》，1917年3月第1、2期，后收入吕启祥、林东海主编：《红楼梦研究稀见资料汇编》，人民文学出版社2001年版，第12页。

② 王运熙、周锋：《文心雕龙译注》，上海古籍出版社1998年版，第248页。

打抱不平；尤二姐进大观园，最恰当的住处是李纨的稻香村；白海棠诗中，钗黛之作难分轩轾，要李纨出面推钗为尊。至如钗玉二人，宝钗是最善于平衡上下左右关系、联结姐妹情谊的；宝玉生长于女儿丛中，则更是长于周旋其间。缓和各种矛盾冲突，创造情势之平衡稳定，“均衡”画面上的各类色彩，以求整体画面趋于和谐稳定。这种“间色”、“均衡”的艺术，是取得画面完整统一的一个重要方面，其间浸透了“经营位置”的绘画原则。

又如绘画中有所谓“极化”原理，它通常是指表现对象动与静、大与小的极端转化；运用到色彩上，则可理解为色彩的明与暗、深与浅、浓与淡、冷与暖的极端转化。浓色归于极致则为黑，淡色归于极致则为白，黑与白均为极色。在“淡极始知花更艳”的诗句中，“淡极”之花乃是白色的海棠花；这亦是色彩极化原则的无意渗透。推之于人物形象亦然。宝玉平生浓于情、深于情，为愉悦红颜的青年公子，情感色彩可谓深浓香暖之至。而当悲凉之雾遍被，府中变故迭起，三春去后诸芳尽，“飞鸟各投林”之际，温香软红的大观园，展眼便是绿瘦红稀，不复有往日千红万艳融融聚会的秾丽繁华景象；红楼之香美甜酣梦境，整个地极化为一片“白茫茫”的虚空，宝玉于是因变而醒，“自色悟空”，情感内容与色彩产生了剧变，浓而为淡，暖而趋冷，最后滋生“情极之毒”，悬崖撒手，出家为僧。所谓“情僧”，并非“有情之僧”，而是“情极之僧”。“情极”即是情感的冷极淡极，故而才于“白茫茫大地真干净”的广阔背景上，遁入空门。从此意义上说，书中之“红”色氛围，在极尽渲染之能事后，在最终“梦”破情天之时，全都极化为“白”色基调，重新获得整体色调上的完整统一。“红”趋于“白”，既是“色”的极化，又是“情”的极化。繁华时怡红快绿，千红万艳，包含了色彩构成的基本元素和起始状态；幻灭时惨淡冷戚、迷茫灰白，则包含着色彩构成的终极状态。始于红而终于白，表明了作者对色彩浓之极、多之极与淡之极、少之极的辩证认识，从中亦折射出工于绘事的曹雪芹统一设色、精心调色时所作的哲学性思考。以统一的色调、完整的画面为终极目标，作者迁想妙得，设色敷彩，精心调配，惨淡经营，取得了令人瞩目的艺术效果。

综上所论，我们可以说，因情设色，以色写情，情色互契，并于情感色彩的对比、呼应中求取画面形象的和谐统一，这是曹雪芹运用绘画技法于小说创作的突出成就，也是他工诗善画、博学贯通的必然结果。《红楼梦》第一回，言空空道人“因空见色，由色生情，传情入色，自色悟空”；如果淡化其中的佛学意味，而注以作者设色写情艺术的实际内容，则可对此四句话作出饶有兴味的别解。从小说所表现的客观对象而言，“由色生情，传情入色”恰是对生活中“情”与“色”关系的精当概括。生活色彩诱发人们产生丰富的想象、联想，并表现出一定的情感倾向，此即“由色生情”；人们借助色彩来表达或宣泄自我的情感体验，或是从主观情志出发去选择和使用生活色彩，此即“传情入色”。“由色生情”是客观物色引发主观联想，“传情入色”则是主观情绪投入客观物色。而无论所生何“情”，所传何“情”，“色”之于“情”的盎现功能确乎存在于人们的实际生活之中。由此衍申，从小说创作的主观表现而言，所谓“因空见色”，是指作者从艺术虚构出发，去感知“色”之于“情”的盎现功能；所谓“由色生情”，系指作者由发掘“色”之于“情”的一定联系，进而把握“色”所生发的“情”的不同涵义之层面；所谓“传情入色”，则是指作者从自我的创作激情出发，将每一形象的既定之“情”注入形象的种种生活之“色”，以求“情”与“色”交融互贯；所谓“自色悟空”，则又指的是作者传情入色的目的，无非是要使读者从诸般色相中感受人物情感内涵的诸多层面，并进而感悟作者设色写情、惨淡经营的艺术匠心。

“看来岂是寻常色”——作者因情提笔，情里生情，故而借色抒情，传情入色；角色由色生情，情色交融；读者见色移情，自色悟情：人类最普遍的美感经验在随物宛转、与心徘徊之际，实际上已完成了一次“情”—“色”—“情”的艺术轮回。

第八章 万象门开一镜中

一、人在镜中真幻生

镜子，是《红楼梦》中一个饶有意味的意象[①]。一般情况下，它作为普通生活用品而出现，如第5回，宝玉入秦氏屋内，见案上设着武则天当日镜室中设的宝镜；第17回贾政率众人游园题额，进怡红院所遇之一架玻璃镜，后文曾反复叙及。有时候，它又作为人物生活场景的一件小道具，伴随人物的言行笑颦而出现，如第9回宝玉入家塾前辞别黛玉，“彼时黛玉在窗下对镜理妆”[②]；第20回，众丫鬟俱出去玩耍，宝玉无事，对镜替麝月篦头，晴雯进来见了，说风凉话，宝玉与麝月“二人在镜内相视”[③]；第21回，宝玉去见借宿黛玉处的史湘云，坐在镜台边上，看湘、黛二人梳洗；第25回，林小红梦后无聊对镜挽发；同回宝玉对镜照脸上的烫伤；第34回黛玉题帕诗后，揽镜自照，腮上通红，压倒桃花；第42回黛玉雅谑之后两鬓略松，进里间“对镜抿了两抿”[④]。除案

---

① “镜”之一词，庚辰本共出现67次，4次指“眼镜”；程乙本共出现76次，后40回8次，5次指“眼镜”。

② 中国艺术研究院红楼梦研究所校注：《红楼梦》，人民文学出版社1996年版，第132页。

③ 中国艺术研究院红楼梦研究所校注：《红楼梦》，人民文学出版社1996年版，第272页。

④ 中国艺术研究院红楼梦研究所校注：《红楼梦》，人民文学出版社1996年版，第570页。

上之镜外，书中常出现的是一些便于手拿的小镜子，如第52回晴雯拿“靶镜”照着贴膏药，第55回探春哭过后，丫鬟捧了脸盆巾帕靶镜之饰伺候探春整妆，第57回紫鹃离开怡红院，宝玉留下一面菱花小镜以为念物，第78回抄检大观园，探春命丫鬟们打开箱子，“将镜奁、妆盒、衾袱、衣包若大若小之物一齐打开，请凤姐去抄阅”①。诸多类例，或为叙写“金闺细事”②，或为点缀生活常景，一一真切如见。

还有便是出现在书中曲辞、诗作、酒令中的“镜”象，如第5回太虚幻境中仙姬所唱《枉凝眉》曲中“一个是镜中月，一个是水中花”、《晚韶华》曲中“镜里恩情，更那堪梦里功名”③，镜子成为爱情成空、生命虚幻的喻象；第23回宝玉《夏夜即事》诗中的“窗明麝月开宫镜，室霭檀云品御香”④，是贵公子悠闲富贵生活的细微反映；第28回宝玉所念“女儿喜，对镜晨妆颜色美”，所唱“照不尽菱花镜里形容瘦”⑤，是日后某种规定情境的预写，寓意深长；第38回探春《簪菊》诗有“瓶供篱栽日日忙，折来休认镜中妆”⑥之句，隐含探春身为闺中弱女而偏有士子疏狂风仪之意。另如第48回香菱咏月诗有“翡翠楼边悬玉镜”⑦之句；第50

① 中国艺术研究院红楼梦研究所校注：《红楼梦》，人民文学出版社1996年版，第1030页。

② 庚辰本第20回侧批，朱一玄编：《红楼梦资料汇编》，南开大学出版社2001年版，第329页。

③ 中国艺术研究院红楼梦研究所校注：《红楼梦》，人民文学出版社1996年版，第82、85页。

④ 中国艺术研究院红楼梦研究所校注：《红楼梦》，人民文学出版社1996年版，第312页。

⑤ 中国艺术研究院红楼梦研究所校注：《红楼梦》，人民文学出版社1996年版，第382页。

⑥ 中国艺术研究院红楼梦研究所校注：《红楼梦》，人民文学出版社1996年版，第513页。

⑦ 中国艺术研究院红楼梦研究所校注：《红楼梦》，人民文学出版社1996年版，第649页。

回即景联诗，宝琴有“光夺窗前镜”[①] 之句。除了香菱诗中用以喻月外，其余所指皆是实际意义上的“镜子”。

书中最具有言外蕴味的“镜”象设置有三处。

贾宝玉房中那架大玻璃镜，文本曾6次描写到它。它初次出现是在第17回，贾政游园，进到一处院落，入房中，“未进两层，便都迷了旧路，左瞧也有门可通，右瞧也有窗暂隔，及到了跟前，又被一架书挡住。回头再走，又有窗纱明透，门径可行；及至门前，忽见迎面也进来了一群人，都与自己形相一样，却是一架玻璃大镜相照。及转过镜去，益发见门子多了”[②]。怡红院在尚未确定它的主人之时，就已经显示出它内部陈设的豪奢别致、空间布局的精巧迷乱，连贾政并随从人众皆为所惑，赞叹不已；而后来偏为怡红公子看中，择为居室，反映出居室主人的生活情趣和豪奢身份。就是这架实际功能与“门”无二的玻璃镜，多次起到了“映照”人物的特定地位、“反射”作者形象设计的哲学思考的作用。第26回贾芸去见宝玉，“只见金碧辉煌，文章闪灼，却看不见宝玉在那里。一回头，只见左边立着一架大穿衣镜，从镜后转出两个一般大的十五六岁的丫头来”[③]。这不仅是从贾芸眼中看宝玉的居室布置和排场，而且也是借助贵公子的奢华氛围反衬同族子弟的贫贱寒微。一架穿衣镜，将镜外人与镜后人隔成两个世界。第41回，醉后的刘姥姥误闯怡红院，被屋内精致玲珑的装饰看得“竟越发把眼花了，找门出去，那里有门？左一架书，右一架屏。刚从屏后得了一门转去，只见他亲家母也从外面迎了他进来。刘

① 中国艺术研究院红楼梦研究所校注：《红楼梦》，人民文学出版社1996年版，第669页。

② 中国艺术研究院红楼梦研究所校注：《红楼梦》，人民文学出版社1996年版，第231页。

③ 中国艺术研究院红楼梦研究所校注：《红楼梦》，人民文学出版社1996年版，第351页。

姥姥诧异”，又见她戴着满头花，刘姥姥便笑亲家母“好没见世面”。最后方想起，自己或许是在富贵人家的镜子里头，“伸手一摸，再细一看”，果然是四面雕空紫檀板壁嵌着一面镜子。“乱摸之间，其力巧合，便撞开了消息，掩过镜子，露出门来。”① 这个发现使得刘姥姥又惊又喜，随即在怡红公子精致的床上身心放松地醉卧一场。这是很有意味的一段文字：刘姥姥以黄杨木为黄松，以八哥为乌鸦，以省亲别墅的牌坊为玉皇宝殿的大庙，全是以自己生活环境所形成的固有视点来认识一个新的世界的，好比镜中映像是她本人一般：两者有形式上的错位，有本质上的一同。

这架大玻璃镜，在第51回、第54回又各出现过一次。到了第56回，它便成为一种具有言外韵味的镜像设置。江南甄府四个有身份的管家娘子来请安，言谈间提到甄府的少爷宝玉，及至见到贾宝玉，更惊奇于两个宝玉外貌上的相像，性格举止也一般无二。湘云闻说，也嘲谑一回。贾宝玉回到房中，默默睡去，自然梦见了另一个宝玉：在一个与大观园相仿的园子里，有一群与鸳、紫、平、袭相像的丫鬟，一所与怡红院相类的院落，房间里一个少年也卧着叹气，说是梦见了另一个宝玉。两个宝玉厮见，惊喜交加。宝玉叫着“宝玉”的名字，被袭人推醒，这才发现是一个梦。袭人解释梦见另一个宝玉的原因说：“那是你梦迷了。你揉眼细瞧，是镜子里照的你影儿。”宝玉一看，“原是那嵌的大镜对面相照”②，自己也笑了。镜子在这里，实际上已经超越了作为生活物品的意义，而漾生出一种反视自我的哲学意味。甄宝玉乃是作者作为贾宝玉的镜像设置的，这一形象是否真实存在，是否实地出场，都不甚重要。在一定程度上，“甄宝玉”只是一个形象符号，从他的

① 中国艺术研究院红楼梦研究所校注：《红楼梦》，人民文学出版社1996年版，第558页。

② 中国艺术研究院红楼梦研究所校注：《红楼梦》，人民文学出版社1996年版，第776页。

相貌言行映照出贾宝玉性情的基本特征：生长得白净，淘气逃学，祖母溺爱，使唤的都是丫鬟，不喜欢与管家媳妇拉手，没事时便胡愁乱恨。袭人借家人要赎她回去一事规谏贾宝玉，曾指贾宝玉最为人所担心的三件事为戒：一厮混红粉，耽于幻想；二不喜读书，蔑视仕进；三毁僧谤道，调脂弄粉。甄宝玉是否也有这三桩毛病，小说未及写出，但甄府管家娘子们曾说道："就是弄性，也是小孩子的常情，胡乱花费，这也是公子哥儿的常情，怕上学，也是小孩子的常情，都还治的过来。第一，天生下来这一种刁钻古怪的脾气，如何使得。"一语未了，人回："太太回来了。"①《红楼梦》善用这种"横云截岭"法叙事，此时并不将甄宝玉的古怪脾性全部兜出，然管家娘子的语意十分明白：甄宝玉有一种与生俱来的古怪脾气，不可"使得"，却又没法"治的过来"。贾宝玉的镜像是甄宝玉，则贾宝玉的性情自然亦可作为甄宝玉性情的观照，而贾宝玉身上既不可使得又没法修治的天生古怪脾气，是喜欢和女孩儿厮混，而不带一点淫思邪念。第 78 回贾母曾言贾宝玉与众不同的脾气："别的淘气都是应该的，只他这种和丫头们好却是难懂。我为此也耽心，每每的冷眼查看他。只和丫头们闹，必是人大心大，知道男女的事了，所以爱亲近他们。既细细查试，究竟不是为此。岂不奇怪？想必原是个丫头错投了胎不成？"② 贾母的话和甄府媳妇的话可两相对照，则甄宝玉之怪僻性情亦可想知。小说的早期读者裕瑞对此也有相类的解读：

> 观前五十六回中，写甄家来京四个女人见贾母，言甄宝玉情性并其家事，隐约异同，是一是二，令人真假难分，斯

① 中国艺术研究院红楼梦研究所校注：《红楼梦》，人民文学出版社 1996 年版，第 774 页。

② 中国艺术研究院红楼梦研究所校注：《红楼梦》，人民文学出版社 1996 年版，第 1094 页。

为妙文。后宝玉对镜作梦云云，明言真甄假贾，彷佛镜中现影者。讵意伪续四十回家，不解其旨，呆呆造出甄贾两玉，相貌相同，情性各异，且与李绮结婚，则同贾府俨成二家，嚼蜡无味，将雪芹含蓄双关极妙之意荼毒尽矣。[①]

裕瑞还认为，作者的用意并非到了第56回才开始显现，第2回贾雨村与冷子兴闲聊，提到自己在金陵甄家处馆时所见甄宝玉受责则呼姐妹以止痛，以及只怜爱女儿等情性，此处已为贾宝玉写照矣。裕瑞所言可谓睿智。甄宝玉和贾宝玉如此相象，脾性如此接近，有如一胞双生，因此而及彼，借彼可知此，一手而二牍，一声可两歌，甄即是真，贾即喻假。然贾宝玉确为实写，甄宝玉却是虚设，所以有关甄宝玉的故事，均为虚写，非言谈涉及即睡梦幻演。胡寿萱曾占一绝曰："宝玉分明有两人，如何言贾不言甄？只因幻境非真境，荣府通灵故细陈。"[②] 贾为真，甄为幻，所以云假作真时真亦假。在这个层面上，甄宝玉形象显示出符号化特征及其镜像功能。这种虚幻营造了几分诗意的空灵和情境的神秘。诸多续书让甄宝玉出场，甚或安排甄林姻缘，既实且俗，了无意趣。

这里的镜子还有一层更富有哲学意味的内涵。贾宝玉梦见另一个宝玉，并叫着"宝玉"的名字醒过来，袭人和麝月都解释为是对着镜子睡卧的缘故，宝玉自己也信以为真，不再追究。谙其情境，却深有趣味。贾宝玉梦见甄宝玉在睡觉，而睡梦中的甄宝玉也正梦见贾宝玉在睡觉；毫无疑问，那个进入甄宝玉梦中的贾宝玉又正在做着关于甄宝玉的梦。这样无限循环下去，没完没了。

---

① ［清］裕瑞：《枣窗闲笔》，一粟编：《红楼梦卷》，中华书局1963年版，第112页。

② ［清］胡寿萱：《读石头记偶占》，一粟编：《红楼梦卷》，中华书局1963年版，第523页。

好比对面设镜，人在两镜中间，两面镜子互相映照，人在镜中，镜镜相照，人既看到前面镜子中的影象，又能看见后面镜中的影象，而后面镜子既在前面镜子中，又同时显示前面镜子中的影象，如此循环，无穷无尽。这就产生了“无穷倒退”的影象。同样的思考反映在西方著名的故事“爱丽斯与红色国王”中。爱丽斯梦见了红色国王，而红色国王正在做着梦见爱丽斯的梦。爱丽斯说：“我在做梦，梦见了红色国王。可是他睡着了，梦见我正做着关于他的梦，在这儿他也在梦见我。啊，我的天！这样梦下去哪有个完。”究竟爱丽斯是国王梦中的事物，还是国王是爱丽斯梦中的事物？孰真孰假？这就和贾宝玉梦见甄宝玉，甄宝玉也梦见贾宝玉一样，贾宝玉非假，甄宝玉非真，即所谓“贾不假”之意也。

《科学美国人》杂志社马丁·加德纳在其编著的《从惊讶到思考——数学悖论奇景》① 一书中，将双重梦置于第一章“逻辑学悖论”讲述，以为“双重梦引出了哲学上关于真实性的问题”。该章引述著名的柏拉图——苏格拉底悖论曰：

柏拉图：下面苏格拉底说的话是假的。

苏格拉底：柏拉图说了真话！

假如柏拉图说的是真的，那么苏格拉底说的则应是假的；可是假如苏格拉底说的是假的，则柏拉图说的则又成了假的。而一旦柏拉图说的是假的，则苏格拉底说的则又是真的。而承认苏格拉底为真，则又必须承认柏拉图为真。一切又从头开始。这样就会无穷重复循环下去。两句话都没有谈到它自身，但在它们相互联系时，就开始不断影响彼此的真实性，以至于无法判断它们的真假。

① 李思一、白葆林译：《从惊讶到思考——数学悖论奇景》，科学技术文献出版社1982年版。

故该书第一章如是说："逻辑学家简化了柏拉图——苏格拉底悖论。不管你让哪一句话是真的，另一句总与之矛盾。两句话谈的都不是它本身，但放到一起，仍会出现说谎者悖论。"①

对照一下，可以发现《红楼梦》关于真假的设置即是一个与此相同的逻辑悖论：如果以贾宝玉为真实人物，则甄宝玉为虚幻镜像；然"贾"与"假"谐音，"甄"与"真"谐音，则贾宝玉是"假宝玉"，甄宝玉是"真宝玉"——而如果以贾宝玉为假，则甄宝玉当为真；然而甄宝玉不过是贾宝玉梦幻中出现的符号性人物，所以为假；甄宝玉为假，则贾宝玉应该为真。这样又回到逻辑悖论的开头。作者曾拟一联云："假作真时真亦假，无为有处有还无。"② 那面风月宝鉴也曾叫道："你们自己以假为真，何苦来烧我！"③ 因此在真假的问题上，小说潜伏着一个自相矛盾的逻辑。是以假中有真，真中有假，假即是真，真即是假。若执意认定贾宝玉为假，贾宝玉乃是假宝玉真石头，则不免失之表面。同理相衡，《红楼梦》开篇第一回，作者自云："因曾历过一番梦幻之后，故将真事隐去，而借通灵之说，撰此《石头记》一书也。故曰甄士隐云云。"④ 真事隐去，则小说所叙述的为假，然书中所记何事何人？——"闺阁中本自历历有人，万不可因我之不肖，自护己短，一并使其泯灭也。"历历有人，其人其事自然为真。这里同样存在着"说谎者悖论"。如果"真事隐去"句是真的，则"所记……历历有人"句为假；如果"所记……历历有人"句为真，

① 李思一、白葆林译：《从惊讶到思考——数学悖论奇景》，科学技术文献出版社1982年版，第10页。

② 中国艺术研究院红楼梦研究所校注：《红楼梦》，人民文学出版社1996年版，第74页。

③ 中国艺术研究院红楼梦研究所校注：《红楼梦》，人民文学出版社1996年版，第167页。

④ 中国艺术研究院红楼梦研究所校注：《红楼梦》，人民文学出版社1996年版，第1页。

则“真事隐去”句为假；而“真事隐去”句是假的，则意味着真事并未“隐去”。作者接着又表示：“何妨用假语村言，敷演出一段故事来，亦可使闺阁昭传。”① 用假语写真事，其事究竟为真为假？小说问世后，不断有读者探究它所写的人和事的真假，索隐派、考证派由此衍生。时至今日，仍有大量的读者不断陷入这个说谎者悖论，甚或为此耗尽毕生精力②。

二、内审外视鉴自我

“镜”是一个后起字，它的本字是“監”。“監”是一个会意字，甲骨文的写法，右边跪着一个面向着左边的人，人头上有一只“目”，表示在看；左边是一个器皿，金文器皿上还有一点，表示水。古人以水为镜，“監”就是一个人弯着腰，面对器皿里的水，照看自己的形容。金文的写法，人的那只“目”已经移到器皿的上方，就离水面更近，也看得更清楚了。小篆的写法，“人”已在“皿”上，“目”也变成了“臣”字；“監”是楷书的写法，今已简化作“监”。“监”的本义就是照影子。《尚书·酒诰》有曰：“古人有言曰：‘人无于水監，当于民監。’”③ 意思是说，人君不要到水中照自己，而应当到臣民中去观照自己的得失功过。

① 中国艺术研究院红楼梦研究所校注：《红楼梦》，人民文学出版社 1996 年版，第1－2页。

② 1947 年哈佛大学的学生威廉·伯克哈特和西奥多·卡林开发出第一台用于解决真正的逻辑问题的计算机，当他们输入“这句话是错的”一句时，机器陷入了说谎者悖论，不停地打出对、错、对、错的结果，陷入了无休止的反复之中。1951 年 8 月《科学幻想小说》发表了一篇题为“猴子扭伤”的小说，作者是戈登·狄克森，写某些科学家想让计算机不工作来节省机器的寿命，于是告诉计算机：“你必须拒绝我现在给你编的语句，因为我编的所有语句都是错的。”没想到计算机却因此而不断地重复工作直到耗尽它的寿命。参见《从惊讶到思考——数学悖论奇景》，科学技术文献出版社 1982 年版，第7－8页。

③ ［汉］孔安国传，［唐］孔颖达疏：《尚书正义》，［清］阮元校刻：《十三经注疏》，中华书局 1980 年影印本，第 207 页。

"水監"正是"監"字的本义。青铜器发展之后，出现了铜镜，于是"監"字又写作"鑒"或是"鑑"。《诗经·邶风·柏舟》云："我心匪鑒，不可以茹。"毛传曰："鑒，所以察形也。"[①]《周礼·秋官·司烜氏》有曰："以鑒取明水于月。"郑玄注曰："鑒，镜属。"[②] 又引申为"借鉴"，《荀子·解蔽》："成汤監于夏桀。"[③]是说成汤从夏桀那里借鉴治世之道。《资治通鉴》之命名，也意味着从前代历史中寻找可资借鉴的东西，以历史为参照物的意思。由"監"到"鑑"再到"镜"，字形的演变反映出汉字的政治文化功能。《战国策·齐策一》有"邹忌讽齐王纳谏"的故事。邹忌身材修长，体貌昳丽，早朝前照镜自得，分别询问妻妾，自己与城北徐公相比谁更美，妻妾均认为邹忌美；及问来客，亦答邹忌比徐公美。而邹忌仔细比照徐公容貌，认为自己远不如徐公，经过反思，悟出妻妾和客人的回答皆出于各自不同的心态和目的。邹忌照镜，是直观意义上的"察形"；询问妻妾客人，是深一层的比照，城北徐公成为他反观自己的一面镜子。而邹忌以此故事讽喻齐王纳谏，则是更抽象层面上的照镜察形。这一故事是典型的中国式反思个案，从日常照镜上升到观照政治得失，成为"監"字形义演变的形象化注脚。

很多故事中，镜子成为反思自我、认识自我的桥梁。人类得认识自我，而认识自我与认识"非我"的外部世界一样，是一个非常古老的难题，中西方有着类似的思维。在古希腊神话中，最难解的莫过于斯芬克斯之谜，而那谜底不是别的，正是人类自己。自古以来，人类最想了解的、又最难以理解的，是人类自己。人

① ［汉］郑玄注，［唐］孔颖达疏：《毛诗正义》，［清］阮元校刻：《十三经注疏》，中华书局1980年影印本，第296页。

② ［汉］郑玄注，［唐］贾公彦疏：《周礼注疏》，［清］阮元校刻：《十三经注疏》，中华书局1980年影印本，第885页。

③ 董治安、郑杰文：《荀子汇校汇注》，齐鲁书社1997年版，第700页。

作为思维主体，可以认识和把握世界，把周围世界甚至人体器官当作客体来认识，但自我认识却需要思维主体把自身当成客体，而思维本身却又有待于描述和说明。这种自我认识须借助两种视点：内在视点和外在视点。内视点，即是不依靠外物从自我内部认识自我。圣人之言曰：吾日三省吾身。反省自身的支点即是内视点。然自我审视总不可避免会存在一些盲点，由于受到自身经验的限制，有时判断会失之准确、客观。在这种情况下，人们便需要借助外视点来认识自我。而完全用别人的眼光来审视自我几乎是不可能的，只能借助一个外在的参照物来反观自我。参照物可以当一面镜子，反照自己的特点和缺点。因此“审己”与“知人”之间存在着某种必然的联系。反过来推理，通过一个外在的视点，外在的参照物，必然可以实现对自我的审察。古希腊神话中有位美少年纳西塞斯，很多仙女都爱上了他，当他在溪水中看见自己的倒影时，却爱上了自己，仙女们愤怒之余，将他变成一株水仙花，从此他只好在水边顾影自怜。纳西塞斯的自我形象遮蔽了自己的眼睛，使他对别人的美貌视而不见。这和中国的邹忌正好相反：邹忌虽然也爱上了镜中的自己，但还懂得另找一个参照系，并懂得反思自我，从而获得对自我形象的客观认识。而纳西塞斯却止于水镜本身的客观性，对其中的映像缺乏认识和反思的能力，未能悟出那映像其实仅仅是主观世界的影子，而并非是一种审视自己的外视点。在这点上，邹忌似乎要聪明得多。

与此相异，白雪公主的故事中那面魔镜，却经过了一个由自我形象对象化到以外在参照物来审察自己、判别美丑的过程：

Mirror，mirror on the wall，
Who is the fairest of us all?

Her lips blood red，her hair like night，

Her skin like snow，her name – Snow White！

新王后也曾是唇红发黑、肤如雪白的白雪公主，而白雪公主最终做了王子的新娘，意味着从此踏上新王后的人生道路。新王后从魔镜里看到的，是自己从年轻娇美的白雪公主成为年长色衰的王后的渐变历程。其实白雪公主就是一面魔镜，公主成长的过程就是魔镜释放魔法的过程，魔镜告诫王后的话语，乃是王后观照公主后的自我发现。这是一个寓言，其中蕴涵着“反思（reflection）”——反映、反射的哲学意味。“吾日三省吾身”是直接地检视自己，不通过其他中介物或参照系；纳西塞斯虽以水面为镜，照见的仅仅是自己；邹忌则照见自己后，又借助徐公为参照物，进而度人以审己。魔镜则先照见新王后，后照见白雪公主，这意味着借助对象来审视自己，并发现自己的缺陷与不足。这个寓言体现出借助外在视点反省自我的逻辑魅力。

《红楼梦》第22回，贾宝玉因惑于成长的烦恼，而书一偈曰：“你证我证，心证意证。是无有证，斯可云证。无可云证，是立足境。”林黛玉见了，以为尚未尽善，于是续写两句云：“无立足境，是方干净。”薛宝钗便引用禅宗神秀和惠能各书偈语的故事，来评说贾、林二人偈语的境界高下：“实在这方悟彻。当日南宗六祖惠能，初寻师至韶州，闻五祖弘忍在黄梅，他便充役火头僧。五祖欲求法嗣，令徒弟诸僧各出一偈。上座神秀说道：‘身是菩提树，心如明镜台，时时勤拂拭，莫使有尘埃。’彼时惠能在厨房碓米，听了这偈，说道：‘美则美矣，了则未了。’因自念一偈曰：‘菩提本非树，明镜亦非台，本来无一物，何处染尘埃？’五祖便将衣钵传他。今儿这偈语，亦同此意了。”[①] 这段故事见于《传法正宗记》

① 中国艺术研究院红楼梦研究所校注：《红楼梦》，人民文学出版社1996年版，第299－300页。

卷6、《佛祖历代通载》卷12及卷22、《佛祖统纪》卷29及卷39、《景德传灯录》卷3、《释氏稽古略》、《坛经》等多种佛教典籍[①]，两偈在不同佛典中略有字词的差异，而内容基本相同[②]。施蛰存先生以为惠能犯了不少错误："'菩提本无树'，简直是不通。菩提树结的果实是菩提子，菩提子没有树，它从哪儿来?""镜子，都是要常常拂拭，才能保持清净"，"时时勤拂拭，总是进德修业的基本功"[③]。菩提树即毕钵罗树，"菩提树"乃因释迦牟尼在一毕钵罗树下觉悟成道而得名。菩提（Bodhi）意为"觉悟"，指对佛教真理的豁然开悟，如人睡醒、如日开朗的彻悟境界，又指觉悟的途径和觉悟的智慧。《成唯识论述记》卷1云："梵云菩提，此翻为觉，觉法性故。"[④] 从广义上说，凡是断绝世间烦恼而成就涅槃之智慧，通称菩提。镜子须勤拂拭才能不使有尘埃，然惠能"镜本空无"的解悟与传统佛性论并无不契。刘宋时代竺道生倡"一阐提皆有佛性"，《成唯识论》、《大乘法界无差别论》、《大乘起信论》、《华严经》、《胜鬘经》、《楞伽经》等佛典皆云"如来藏自性清净心"，惠能提出"以无念为宗，无相为体，无住为本"，无念无相，心无所别，即无差别境界。心有妄念才沾染尘埃，拂拭镜面即是涤除杂念，然而佛性本身就是空，就是净，心镜本来清净

① 分见《大正藏》第51册、第49册、第49册、第51册、第49册、第48册，日本大正一切经编辑委员会编，大正一切经刊行会大正十一年至昭和七年（1922－1933）刊行，台北佛光教育基金会1990年版。

② 《佛祖统纪》记述此段故事云："五祖俾众各述一偈，若语意冥符，则衣法皆付。时会下七百众，神秀居第一座，于廊壁书偈曰：'身是菩提树，心如明镜台。时时勤拂拭，莫遣有尘埃。'能闻之曰：'美则美矣，了则未了。'至夜倩童子至壁间，书偈曰：'菩提本非树，明镜亦非台。本来无一物，何用拂尘埃。'五祖知之，夜令人召能，告之曰：'佛以正法眼藏展转传授，吾今授汝。'并所传袈裟，用以表信。"见《佛祖统纪》卷39《法连通塞志第十七》，《大正藏》第49册，第368页。

③ 施蛰存：《禅学》，陈子善、徐如麒编：《施蛰存七十年文选》，上海文艺出版社1996年版。

④ ［唐］窥基：《成唯识论述记》卷1，《大正藏》第43册，第235页。

无垢，无影无相，又何处沾染尘缘妄念？惠能在广州法性寺听印宗法师讲《涅槃经》，时风吹幡动，一僧曰风动，一僧曰幡动，惠能则云，既非风动，亦非幡动，乃仁者心动。这与心镜无念是一致的。神秀之禅是时时反省自我，审视自我，惠能则认为心即佛性，没有自我，又何来反视？这是惠能之无念无相禅门与神秀之拂尘看净禅门的相异之处。神秀与惠能对佛法的不同解悟，导致了禅宗渐悟与顿悟两派的产生，而惠能的偈语显然境界更高一筹，更与“菩提”（而非菩提树）的智慧层次相符合。惠能也因为倡行禅法的顿悟，而成为禅宗南宗的创始人。史称南能北秀、南顿北渐。

小说这段话具备双重的镜像功能。宝钗引述神秀、惠能故事，比照出贾宝玉的所知尚少：“宝玉自己以为觉悟，不想忽被黛玉一问，便不能答；宝钗又比出‘语录’来，此皆素不见他们能者。自己想了一想：‘原来他们比我的知觉在先，尚未解悟，我如今何必自寻苦恼。’”[①] 神秀、惠能成了一个外在视点，以他们的偈语为参照系，映照出贾宝玉偈语和林黛玉所续偈语的境界高下。贾宝玉原为黛湘二人，“怕生隙恼，方在中调和，不想并未调和成功，反已落了两处的贬谤”[②]，因而陷入了无法开解的苦恼。贾宝玉欲求解脱苦恼，解庄书偈，有所执著，妄念顿生。钗黛一以述典，一以续偈，共同进行并完成了对贾宝玉的精神启悟，令他从情感的困惑中解脱出来。而贾宝玉也因此感悟，便笑道：“谁又参禅，不过一时顽话罢了。”说着，四人仍复如旧。从作者的形象设计而言，黛玉之灵秀、宝钗之博识、湘云之洒脱，均为宝玉所难企及者，故而黛钗湘的气度，便又成为宝玉的一面镜子。

---

① 中国艺术研究院红楼梦研究所校注：《红楼梦》，人民文学出版社 1996 年版，第 300 页。

② 中国艺术研究院红楼梦研究所校注：《红楼梦》，人民文学出版社 1996 年版，第 297 页。

三、红粉骷髅佛意呈

小说最惊人心魄的镜像设置，是第12回中那面“风月宝鉴”。贾瑞欲调戏王熙凤，反被王熙凤调戏捉弄一回，得了重病：“心内发膨胀，口内无滋味，脚下如绵，眼中似醋，黑夜作烧，白昼常倦，下溺连精，嗽痰带血。诸如此症，不上一年，都添全了。于是不能支持，一头睡倒，合上眼还只梦魂颠倒，满口乱说胡话，惊怖异常。”百般延医，均无疗效。忽而来了个跛足道人，送来“风月宝鉴”，再三叮嘱曰：“千万不可照正面，只照他的背面，要紧，要紧！”贾瑞收了镜子，想道：“这道士倒有些意思，我何不照一照试试。”想毕，拿起风月鉴来，“向反面一照，只见一个骷髅立在里面……又将正面一照，只见凤姐站在里面招手叫他”①。此处庚辰本双行夹批曰：“所谓好知青冢骷髅骨，就是红楼掩面人是也。作者好苦心思。”② 贾瑞没有听从道人的告诫，照了正面，进入镜中，与凤姐数番云雨，结果断送了年轻的性命。

显然，这是一面特殊的魔镜。它的正面嵌着一位活生生的美女，反面却立着一架骷髅。贾瑞照镜，照出的不是他自己的病体愁容，而是他心中的幻象。风月宝鉴正面的凤姐形象，完全是贾瑞内心自我欲望的外现，自我意识的具象化。贾瑞不懂得审己，不懂得借助外在视点来审察自己的欲望、特性与本质，却陷入幻想，顾影自怜，看到的只能是自己或自我的折射。换言之，人若以自我的愿望为客观对象，最终观照到的，乃是他的“自我”本真。贾瑞把自我对象化，没料到自己最终成了骷髅。乾隆时期二知道人曾指贾瑞为“色中之馋痨鬼”，说风月宝鉴是一神物，正面照鉴让人美不胜收，背面不过一骷髅，“幻由心生，仙家亦随人现

---

① 中国艺术研究院红楼梦研究所校注：《红楼梦》，人民文学出版社1996年版，第165－166页。

② 朱一玄编：《红楼梦资料汇编》，南开大学出版社2001年版，第231页。

化”，贾瑞照镜，显现的是凤姐；倘若贾赦照之，镜中必定是鸳鸯；贾琏照之，当是鲍二媳妇。所以“鉴背骷髅，作凤姐之幻相可，作鸳鸯、鲍妇之幻相亦无不可”[①]。应该说这是一种基于心理学基础上的解读，与小说设置风月镜的寓意切近。

这面镜子名曰“风月宝鉴”，颇有深意。庚辰本中，“风月”共出现19次，其含义和作用大致有三种。一是书或镜子的称名：第1回“东鲁孔梅溪则题曰《风月宝鉴》”，第12回“王熙凤毒设相思局，贾天祥正照风月鉴”、“两面皆可照人，镜把上面錾着‘风月宝鉴’四字”、“想毕，拿起‘风月鉴’来，向反面一照”、“谁毁‘风月鉴’，吾来救也!”二是“风月”的本义，指“清风明月”或“自然景色”，第76回：“黛玉笑道：‘对的却好。下句又溜了，只管拿些风月来塞责。’”三是引申义，指男女情爱淫欲之事，如第1回：“更有一种风月笔墨，其淫秽污臭，屠毒笔墨，坏人子弟，又不可胜数。”“想来这一段故事，比历来风月事故更加琐碎细腻了。”“大半风月故事，不过偷香窃玉，暗约私奔而已，并不曾将儿女之真情发泄一二。”第5回：“痴男怨女，可怜风月债难偿。”“但不知何为‘古今之情’，何为‘风月之债’?”“开辟鸿蒙，谁为情种?都只为风月情浓。”“尘世中多少富贵之家，那些绿窗风月，绣阁烟霞，皆被淫污纨绔与那些流荡女子悉皆玷辱。”第15回：“他如今大了，渐知风月，便看上了秦钟人物风流，那秦钟也极爱他妍媚，二人虽未上手，却已情投意合了。”第47回：“又打听他最喜串戏，且串的都是生旦风月戏文，不免错会了意，误认他作了风月子弟。”第65回：“弟兄两个本是风月场中耍惯的，不想今日反被这闺女一席话说住。”第77回：“偏又娶了个多情美色之妻，见他不顾身命，不知风月，一味死吃酒，便不

---

① ［清］二知道人：《红楼梦说梦》，一粟编：《红楼梦卷》，中华书局1963年版，第100－101页。

免有蒹葭倚玉之叹，红颜寂寞之悲。”“呸！成日家听见你风月场中惯作工夫的，怎么今日就反讪起来。”[①] 从大多数句例内容看，作为书名和物名的“风月宝鉴”之“风月”，自然也是指男女情爱之风流韵事。即此而言，“风月宝鉴”照见的应是男女风月故事；以此为书名，似乎喻示小说曾以描写风月为主体内容。如换一个角度审视，风月宝鉴则另有况味。

风月宝鉴的正反设置，潜藏着佛教的一种修道观。佛教看待人生，谓有八苦：生、老、病、死、怨憎会、爱别离、求不得、五阴盛。生有住胎之苦，老有衰颓之苦，病有疾痛之苦，死有坏烂之苦，此四苦遵从生命规律而生，原非个人意志所能支配。求不得、怨憎会、爱别离、五阴盛，乃是对人世的各种欲望过强，所爱所恨，所求所欲，色、受、想、行、识，胶着于人的感官世界和精神领域，片刻不得松弛。而欲解脱人生之苦，须修道求法，涤除心欲。“白骨观”、“不净观”即是修道之法：“若贪恚盛者，修白骨观及膖胀烂坏诸不净观。”[②]“声闻弟子有因缘故生于贪心，畏贪心故修白骨观。”[③]“云何名为‘触欲解脱’？若有比丘，能观白骨，作是思惟。”[④]“舍利弗教二弟子，一观白骨，一令数息。”[⑤] 修白骨观的方法，即是将活色生香的女身观想成一具白骨，眼中只见骷髅嶙峋，不见毛发血肉，借此以息念祛欲。佛典对如何观

① 中国艺术研究院红楼梦研究所校注：《红楼梦》，人民文学出版社 1996 年版，第 7、161、166、166、167、1066、5、9、9、74、74、82、86、197、633、908、1084、1087 页。

② ［唐］输波迦罗译：《苏婆呼童子请问经》卷上，《律分品》第一，《大正藏》第 18 册，第 722 页。

③ ［宋］慧严等依《泥洹经》加之：《大般涅槃经》卷 23《光明遍照高贵德王菩萨品第二十二之五》，《大正藏》第 12 册，第 760 页。

④ ［隋］那连提耶舍译：《大方等大集经》卷 33《日密分中分别品第四之二》，《大正藏》第 13 册，第 225 页。

⑤ ［北凉］昙无谶译：《大般涅槃经》卷 26《光明遍照高贵德王菩萨品第十之六》，《大正藏》第 12 册，第 520 页。

想亦有阐明："佛告诸比丘：'若复见女人，皮肉离体，但见白骨。前时端正，颜貌姝好，没不复现。'其患证乎？对曰：'唯然，是为爱欲之患证也。'"①"于彼恶道、无量世中受诸大苦，皆由贪欲，贪欲因缘令欲增长。诸有智者，观察女色，念不净想，不念女身所有发毛皮肉筋血，但念白骨，专心不舍。如女人身，男子身亦如是。如见近身，远身亦如是。如他身，自身亦如是。但念白骨，不念发毛皮肉筋血。如是念已，数数思惟，心常信念，不忘失者。此名'心顺行道初断欲法门'。"②"不净想"即"不净观"，观想身体化脓、流血、腥臊、腐烂、淫邪等种种不净状况，与白骨观之观想身无皮毛筋肉、惟剩白骨之状，殊途同归。佛典中叙有诸多化美女为白骨的故事，如《贤愚经》叙尊者说法，门徒为魔王所惑事：

> 于第四日，复集大众。魔王复化作一女人，端正美妙，侍立尊后。众人注目，忽忘法事。于时尊者，寻化其女，令作白骨。众人见已，乃专听法。③

《大般涅槃经》叙世尊教人子宝称修白骨观之事曰：

> 尔时我复往波罗木奈，住波罗河边。时波罗棕有长者子，名曰"宝称"，耽荒五欲，不知非常。以我到故，自然而得白骨观法，见其殿舍宫人婇女，悉为白骨，心生怖惧，如刀毒

① ［西晋］竺法护译：《所欲致患经》，《大正藏》第17册，第540页。

② ［隋］那连提耶舍译：《大方等大集经》卷38《日藏分定品第四》，《大正藏》第13册，第255页。

③ ［元魏］慧觉等译：《贤愚经》卷13《优波毱提品第六十》，《大正藏》第4册，第443页。

蛇，如贼如火。[①]

又《大庄严论经》卷4曾婉转叙述了一个淫女干扰法师说法、法师化之为白骨的绵长故事：有一法师应机说法，颇悦听众，城中人民日日来听，即如少年也不放逸。城中老妓咸皆叹息，以资财空乏，无由而得。妓之女正当盛年，闻说事由，香浴盛装，窈窕逶迤而至。听众纷纷顾盼私语；法师说偈，令众收心。女又摆弄姿态如故，众心散乱。如是者三。法师目睹其情状，"即以神通，变此淫女，肤肉堕落，唯有白骨，五内诸藏，悉皆露现"，"譬如屠架所悬五藏，蠢蠢蠕动，犹如狗肉，诸藏臭秽，剧于厕溷"。法师同时为此女说法，令其觉悟。于是四众皆生厌恶之心。法师见已，令复本形[②]。

这个故事和《贤愚经》中尊者化魔女为白骨事一样，是得道尊者施用神通，将美女变化为白骨。常人不具备神通之力，又不能去贪恚淫欲，智者则修白骨观、不净观，借助观想之业力来消除诱惑；愚者或许堕入其中而不能自拔，成为贪恚淫欲的牺牲品。《西游记》中白骨精化作美女前来诱惑西行四众，最后死在行者的金箍棒下，顿时化作一堆白骨，号曰白骨夫人。作为宗教目的十分显明的小说，《西游记》汲取了佛典白骨观的旨意，将"红粉骷髅"的寓意渗透在那个一波三折的斗妖故事中。《红楼梦》却借助一面魔镜，将"红粉＝骷髅"的佛教人生观直接演示出来。这是一块双面镜，正面镜中的王熙凤不过是"美女"的具象化，反面镜中的骷髅即是白骨观的观想和投射对象。庚辰本的早期读者引用"好知青冢骷髅骨，就是红楼掩面人"两句批点风月镜，一语

① ［宋］慧严等依《泥洹经》加之：《大般涅槃经》卷28《师子吼菩萨品第二十三之四》，《大正藏》第12册，第788页。

② ［印度］马鸣造，［后秦］鸠摩罗什译：《大庄严论经》卷4，《大正藏》第4册，第276－279页。

道破红粉与骷髅的本质联系。甲戌本凡例云四字意在“戒妄动风月之情”，跛足道人称镜子“专治邪思妄动之症，有济世保生之功”，并嘱贾瑞：“你天天看时，此命可保。”[①] 作者虽未明写修白骨观之事，而风月鉴正反双面的构思，却显示着修白骨观的佛家意旨。贾瑞缺乏慧根，尘缘未了，难以悟出魔镜的警戒目的，只贪恋镜中红粉的美貌，最后只能走向死亡。

甲戌本凡例曰：“又如贾瑞病，跛道人持一镜来，上面即錾‘风月宝鉴’四字，此则《风月宝鉴》之点睛。”[②]“风月宝鉴”曾是《红楼梦》的一个题名，那面风月魔镜的内在寓意又是《风月宝鉴》之书的点睛之笔，这似乎昭示读者：红尘中的诸般美景、红粉佳人，虽然美好却如虚设，不能永远依恃，瞬息间便会“乐极悲生，人非物换，究竟是到头一梦，万境归空”[③]。小说借骷髅讽喻凡尘俗众，其间的警戒之意，显示了作者投注于芸芸众生的一种宗教式的人文关怀。

---

① 中国艺术研究院红楼梦研究所校注：《红楼梦》，人民文学出版社 1996 年版，第 166 页。

② 甲戌本凡例，朱一玄编：《红楼梦资料汇编》，南开大学出版社 2001 年版，第 77 页。

③ 中国艺术研究院红楼梦研究所校注：《红楼梦》，人民文学出版社 1996 年版，第 3 页。

第九章　朱门空锁旧繁华

"门"，是《红楼梦》中屡屡出现的人文景象。就"门"的本初意义而言，书中写到了院门、园门、角门、便门、大门、二门、三门、仪门、宫门、朝门、殿门、庵门、宅门、城门、都门、正门、前门、后门、篱门、屏门、闾门、月洞门、聚锦门，与门有关的则有门扇、门框、门斗、门槛、门闩、门环、门缝、门风、门神、门巷、门户、门窗、门首等；就门的引申义——"家"而言，小说提到了家门、门户、对门、各自门各自户、依门傍户、小门小户以及出门、进门、过门、入门、回门、串门等；身份与守"门"有关的，则有门子、门下、门上、门人、门吏、门礼等；在"门"的象征层面上出现的，则有侯门、寒门、衙门、空门、闺门、教门、门第、豪门、金门、禅门、法门、宦门、佛门、名门、门楣、门面等等。"门"之一词，在书中共出现1245次（包括用作量词的一门两门、这门那门，以及用作方位名词的门杯门酒等）。就其实际功用而言，"门"尚只是一个普通的"象"；而一旦被作者赋予了某种特定的内涵时，"门"便成为"有意"之"象"。小说中，意象化的"门"融括了多重社会文化内涵。

一、底事朱门晏未开

小说第3回，曾29次写到门，除一处"门路"、一处"门上"之外，其余27处皆是林黛玉第一次进贾府时所经过之门。林黛玉尚未下轿，便"见"到了"两个大狮子，三间兽头大门"，那"正门”不开，“只东西两角门有人出入”：这是宁国府；往西又见到“三间大门”，才是荣国府。轿子从“西角门”进去，在一“垂花门”前落下，下了轿，扶着婆子手进了“垂花门”，穿廊度院，进上房，与祖母及众姊妹见面叙情，见凤姐从“后房门”进来；然后由邢夫人带领去见舅舅，回到“垂花门”，上车，出“西角门”，过荣府“正门”，进一“黑油大门”内，至“仪门”前下车，入“三层仪门”，进正室，因大舅贾赦不见，邢夫人送至“仪门”前而回；林黛玉又回至荣府，过穿堂，进南大厅后之“仪门”，见到两边厢房“耳门”[①] 钻山，入堂屋，少等，又进“东房门”，吃茶，而后到东廊三间小正房内，才见到王夫人；二舅斋戒不在家，未见；又由王夫人携林黛玉从“后房门”往西，出“角门”，经过凤姐“半大门”前，到了贾母后院，进入“后房门”，然后才是吃饭，宝黛相见，安歇。

第3回的叙述，似乎让读者追随林黛玉一道，在想象中穿门过户，游览荣府一遍，而读者在分明感受到贾府这个贵族之家宅大院多、“门”户重重之外，还清晰地体验到了林黛玉初进贾府时，那种细致敏锐的目光和谨慎矜持的风仪。“门”的繁多和行经路线的讲究，意味着贾家府邸的豪贵和礼仪的谨严。作者借林黛玉初进贾府之际，将贾府的宅院门进、房次格局与社会门望，向读者作了一个轮廓式的介绍。与此相异，第6回刘姥姥一进荣国府，先是来到荣府大门前石狮子旁，打听周瑞家的，然后从“后门”进去；找到凤姐并告帮的过程，势必要经过重重门户，而竟极少叙及，只写刘姥姥满目皆是富豪气象。这反映出刘姥姥与林黛玉身份、心态、目光的不同。林黛玉因事先存有“步步留心，时时在

① 各脂本、程甲本皆作“耳房”，惟程乙本作“耳门”。耳门，应是内宅厢房之单门。[清] 李斗《扬州画舫录》：“今之园亭，皆有大门……至园内房栊厢个、巷厩藩溷，皆有耳门，不免间作奇巧……是皆古之所谓户也。”汪北平、涂雨公点校：《扬州画舫录》，中华书局1960年版，第410－411页。

意，不要多说一句话，不可多行一步路，恐被人耻笑了去”的心思，故而处处留意，礼仪之森严、“门户”之层次，了然于目于心；刘姥姥自穷乡僻壤而来，触目所及与心中感慨，当然不在“门户”之见，而是插金戴银、红香软玉、繁富糜费的景象了。

此外，第6回四次写到刘姥姥出入经过之门，皆是“后门”。(俗语“走后门”之由来，应与上门者身份卑微、不具备从“大门”进去的资格有密切关联。）这与林黛玉坐轿自“大门”旁边的“角门”出入，有天壤之别。其理不言自明。第41回写刘姥姥二进荣府，因“投”了凤姐和贾母的“缘”，留住了，醉入怡红院中，四处转悠，找不到门，乱摸之间撞开了穿衣镜后的机关，不仅没出去，反而进了贾宝玉的卧室：这些叙述亦出于以刘姥姥醉后之迷乱混沌，反衬怡红院布置之奢华机巧的艺术考虑。几日后刘姥姥离开贾府时，不仅得了好多赠物，而且由首席丫鬟鸳鸯送着从“角门”出去，坐车而回：在贵族之家做了几日“女篾片”之后，刘姥姥的地位已然获得了很大改观。

薛宝钗自何“门”进府？有论者以为，林黛玉从“角门”进府，而薛宝钗却是从“大门”进府的，这反映出贾府上层人物对钗黛的不同接待规格，并延及到后来在贾宝玉婚事上的取舍褒贬态度，而原因仅仅是，黛玉飘零无助，只身投靠，宝钗身后有富实的家产支撑。这一观点在一段时期内相当流行，不仅成为贾府“势利”的实证，而且还作为扬黛抑钗论者的一个重要理据。然从文本来看，这种推断并无充分的依据。第4回家人报说，姨太太带了哥儿姐儿，“在门外下车了”，“王夫人忙带了人接出大厅来”，并不提及由何门入何院，显然作者并无暗示贾府抑黛扬钗的意思。事实上，林黛玉投奔外祖母之日，邢夫人、王夫人、李纨因预知其来，自然齐集等候在贾母房中；而薛家人却是突如其来，且薛姨妈与王夫人是亲姐妹，自然先见王夫人，“泣笑叙阔一番”，再由王夫人“引了拜见贾母”。从荣国府宅院分布情形看，林黛玉从

“西角门”进府可直达贾母房中；若进大门走南大厅，须要绕过王夫人处仪门（而王夫人此时并不在自己房内），从“后房门”往西，出“角门”，经过凤姐“半大门”，到贾母后院，再进入“后房门”，方能见到贾母。而为径达王夫人住处，薛姨妈宜当从大门进府。书中所写，原就一丝不乱。

再从“门”的设置意义上说，从“角门”出入也并不意味着贬低来者身份。清代记载有云：“外官衙署正门左右各有门一，谓之东角门、西角门，属官参谒，均由角门入也。”① 虽有大门而从角门出入，角门的设置显然是为了日常出入之需；角门开则大门可以关闭，遇大事或节日方开大门，则大门的开闭便具备了仪礼上的意义。贾府宅院虽异于“外官衙署”，但在“门”的功用意义上，二者却庶几近之。遍查《红楼梦》全书，“大门”共出现39次，除了第13回“会芳园临街大门”、第17回大观园“大门”、第47回赖大家“大门”、第48回石呆子家“大门”、第63回铁槛寺“大门”、第69回“梨香院临街大门”不属荣宁二府正门之外，其余写到“大门”时，基本上有“开”和“闭”两种不同情况。前80回里，通常情况下，那大门是关闭着的，如第2回贾雨村提到曾从贾府老宅门前经过，见大门前“冷落无人”，第3回林黛玉进贾府时荣宁二府大门皆关闭“不开”等。倘遇年时节日、两府之间要事来往或有重要活动时，大门便大开，如第14回，写凤姐协理宁国府的过程中，遇“五七正五日”——僧道大作超度之日，凤姐一早便坐车来至宁府，宁府“大门上门灯朗挂，两边一色戳灯，照如白昼”，凤姐下车由众媳妇“簇拥”着从正门进去；第18回元妃省亲，元宵日“贾母领合族女眷”在荣府“大门”外迎接，元春所乘“版舆”从“大门”进去；第53回写腊月二十九

① ［清］方濬师：《蕉轩随录》卷11《角门》，盛冬铃点校：《蕉轩随录·续录》，中华书局1995年版，第435页。

日，两府都“换了门神、联对、挂牌，新油了桃符，焕然一新”，但只宁府“从大门、仪门、大厅、暖阁、内厅、内三门、内仪门并内塞门，直到正堂，一路正门大开”，贾母领有诰封者先进宫朝贺，然后来宁府，率众祭贾氏宗祠；第59回因老太妃薨，贾母等入朝随祭，薛姨妈、尤氏诸人“直送至大门外方回”；第64回贾琏因处理贾敬丧事，从外面回来，宝玉听说，“迎至大门以内等待”；第72回夏太府遣一小太监来贾府借银，“凤姐命人替他拿着银子，送出大门去了”；第75回尤氏来荣府看凤姐李纨，回宁府时俱从“大门”出入。翻检可见，贾府深宅大院的“大门”并非任意并随时开设着的，日常出入当经“角门”，从“大门”出入必具某种仪式、礼节或实际需要方面的意义。薛姨妈带领全家来到贾府（此时尚未涉及留驻梨香院问题），属于两姻亲之间较正式的拜访，薛姨妈身份又较林黛玉高一辈，从“大门”进府不仅完全可能，而且是必然之势。而林黛玉是作为贾府的外孙女来外祖母家生活的，况且年龄又相当小，从“角门”进府未尝不可，不存在贬低身份、礼仪不周等问题。林黛玉由邢夫人携着去见贾赦时所进的“黑油大门”，必非荣府正门，亦非角门，当系贾赦居处独开的略低一档次的大门。

相反的例证有二，一是第68回“苦尤娘赚入大观园”，凤姐带尤二姐回府，“那些跟车的小厮们皆是预先说明的，如今不去大门，只奔后门而来”①，下车后又进了大观园的“后门”；二是第69回尤二姐死后不能从大门出殡，“贾琏嫌后门出灵不像，便对着梨香院的正墙上通街现开了一个大门”②。尤二姐身份虽说是“二

① 中国艺术研究院红楼梦研究所校注：《红楼梦》，人民文学出版社1996年版，第942页。

② 中国艺术研究院红楼梦研究所校注：《红楼梦》，人民文学出版社1996年版，第961页。

奶奶”，却是贾琏在国孝家孝中违时“偷娶”[①] 的，名不正言不顺，故绝不能让她从荣府“大门”出入。况且何人由何门出入，清代的贵族之家有严格的礼仪规矩。康熙朝陈清恪、陈文勤父子相继入阁，一邑巨族，“文勤为清恪侧室所生，文勤通籍，生母尚未敕封，即谢世，以侧室不得由正门出丧，虽文勤力争，未能通融允行。最后文勤乃言曰：‘将来我死，应由何门出丧?’家人咸云：‘必出正门无疑。’文勤乃跃登母柩，坚卧不起。卒由正门而出”[②]。地位如陈文勤，父亲与嫡母又已谢世，生母按例尚不能由正门出丧，何况出身贫寒、吞金自尽之尤二姐乎？前一例与凤姐前去赚取尤二姐时，以素衣素饰表示一种无声的讨伐一样，无形中既对尤二姐的身份作了贬抑，又对贾琏的“偷娶”行为作了鞭挞（当然也是“计赚”之需)。后一例表明，尤二姐原该“后门出灵”，贾琏特意在梨香院开了通街“大门”，虽非荣府正门，亦勉强算是荣府偏门，改变了原有级别，提高了出丧规格，仿佛今之死后“追认”一般，好歹也是一项“政治待遇”；又停灵“七日”，天天伴宿，请僧道做佛事。当然，这些远不能同贾家长房长孙媳妇秦可卿出殡时的风光相比拟，贾琏也不可能像陈文勤那样坚卧灵柩拼争出正门，却也表明贾琏这位情欲顽主心中尚存一念柔情、一份人性。尤二姐从后门进从前门出，死后比活着荣光多了，在

① 违时嫁娶指居父母丧、夫丧、周亲丧、帝王丧等之嫁娶而言。唐律：“诸居父母丧……而嫁娶者徒三年，妾减三等，各离之；知而共为婚姻者，各减五等，不知者不坐。若居期亲之丧而嫁娶者，杖一百，卑幼减二等，妾不坐。”宋因之。明清律与唐律略同。参见陈顾远：《中国婚姻史》，岳麓书社 1998 年版，第 91 页。据小说第 68 回所写，凤姐调唆张华以“国孝、家孝，背旨瞒亲，停妻再娶”之罪将此事告到察院；而此四重罪中，最不可恕者当是居叔父之丧、不告而娶。凤姐“大闹宁国府”时，以“没王法”为此事定性，又借骂贾蓉以责骂贾珍并指责贾琏的“罪状”：“亲大爷的孝才五七，侄儿娶亲，这个礼我竟不知道。”贾蓉赶快将责任承揽下来，并求道：“我父亲也并不知道。如今我父亲正要商量接太爷出殡，婶子若闹起来，儿子也是个死。”可知这种违时嫁娶既触犯国法，更干犯家规。

② 徐珂：《清稗类钞》第 16 册，商务印书馆 1917 年版，第 9 页。

凤姐看来，简直有替尤二姐“正名分”、为违时偷娶翻案的意味，且贾琏还表示日后要报仇，当然会气得凤姐装病、告状、骂夫、拒给治丧银两。说“此前凤姐很注意表演，为何现在如此赤膊”[①]，是未能参透琏凤二人情性的深层真实。这一情节可谓“死尤二激怒活凤姐”。而凤姐的无形抗议终能得到宗法家族的宝塔尖贾母的支持，贾琏被迫放弃将尤二姐送往家庙的打算，只得临时在尤三姐之上点穴埋葬完事：这反映凤姐的愤怒（“赤膊”）始终有封建法制的理性内容为依靠，有森严的宗法礼仪作基础。王熙凤与“对手”斗争时，从来都是很注意有“理”有“节”的。

二、别有门庭道路长

门，繁体作“門”，是典型的象形字。从写法上可以看出，“門”是由两扇门板组成。这情形在殷墟文字中表现得更为明显。《说文》上说：“门，闻也。从二户，象形。”[②]“二户”为“门”，则知“户”亦是象形字，它原指单扇门板。又《玉篇·门部》曰：“门，人所出入也。在堂房曰户，在区域曰门。”[③] 又：“一扇曰户，两扉曰门。”[④] 这就把“门”和“户”的形式与作用之异同标示得一清二楚。从门外走进门内，意味着先民从穴居野处的蒙昧时代，步入了居住房舍的文明时代，此即古文献中所谓的“有巢氏”时代。“门户”之“户”，又是“护”的本字，《释名》上说：“户，护也，所以谨护闭塞也。”[⑤] 守护那朴素简陋的茅舍和茅舍中素朴单纯的居民，谨防自然界风雨禽兽的袭击，也阻挡人群里偷盗暴虐的侵害，这便是“门”、“户”的生活功用。基于这种“守护”

① 王蒙评点：《红楼梦》，漓江出版社1994年版，第1021页旁批。

② ［汉］许慎：《说文解字》，中华书局1963年版，第247页。

③ 张氏泽存堂本：《宋本玉篇》，北京中国书店1983年版，第211页。

④ ［唐］慧琳：《一切经音义》卷59，《大已藏》第54册，第700页。

⑤ ［清］王先谦：《释名疏证补》卷5，上海古籍出版社1984年版，第18页。

意义，便有名为神荼、郁垒的两兄弟，以门神的身份出现在古代传说中。据说他们原是度朔山守鬼门、能制服恶鬼的两位神人，遇“恶害之鬼，执以苇索，而以食虎。于是黄帝乃作礼，以时驱之，立大桃人，门户画神荼、郁垒与虎，悬苇索以御”①。能抵御凶魅，擒捉恶鬼，黄帝便把他们请到人间。汉末《风俗通义》说：“官常以腊除夕饰桃人，画虎于门。”② 这说明这一岁时风俗至少在汉代就已形成，并与朝廷的提倡有很大关系。至清亦然，“岁旦绘二神贴于门之左右，俗说门神，通名也。盖在左曰神荼，右曰郁垒”③。第53回“宁国府除夕祭宗祠”，写两府都换了“门神”，新油了“桃符”，正是这一民俗的反映。

先民进入文明时代的同时，也渐分化出阶层、等级、身份的差异来。门若是柴门荆扉，家便会是茅舍草屋；可屋舍渐变成深宅大院、楼台殿阁之后，柴门便不会再有，而代之以朱门、雕门、金门。《诗经·陈风》中有云：“衡门之下，可以栖迟。”④ “衡门”即是“横门”，以横木为门，门是何等简陋朴素，而门内之人所追求的，也不过是有个遮风避雨、栖迟安歇之所，能够“饭疏食，饮水，曲肱而枕之，乐亦在其中矣”⑤。可一旦衡门成雕门金门，那种“可以栖迟”的素淡闲散也随之湮灭了。古代礼书规定，天子九门，诸侯七门，大夫五门。宫门重重，侯门深深，俨然是品第爵位身价尊严权势财富的象征；而寒门茅舍，便世俗化地成为身份贫贱、地位低微、人品下劣的标志了。

---

① ［汉］王充：《论衡·订鬼篇》，黄晖：《论衡校释》，商务印书馆1938年版，第938页。

② ［宋］李昉等修撰：《太平御览》第8册，河北教育出版社1994年版，第148页。

③ ［清］卜陈彝：《握兰轩随笔及其他三种》，商务印书馆1939年版，第5页。

④ ［汉］郑玄注，［唐］孔颖达疏：《毛诗正义》，［清］阮元校刻：《十三经注疏》，中华书局1980年影印本，第377页。

⑤ ［魏］何晏集解，［宋］邢昺疏：《论语注疏》，［清］阮元校刻：《十三经注疏》，中华书局1980年影印本，第2482页。

《红楼梦》中，“寒门”出现3次，分见第2、7、18回；“篱门”、“柴门”各出现1次，均见第17回；“豪门”出现两次，均见于第35回；“侯门”出现8次，分见第5、6、7、18、57、75回；“金门”出现2次，分见第18、41回。细味各“门”意象，其内涵有以下几种不同的指向。一类是作者对那些身处“寒门”而人品出众者的赞誉，如第2回贾雨村评说秉清明灵秀之气者，若“生于薄祚寒门”，“必为奇优名娼”，是作者借助贾雨村之口，对书中蒋玉菡、尤三姐一类人物所作的预评；第7回贾宝玉以自己生于“侯门公府之家”，不得早与出身“薄祚寒门”的秦钟结交为恨，昭示了贾宝玉朦胧的人格平等思想。作者并不以是否“豪门”中人为品评人物高低的标准，而将有无“清明灵秀之气”悬为高标，隐含着一种可贵的人生价值取向。

第二类是作者对贾府这一“豪门”内外人情世态的深刻洞察与精细摹写，如第5回迎春判词“可怜绣户侯门女”、《虚花悟》曲“觑着那侯门艳质同蒲柳”，是预叙贵族少女因所遇匪人，加之家势衰颓而受尽欺凌的婚姻悲剧；第35回傅试欲与“豪门”结亲，屡屡遣人上门问候，显示傅家（也是一般世人）的攀附势利之心（这与前一例恰成对照）；另如第6回刘姥姥言“侯门深似海”、“我也到那侯门公府见一见世面”，反映了刘姥姥先畏惧豪门气焰不敢前去、后又为生计所迫必须前去、因而为自己壮胆的曲折心理；第18回林之孝家的转述妙玉“侯门公府，必以贵势压人”的话，既直接抨击一种世俗时态与豪门常情，又侧面点染妙玉的清高个性与自矜气质；第41回刘姥姥说“你们在这金门绣户的”、身为丫鬟也不认识木头，是通晓世故的贫婆刘姥姥对贾府中“金婢玉奴”的随机逢迎，也透出作者作书时的酸辛心态；第57回薛姨妈说湘云“真真是侯门千金”，不认得当票，不谙世俗事务，亦藏作者作书时的深深感叹在纸背。

第三类是反映贾府“侯门”之内的恩恩怨怨、尔虞我诈，第

18 回元妃省亲时，作者赞叹“金门玉户神仙府”，是既赞豪富又叹奢靡，连同元春“太奢华过费了”的慨叹，一齐浸透了作书人对往昔皇家之恩宠、家族之荣华的追忆，其中胶合着眷恋与痛惜的无尽伤感；又同回贾政身为亲父，且家势显赫，然面对省亲的贵妃女儿时，却战战兢兢，跪安称“臣”，言己“草莽寒门”，既见出皇家仪礼的谨严、礼出大家的虚伪，亦含作者作书时的微讽与深悲；另第 75 回贾赦称赞贾环写诗“不失咱们侯门的气概”，并说那世袭的前程跑不了是贾环袭了，立即受到贾政的阻止，反映的是侯门内部的暗昧、不和与权力纷争。

第四类是言此而示彼、大有深意的“篱门”、“柴门”意象。“篱门”、“柴门”本与“衡门”相应而与“金门”、“朱门”相对。在历代诗人的笔下，“衡门”、“柴门”、“篱门”是高频用词。它们往往是清贫或清高的标志，尤其是作为隐居不仕的生活情趣的象征符号而出现，素朴简陋而极富诗意，如“长吟掩柴门，聊为陇亩民”①、“东皋春草色，惆怅掩柴扉”②、“所居秋草净，正闭小蓬门”③ 等，柴门常关，是祈望将红尘名利关在门外，而给自己一个恬淡旷远的性灵空间。“名利竭，是非绝。红尘不向门前惹，绿树偏宜屋角遮，青山正补墙头缺。更那堪竹篱茅舍。”④ 绿树青山、竹篱茅舍，是对世俗纷争的否弃，是对“衡门之下，可以栖迟”的疏淡生活的回归。就此而言，“柴门”实际意味着弃官归隐的田园生活理想。在贾府这样一个赫赫扬扬已将百载的豪门之内，原

① ［晋］陶渊明：《癸卯岁始春怀古田舍二首》之一，逯钦立校注：《陶渊明集》，中华书局 1979 年版，第 77 页。

② ［唐］王维：《归辋川作》，［清］彭定求等编：《全唐诗》第 4 册，中华书局 1960 年版，第 1277 页。

③ ［唐］杜甫：《秦州杂诗二十首》，［清］彭定求等编：《全唐诗》第 7 册，中华书局 1960 年版，第 2418 页。

④ ［元］马致远：《夜行船 · 秋思》，隋树森编：《全元散曲》，中华书局 1964 年版，第 269 页。

不会有篱门柴扉、茅舍草屋，然作为一种园林化、艺术化的空间点缀，“篱门”的设置便成为必然。第 17 回为迎候元妃省亲，贾政先行“视察”省亲别墅大观园，忽见了竹篱茅舍的稻香村，笑道：“倒是此处有些道理。固然系人力穿凿，此时一见，未免勾引起我归农之意。”[①] 贾宝玉又引唐许浑诗句“柴门临水稻花香”以出“稻香村”之名。贾政盛赞篱门柴扉的稻香村，似有历代文人回归田园的意趣在内。然对于贾政这样一个敬业仕宦、“端方正直”的迂儒来说，不无讽刺地昭示出他刻意追求“清幽气象”的虚伪造作心态。正如元代终身隐居未仕的吾丘衍所说：“晚宋之作诗者多谬句，出游必云策杖，门户必曰柴扉，结句多以梅花为说，陈腐可厌。余因聚其事为一绝云：烹茶茅屋掩柴扉，双耸吟肩更捻髭。策杖逋仙下山去，骚人正是兴来时。可为作者戒也。”[②] 金门玉户之内而设篱门柴扉，既非“清贫”之状也非“清高”之态，对竹篱茅舍赞不绝口，却绝无退隐归农之意，联系其一生热衷仕进、痛恨宝玉不务“正道”的言行心志，便可知这种“归农之意”分明是一种惺惺作态；众清客却一致称赏其“田舍家风”，唯贾宝玉一语道破其并非“天然”而系“人力穿凿扭捏而成”之伪，言此“似非大观”。作者借此张扬了对言行由衷和天然意趣的肯定，其中也隐涵对红楼终成幻梦之先的豪门生涯的幽幽追忆。

门既有豪门与寒门、金门与柴门之别，为显示尊严，强化权势，豪门贵族自然要修高门台，装饰门楣，点缀门面，围筑门墙，以昭示其与众不同的门望，同时也格外地门禁森严，严守门风，维护门节，只要有足够的门品门资，或是享有一定的门爵门宠，则往往是门庭若市，列位名门。而一般寒门小户中人，为了一门

① 中国艺术研究院红楼梦研究所校注：《红楼梦》，人民文学出版社 1996 年版，第 223 页。

② ［元］吾丘衍：《闲居录》，《景印文渊阁四库全书》第 866 册，台湾商务印书馆 1973 年版，第 631 页。

生存，或是改换门庭，光耀门楣，必然要寻求各种门路。若是想做官，可以通过门选的方式进入仕途；若是结婚姻，则多半要以门当户对为标准，或以力攀高门为目标。于是小心翼翼地踏上豪门的门台，跨过那高高的门槛，拜称门生，或干谒后门，或依为门客。若门槛过高，仕途难进，那也不甘心做门外汉，得想方设法寻找各种门径，琢磨点儿窍门，会一点儿门道，托人情求门路，即使做不成门生门客，最低也要做个门吏门卒，所谓“宰相门人七品官”嘛。《红楼梦》大致写出了三类情况。

一类是找门路，寻机攀附钻营。前 80 回中明显提及“门路”的有三次，一是第 3 回与贾雨村“当日同僚一案参革的张如圭”，打听得“都中奏准起复旧员”之信，便四下里“寻情找门路”。写张如圭苦找门路，不过为衬托贾雨村会找门路，善于抓住夤缘机会。第 2 回冷子兴演说荣国府，向贾雨村提到“贵同宗家”时，贾雨村笑道：“弟族中无人在都，何谈及此？”冷子兴于是说：“荣国府贾府中，可也玷辱了先生的门楣么？”① 贾雨村当即表示与荣府是“同谱”。又恰遇张如圭，随闻起复消息，林如海又欲酬报训教女儿之恩，请贾雨村与林黛玉同路进京：机会如此之好，贾雨村顺理成章，拿着宗侄的名帖，走了贾政的门路，轻而易举地谋补了应天府缺，择日上任去了。二是第 15 回，馒头庵老尼求凤姐出面处断张金哥与守备公子婚事时，说张家因遭冤枉，赌气偏要退定礼，为此着人上京来寻门路。从老尼叙述可知，张家显系势利之家，为攀附府太爷而欲退亲，若能处断成功，“连倾家孝顺也都情愿”。借女儿亲事以结好富贵之门，不择手段上京“寻门路”：人情世态刻画如此深刻，却又是如此不动声色，只借“凤姐弄权”轻轻带出，骂倒天下“爱势贪财的父母”。三是第 71 回，贾母寿

① 中国艺术研究院红楼梦研究所校注：《红楼梦》，人民文学出版社 1996 年版，第 25 页。

日期间，荣府两个婆子得罪了宁府大奶奶，荣府二奶奶闻知，命过两天捆送宁府开发，管家娘子之一即命捆上待罚，管家娘子之二提示前来哭诉求情的两婆子之女，通过大太太的陪房费大娘求大太太，因费大娘的媳妇即是求情者之一的姐姐："放着"现成的"门路不去求"，岂不"糊涂"！一件小事，犹如石子投塘，击起层层涟漪：豪门之内，奴才为免受（或减轻）处罚也要寻情走"门路"；而此门路一走，竟带动起荣宁主奴之间、尤凤妯娌之间、邢凤婆媳之间、史邢婆媳之间、姨娘奶奶之间、邢王夫人之间诸种矛盾的款款展开，主子的脸面、大家的礼法、尊卑的次序、奴才的勾斗、姨娘的搬弄等等，皆埋伏运行其中。可谓牵一发而动全身。

另有许多虽无"门路"字样却行"寻门路"之实的例子，如前文提及的贾芸走贾琏的门路，发现竟走不通畅，转而买礼物送凤姐，终于得偿所愿的情形。又刘姥姥借助周瑞家的引荐，从后门进贾府，和当家少奶奶接上关系，得了施银，后又被当作"老亲家"款待，而得更多实惠，终因救护巧姐，竟至成为贾府恩人。变受施为施授，世事苍凉如此。还有一例是第35回里所写，贾政的"门生"傅试"历年来都赖贾家的名势得意"，欲与贾府结亲，故时常遣人上门请安，但终因根基浅薄，门路走得不太顺畅。此例堪与张金哥父母之攀附府太爷事配对。

第二类是上门做门客。这种身份的人很特殊，不能有自己的故事，但要有一定的文化档次，须能察言观色，适时逢迎，瞻前顾后，虑事周密，有心机，会急转弯，懂得降低自己以衬托中心人物。书中写贾政出场时，往往有众多的清客在旁，如第17回大观园试才题对额，众清客就如众星捧月一般，簇拥在贾政前后，揣摩贾政之意，知道贾政要试宝玉之"功业进益"，故意"将些俗套来敷衍"，又不住地盛赞贾宝玉才思，以"哄抬物价"之法讨贾政欢喜；第33回贾政怒笞宝玉，众门客又劝阻又传信，忙个不停，是深知贾政一旦事过境迁，便会以另一种态度来看待同一事件。第53回写贾赦家中门客，又是另一番景象："贾赦自到家中与众门客赏灯吃酒，自然是笙歌聒耳，锦绣盈眸，其取便快乐另与这边不同的。"第84、90回，写到贾政门客居然为贾宝玉提亲，不仅不太清楚贾母、贾政、王夫人的心思，而且所提的还是邢夫人那边的亲戚。门客的"职业技巧"在此时忽然消失不见。

第三类是做门人门吏。书中"门子"、"门人"、"门上"、"门下"、"门吏"、"门房"、"门管"等词出现凡75次，仅第4回"门子"即出场19次。这一"门子"有点与众不同，身份从葫芦庙里的小和尚变为衙门中人，除了看门外还兼做些衙门中的杂役活。由出家而还俗，又充作衙役，颇懂得一些世故，心机玲珑剔透，为新府尹出谋划策，铺垫了贾雨村的成功；但他比起贾雨村来还稍嫌稚嫩，他太希望有自己的光色，又不小心揭破了新府尹的微贱出身，最后只好落得被充发的结局。其余的门人，便毫无色彩，大多不过是些"挺胸叠肚指手画脚"、对刘姥姥这样身份的人不理不睬、连欺带骗的角色。不过"门人"虽是仆役，但地位却优于一般家人。据清代记载，门人收入倍于常仆，"仆役有司阍者谓之门上，其价倍于常仆，其恶亦倍于常仆"①，其中一个很重要的来源，是上门者送的"门礼"。因为来访者多半对主人有事相求，通报主人、呈递名刺，全看门人高兴与否。门者所处位置，决定了他有欺人的机会。这种恶习很早就已形成，如汉时，"客到门不得通，皆请谢门者，门者累千金"②；又明宗臣曾犀利揭出这一情形："日夕策马候权者之门，门者故不入，则甘言媚词作妇人状，袖金以私之……抵暮，则前所受赠金者出，报客曰：'相公倦，谢客矣。客请明日来。'……（明日）走马抵门，门者怒

① ［清］阙名：《燕京杂记》，北京古籍出版社1986年版，第122页。

② ［宋］范晔：《后汉书》第5册，中华书局1965年版，第1182页。

曰：‘为谁？’……又怒曰：‘何客之勤也？岂有相公此时出见客乎？’……门者又得所赠金，则起而入之。”① 至清亦然：“遇有徒客，薄其穷酸，竟不传刺。又或客称有事欲面语，彼懒于伺候，主人在家亦说外出。”② 第6回刘姥姥受到门人冷遇，便是因为不谙世事，没备门礼。第60回借贾府家人之口，提到有粤东的官儿来拜，送了两小篓子茯苓霜，又给了门上人一小篓子作“门礼”；并抱怨此前五日当班时“竟偏冷淡，一个外财没发”。从书中茯苓霜、玫瑰露引起的大风波可以推知，茯苓霜是十分珍贵的补益品，外官送贾府“上头”人才只两篓，但专给了门人一篓。门人的“权”势气焰及恶俗心态至何境地，于此可以显见。

与“豪门”、“侯门”的“门第”、“门望”相伴相随的，是婚姻上的“门当户对”观念。贾王史薛是所谓的“四大家族”，贾府老祖母来自史家，二太太王夫人、二奶奶王熙凤来自王家；王家女儿可以且已经嫁到贾家、薛家，薛家女儿自然也可以并且应该嫁到贾家、王家。这是很长时期内，贾府必然择薛宝钗为长孙媳妇以加强政治经济联盟论者的一个有力支柱。此说有其坚实基础。封建社会里，个体的婚姻从来就是家族的集体性事务，对于贵族之家来说尤其如是。

从历史上看，重门第、取门望，是中国古代社会等级制度的产物。魏晋时有“上品无寒门，下品无势族”之习，南北朝时，江左则王、谢、何、庾，北方则崔、卢、李、郑，族显姓著。习惯沿至初中唐时变本加厉，在婚姻问题上表现得尤为典型。崔卢李郑四大姓，在“门当户对”方面比任何一个朝代都更为考究。唐太宗曾对房玄龄说，四姓“每嫁女他族，必广索聘财，以多为

① ［明］宗臣：《报刘一丈书》，钱伯城主编：《古文观止新编》，上海古籍出版社1988年版，第1106－1107页。

② ［清］阙名：《燕京杂记》，北京古籍出版社1986年版，第122页。

贵，论数定约”①。这里的“他族”，所指仍是名门望族，四姓仍要“广索聘财”，结果必令求婚者望门却步。四姓之女难嫁，便自婚娶。“高宗朝，以太原王、范阳卢、荥阳郑、清河博陵二崔、陇西赵郡二李等七姓，恃其族望，耻与他姓为婚。乃禁其自姻娶。于是不敢复行婚礼，饰其女以送夫家。”② 其“禁”乃指高宗四年十月十五日诏书所曰“七姓十一家”禁彼此婚嫁。然四姓抗禁如旧，不肯因此而降低门阀。唐宣宗时，郑颢出身名门，父为宰相，自己状元及第，待婚者为卢氏；当宰臣白敏中奏选他做宣宗女万寿公主驸马时，郑颢极不情愿缔结这门国婚，并深恨白敏中的举荐。唐文宗想在世族名门中为太子选妃，结果无一门愿意缔结皇亲，最后只得作罢。《新唐书·杜兼传》曾记文宗对此慨叹曰：“民间修婚姻，不计官品而尚阀阅。我家二百年天子，顾不及崔卢耶？”③ 历代婚恋题材的戏剧小说作品，便往往烙上了门阀观念的印记。《会真记》中崔张之恋，以张生别娶、崔氏另嫁而告终。张生以“妖人妖已”、“予之德不足以胜妖孽，是用忍情”自辩，不过是其狡狯托词。倘若莺莺真是博陵崔姓女，世族大姓皆要争婚，张生又焉能放弃跻身名门的良机？元稹以崔姓安于莺莺之身，又以“妖孽”论来开脱张生，不惟矫饰，亦堕恶趣。其他如张协状元、潇湘夜雨，王魁负桂英，金玉奴棒打薄情郎……渐成“富贵易妻”模式，寒门士子一旦高中，或弃妻或杀妻，或停妻再娶，另攀高门；被遗弃的妻子们多半自责，或怪罪于新妻，顶多也只是将丈夫一顿棒打，解气泄愤之后又和好如初。这其中除了三从四德训教的束缚外，也有一层看取门第的意思。为夫的已跃入龙门，做了天子门生，光彩生于门户，为妻的岂能不欢欣悦服？夫贵而妻

① ［唐］吴竞：《贞观政要》卷7《礼乐第二十九》，岳麓书社2000年版，第241页。

② ［唐］刘餗：《隋唐嘉话》卷中，古典文学出版社1957年版，第19页。

③ ［宋］欧阳修、宋祁撰：《新唐书》，中华书局1975年版，第5206页。

荣，曾受过的委屈与侮辱又值几何？同类故事如此之多，披示了封建士子们取重门品并企望借重高攀名门以求腾达的普遍心态，而陈世美之被铡，蔡伯喈之改塑，也无非反映了古代人复杂而矛盾的文化心理之一个侧面而已。

《红楼梦》产生的时代，“门当户对”的婚姻观是否仍如晋唐时那样根深蒂固？小说对当时人的门第观念有无确切的反映？在贾府嫡系继承人贾宝玉的婚姻问题上，“门户”之见究竟有多顽固，又有多大的力量？原著80回后的情节已不可确知，钗玉成婚虽没违原著之意，但是否替黛而嫁则很难说。在宝玉婚姻对象的选择上，有权表态的人很多。亲生父母有权确定：第36回王夫人已暗定袭人为宝玉侍妾，第72回贾政说已为两个儿子看中了两个丫头，备做侍妾；在钗黛的取舍上，王夫人当然更倾向自己的亲甥女。贵为皇妃的大姐元春有权干预：第18回改“红香绿玉”为“怡红快绿”，似有不喜“玉”字的意向；第28回赐端午节的礼，姊妹中独钗玉所得一样；钗黛选择上，元妃取重宝钗的可能性更大些。当家少奶奶凤姐有权建议：老太太、太太一向对她言听计从。而贾府老祖宗史太君更有权定夺：宝玉挨打，王夫人要先拉老太太的大旗来阻拦，贾政也因老太太到来而住手，并跪下赔罪；第29回清虚观打醮，张道士试提亲事，史太君一口回绝；第50回史太君流露出要为宝玉求配宝琴之意，凤姐顺竿子爬猴，要为琴玉做媒，若不是宝琴已先许梅家，琴玉婚事可能当即定下；既如是，钗玉婚姻不失为一种补偿性的考虑，且第22回贾母曾主动出资20两银子为宝钗过生日，看重程度似超过黛玉。

宝玉在贾府中的特殊地位，决定了他的婚姻势必受到多方因素的牵制。但种种制约中，经济的因素究竟占多大的比重，还是一个值得重新审视的问题。第29回贾母曾公开表态，她的选择标准是：“不管他根基富贵，只要模样儿配的上就好……便是那家子穷，不过给他几两银子罢了。只是模样性格儿难得好的。”① 贾母显见没有多少世俗的“门当户对”观念，孙子婚姻的体面与和谐，才是首要的；张道士所言之“聪明智慧，根基家当”，根本不在她的考虑范围之内。元春、凤姐、王夫人甚至贾政，在考虑宝玉的婚姻对象时，不可能不尊重老祖宗的意志；更何况贾母、元春、凤姐并不一定就事先取中宝钗。

从林黛玉实际看，她模样拔尖是毋庸置疑的，性格难说“好”，但最初显现的“尖酸刻薄”一与贾宝玉多情泛爱有关，二与黛玉自幼丧母，产生“欲求不满”、渴求平衡的心理状态有很大关系；随着宝玉的逐渐专一，宝钗的不断关爱，黛玉得到一定的心理补偿，她的人际关系也渐趋平和，性格多了几分柔韧性，宝琴到后，她表现的格外亲切友善活泼亮丽，加之她原有伶俐谐谑之趣，灵慧善良之质，一向喜爱伶俐人的贾母想必不会认定她性格“不好”。所弱者，在黛玉体质；而这，却未为贾母提及。

有人以林黛玉奔父丧之后应带林家全部资产来贾府，作黛玉亦有经济实力的支撑，文本依据似不足。但黛玉是否与宝玉“门当户对”，还是可以推知的。首先，黛玉母亲贾敏乃是贾母最疼爱的女儿，能嫁到林家，则说明林贾联姻本不存在门不当户不对问题。事实上，林如海为两淮盐政官②，“盛时，盐政一年数十万，运司亦一二十万……各省作宦，无两淮之优裕者”③，林如海的年

① 中国艺术研究院红楼梦研究所校注：《红楼梦》，人民文学出版社 1996 年版，第 396 页。

② ［清］吉庆：《两淮盐法志》卷 23《官制》：“两淮巡盐御史：康熙四十三年，户部复准：‘两淮盐课事务，请照江宁、苏州织造郎中曹寅、李煦所请，令其轮流各兼理一年。’”另《关于江宁织造曹家档案史料》所收曹寅《谢钦点巡盐并请陛见摺》言及寅奉旨着与李煦轮管盐务，今又蒙钦点臣寅本年巡视两淮。此即文本所写林如海“钦点为巡盐御史”的历史原型依据。

③ ［清］欧阳兆熊、金安清撰，谢兴尧点校：《水窗春呓》，中华书局 1984 年版，第 77 页。

薪是贾琏想发财数字的好几倍。俞平伯先生以为盐务是最阔之差，远胜京中之破落侯门[①]。据此而言，林家经济基础并不薄于贾家。其次，第25回凤姐善意地开黛玉的玩笑，由“吃茶”引出话题，黛玉先红脸、不语，后骂凤姐“贫嘴贱舌”，并“啐”了一口；凤姐于是指着宝玉道：“你瞧瞧，人物儿、门第配不上，根基配不上，家私配不上？那一点还玷辱了谁呢？”[②] 这里，并不是讽刺黛玉配不上宝玉，恰恰相反，是努力抬高宝玉身价以与黛玉相配的意思。凤姐以善逢迎著称，此处当然有借开玩笑而突出黛玉“娇贵”、有身价，因而讨好黛玉的用意，与第3回以“竟是个嫡亲的孙女儿”来称赞黛玉体貌、第46回以“派老太太的不是”来阿谀贾母“会调理人”一样，是一种“拐弯”逢迎法；以黛玉之灵慧，若凤姐是讽刺，她会生气恼怒，但此处她只是娇羞欲走，有默认玩笑之意；另外，以黛配宝，如果十分违逆贾母意志，凤姐也绝不会当众开玩笑。贾母说她“会说话”、“伶俐过头”，不是虚辞。故从此情节，不能得出宝黛“门第”不配的结论。

从另一种角度看，“门当户对”也未必是贾府中所有人的固有观念。第79回“薛文龙悔娶河东狮，贾迎春误嫁中山狼”，十分醒目地将两桩婚姻悲剧以对举方式推出。贾迎春的婚事出自亲父的选择。在贾赦看来，孙绍祖“生得相貌魁梧，体格健壮，弓马娴熟，应酬权变，年纪未满三十，且又家资饶富”，“人品家当都相称合”，孙贾联姻应是门当户对，并无任何不妥。但他却忽略了一个为贾政看得清清楚楚的事实——孙家“虽是世交，当年不过是彼祖希慕荣宁之势，有不能了结之事才拜在门下的”[③]，本身就

① 参见邓云乡：《红楼梦风俗谭》，中华书局1987年版，第331页。

② 中国艺术研究院红楼梦研究所校注：《红楼梦》，人民文学出版社1996年版，第342页。

③ 中国艺术研究院红楼梦研究所校注：《红楼梦》，人民文学出版社1996年版，第1120页。

带有如孙绍祖自言的“赶势利”的性质；孙绍祖愿意缔结这门亲事，无疑也有攀附高门之动机。但孙绍祖却宣称，贾赦许亲是因为使了他五千两银子，将女儿“准折卖给”他的。果其然否？按孙绍祖为贾赦“世交之孙”计，孙绍祖原低贾迎春一辈，而孙绍祖却声称自已与贾赦一辈，“如今强压我的头，卖了一辈”，如此，则孙绍祖乃有意将自己抬高了两辈，且反过来说贾迎春爷爷“希图上”孙家的富贵，“赶着相与的”[①]：既然能在辈分和结交原因上颠倒黑白，置换因果，当然也可以在是否使了五千两银子的问题上无中生有，混淆是非。这种言行衬托出的，乃是一个品格低劣、面貌狰狞、忘恩负义的无行小人。这是作者按捺不住内心悲愤，在判词和回目中直呼之为“中山狼”的缘由。而悲剧之造成，却直接由于贾赦的昏聩。判词与曲词中的“金闺花柳质，一载赴黄粱”、“觑着那、侯门艳质同蒲柳”，便是在“金闺”“侯门”的出身与受虐致死的结局之对比反差中，揭出这悲剧的惨痛。

薛蟠婚姻从香菱口中叙出。薛蟠看中夏金桂，是因夏家“非常的富贵”，“当年又是通家来往”，夏金桂又“出落的花朵似的”；薛姨妈也认为“门当户对”，便和王夫人、凤姐商议，“打发人去一说就成了”。可是贾宝玉仅仅初次听说，便对香菱的命运有了预感：“虽如此说，但只我听这话不知怎么倒替你耽心虑后呢。”[②] 在香菱，认定宝玉是“有意唐突”，哪里知道夏金桂因为在家“娇养太过”而酿成的“盗跖”性气，给她带来了灭顶之灾！此即所谓“卧榻之侧岂容他人酣睡”。从回目对举可以推知，夏金桂进门不过一年，香菱便受虐致死，“香魂返故乡”。情节至第 80 回时，香菱已“酿成干血之症，日渐羸瘦作烧，饮食懒进，请医诊视服药

① 中国艺术研究院红楼梦研究所校注：《红楼梦》，人民文学出版社 1996 年版，第 1138 页。

② 中国艺术研究院红楼梦研究所校注：《红楼梦》，人民文学出版社 1996 年版，第 1123 页。

亦不效验”①，说明死神已悄然来至身旁；续书却安排夏金桂自食恶果而死，让香菱做了正室，乃是一种庸俗的果报笔法。

另一处被认作“门当户对”的婚姻，在第72回叙出：凤姐的陪房旺儿媳妇为儿子求配彩霞，先自去求亲，遭到拒绝，转求凤姐出面；凤姐以“门当户对”为辞，观望贾琏表态，贾琏于是答应出面作成；贾琏知道了旺儿之子大不成器的行状，本不想给，却已晚了一步，凤姐已先唤彩霞之母说应了。此后没再叙及这桩婚姻如何，但结局是可以想见的：贾琏不肯“霸道”，又重视男方人品，而凤姐却偏行霸道，不问当事人品行，摆的是自己的威风，强撮成此事；有一定才貌、个性，一心想攀高枝，而又深恶旺儿之子为人的彩霞，婚后势必成为“酗酒赌博”、“一技不知”的旺儿之子虐待折磨的对象。如此，则彩霞亦是“薄命司”中人矣。

以上三桩婚姻，都曾被认定为“门当户对”；而最初都有反对或不欣赏的人在。第80回后钗玉成婚是一定的，但缔结的原因恐不能归于贾府寻找经济盟友的考虑。文本显示，晋唐时期那种“不计官品而尚阀阅”的婚姻观念，在清时已逐渐松懈，贵族之家更看重当事人本身的人品；而《红楼梦》作者推崇赞赏的，更是两情相悦、两心相许的自由婚恋观。不仅如此，前代文学中的那种文饰人间惨剧、始厄终亨、扭缺作圆、转悲为喜的婚恋家庭剧传统，在《红楼梦》中都不复存在；所谓的“门当户对”恰恰制造了婚恋悲剧。宝黛之悲应非“门当户对”之悲，当有更为深重复杂的家世与个人原因。

三、朱门只合锁娉婷

“门”意象还与深闺女子的生活方式和情感状态密切相关。

① 中国艺术研究院红楼梦研究所校注：《红楼梦》，人民文学出版社1996年版，第1134页。

《红楼梦》第42回里，因为林黛玉行酒令时说了《牡丹亭》和《西厢记》中的两句词，事后薛宝钗“审问”林黛玉：“好个千金小姐！好个不出闺门的女孩儿！满嘴说的是什么？你只实说便罢。”[①]“闺”，原指上圆下方的小门，《说文》：“闺，特立之户，上圆下方，似有圭。”[②]古代城门近旁有“闺门”，形似城门而小，《荀子·解蔽》：“俯而出城门，以为小之闺也，酒乱其神也。”[③]宫室之中有“闺门”，为内宫小门，《公羊传·宣公六年》：“有人荷畚，自闺而出者。”何休注：“宫中之门谓之闱，其小者谓之闺。”[④]“闺门”后因其位置而被用以指代内室，如枚乘《七发》：“今夫贵人之子，必宫居而闺处。”[⑤]终又专以指称女子居室，女性的生活空间便在这种特指中受到了限制。“闺娃”、“闺流”即女娃、女流，“闺德”、“闺风”即女子的德操、风范；“不出闺门”，是深闺女子尤其是千金小姐的生活常态；谨守闺训、古井无波，是她们必须恪守的行为原则。不出闺门而熟谙闺门之外的男女风情剧曲，说得畅意，不觉忘情，未顾忌场合，确乎有失“闺范”，故而宝钗要“审”黛玉，黛玉回想起来，也羞得满面通红。在宝钗，是欲借此“审”而结好黛玉；在黛玉，是被抓住了要害而乖乖就范。闺门之训，能不谨严吗？

深闺之“门”，在传统诗文中每每出现，象征着深闺怨女对感情的期待与呼唤。门若关闭，往往意味着谨守闺训，拒绝情感的释放；或因感情未了而寂寞深深，哀怨沉沉。期待门之打开，便是期待情

---

① 中国艺术研究院红楼梦研究所校注：《红楼梦》，人民文学出版社1996年版，第567页。

② ［汉］许慎：《说文解字》，中华书局1963年版，第248页。

③ 董治安、郑杰文：《荀子汇校汇注》，齐鲁书社1997年版，第731页。

④ ［汉］何休注，［唐］徐彦疏：《春秋公羊传注疏》，［清］阮元校刻：《十三经注疏》，中华书局1980年影印本，第2279页。

⑤ 《全汉文》卷20，［清］严可均校辑：《全上古三代秦汉三国六朝文》，中华书局1958年版，第237页。

爱有归，相思有偿。其中多半是不能如愿的凄惶与哀伤。“门外柳花飞，玉郎犹未归”①，“寂寞空阶春欲晚，梨花满地不开门”②，“深院闭，小庭空，落花香露红”③，“雨横风狂三月暮，门掩黄昏，无计留春住”④，“欲黄昏，雨打梨花深闭门”⑤ 等，多有“黄昏”、“风雨”、“梨花”、“春晚”、“掩门”诸意象。意象的重叠与共构，传达出的正是相思苦多而孤独无奈的失意情怀。当春而独处，情已寂寞失所，梨（离）花满地又触人伤情，更兼风雨凄厉，春欲归去，这一腔为深院重门围锁住的惆怅哀伤，何计可以消除?!

大观园海棠诗社的吟咏，便着力突出了意味深长的“门”意象。“门”之初出，是很不经意的：首先让毫无诗才的迎春限韵，迎春叫一个小丫头“随口说一个字”，小丫头正倚门立着，便说了个“门”字，之后又随手拿了“盆”、“魂”、“痕”、“昏”四块韵牌。“门”本身是对闺中女儿活动空间的形式限制，作为群芳青春生命的象征的白海棠花亦栽于“盆”——一种更为窄小的生存空间——中，加之“魂”、“痕”、“昏”亦是蕴涵淡淡哀愁与无尽忧伤的传统意象：大观园女儿的情感状态在吟诗之前已被皴染了三分。诗作既成，诗女们不同的情感诉求便借助各自对“门”的主观描述而呈示：宝钗一如既往，因“珍重芳姿”而“昼掩门”，“门”之关掩，是其恪守闺范、克制情感需求、从不释放内心欲望

① ［唐］牛峤：《菩萨蛮》，［清］彭定求等编：《全唐诗》第25册，中华书局1960年版，第10081页。

② ［唐］刘方平：《春怨》，［清］彭定求等编：《全唐诗》第8册，中华书局1960年版，第2840页。

③ ［唐］韦庄：《更漏子》，［清］彭定求等编：《全唐诗》第25册，中华书局1960年版，第10076页。

④ ［宋］欧阳修：《蝶恋花》，陈新、杜维沫选注：《欧阳修选集》，上海古籍出版社1986年版，第231页。

⑤ ［宋］李重元：《忆王孙·春词》，唐圭璋编：《全宋词》第2册，中华书局1065年版，第1039页。

的象征，与“自携手瓮”时之低眉款步、“不语婷婷”之含蓄矜持浑然一体，表现出豪门闺秀端庄冷凝的风姿；而林黛玉却是“半卷湘帘半掩门”，“门”之半开半掩，与湘帘之“半卷”，都相当精妙地传达出潇湘妃子对情爱的期待与呼唤，其中盈动着一个才情横溢的闺中怨女的默默娇羞，在冰土玉盆、雪蕊花魂之中，独立西风的倦影和寂寞难慰的啼痕恍惚如见。钗黛两种不同的生命精神于此宛然呈现：一个崇尚淡泊无欲，内心了无愁痕；一个追慕自然情性，毫不掩饰深闺愁怨；那一个十分注重自己的世俗身份，这一个却热切倾诉自己的脱俗性灵。李纨评价钗黛诗风是“含蓄浑厚”和“风流别致”的不同，已明显感受到两人情感状态的在在有别；脂砚斋评说宝钗之诗是“自写身份”，黛玉之诗“不脱落自己”，亦揭明了作者潜伏于诗词设计中的高妙的叙事策略。

探春和宝玉眼中之“门”，皆为“重门”，然其意蕴却有差异：身为女子而空有抱负、不能走出家门去立“一番大事业”，是探春最大的人生憾恨，故而对贵族深宅的重重院“门”最有感触，深带斜阳寒草之不尽忧伤；在有限的空间内，亦要振发玉精神，作多情的黄昏之咏。宝玉却最喜在内闱厮混，对修身立业、光耀家门毫无兴趣，虽身处重重院门之中，不仅没有受困之惑，反生悠然自如之情，故而能以恬静愉悦的心境，描摹白海棠花那映照“重门”的玉魂冰影、浅淡秋容。两个“重门”意象，实蕴涵对比性的情感差异。

史湘云两首诗中的“门”意象，自成一组对比：其一，“都门”本指京都城门，后代指京都；诗谓白海棠花乃神仙降临京城时所种的一盆蓝田玉，起句凌空而下，气势不凡，加之霜娥与倩女身影的飘忽叠印，“何方雪”与“隔宿痕”的时空交错，共构了此诗洒脱俊迈的豪情；诗末以不倦吟咏来消弭花的寂寞，更荡漾着一种英爽之气。其二，“萝薜门”乃是花草茂盛、藤蔓缠绕的寒微蓬门，白海棠花的孤洁姿影置此情境，平添若许悲愁；风中烛泪点点，月下花影憧憧，诗人的无限幽情无处倾诉；“也宜墙角也宜盆”，是白海棠花随处种植皆得存活、湘云自己随处而安之境遇的真实写照。“都门”与“萝薜门”意象设置的不同，规定了二诗情调的差异：一英爽俊迈，一缠绵哀伤；一为“喜”吟，一为“悲”诉。这是史湘云生来“英豪阔大宽宏量”，终久“云散高唐，水涸湘江”之坎坷人生的情境缩微。故脂砚斋评湘云诗“不脱自己将来形景”。此亦寓叙事功能于诗作设计之一例。

“门槛”，是门框下端的横木，其实际用途是分隔门内与门外、室内与室外，如第1回霍启将英莲放在一户人家的门槛上坐着，回来却不见了英莲；第7回丫鬟丰儿“坐在凤姐房中门槛上”，见周瑞家的来了，忙摆手让她往东边屋里去；第22回宝玉“刚到门槛前”，便被黛玉推出门来；第24回红玉梦中“急回身一跑，却被门槛绊倒”；第28回“凤姐蹬着门槛子拿耳挖子剔牙，看着十来个小厮们挪花盆”，“林黛玉蹬着门槛子，嘴里咬着手帕子笑”；第29回“那些丫头们天天不得出门槛子，听了这话，谁不要去”①等等。“门槛”不仅伴随着书中人的动作情态出现，而且还做了内闽与外界、真境与幻情的一个分隔物。

“门槛”意象的内蕴不止于此。《红楼梦》中贾府停灵之所，名曰“铁槛寺”，连同“馒头庵”，皆取意于范成大诗句“纵有千年铁门限，终须一个土馒头”②，意谓纵然有千年不坏的铁门槛，也无法遏制死亡的降临，最终都将归于坟墓之中。秦可卿与贾敬死后皆停灵于铁槛寺，秦氏“情天情海幻情深”，因情生幻，过早

---

① 中国艺术研究院红楼梦研究所校注：《红楼梦》，人民文学出版社1996年版，第107、296、332、379、390、392页。

② ［宋］范成大：《重九日行营寿藏之地》，全诗为：“家山随处可行楸，荷插携壶似醉刘。纵有千年铁门限，终须一个土馒头。三轮世界犹灰劫，四大形骸强首丘。蝼蚁乌鸢何厚薄，临风拊掌菊花秋。”［宋］范成大：《范石湖集》，上海古籍出版社1981年版，第390页。

地跨越了生之门槛，走向了幻灭；贾敬因追求超生，反而葬送了有限的今生，亦归于坟土。生命与情欲是何等的惬意，而死亡却又是何等的冷寂。“门槛”作为生与死、永恒与幻灭的连接点，极富警醒人心的意味。世间扰扰之人，如何不能堪破玄黄，超脱于生与欲之外呢？小说于是借助邢岫烟之口，道出妙玉（也意味着作者）的警策之言：“古人中自汉晋五代唐宋以来皆无好诗，只有两句好，说道：‘纵有千年铁门槛，终须一个土馒头。’所以他自称槛外之人。”① 妙玉以“畸人”对“世人”，以“槛外人”对“槛内人”，自谓蹈于铁门槛之外，不受世间尘俗之扰；因此“铁门槛”隔开的，是尘世与神界。

宝玉所作“访妙玉乞红梅”诗，便写到了唯“蓬莱仙境”方能有的“槛外梅”意象：“槛外”之“梅”，无疑有喻示“槛外人”妙玉精神特质的艺术功能；而宝玉听从了邢岫烟的建议，自称“槛内人”，便与妙玉形成了特殊情境的对比。宝玉乞梅，似象征某种情感的期待与祈求；妙玉赠梅，则象征她心底情愫宛然。这说明妙玉虽追求青灯古佛旁的冷寂生涯，却究竟尘缘未了。宝玉往返于“槛内”（俗境）、“槛外”（仙境）之间，意味着宝、妙虽是仙凡路隔，却有着性灵世界的彼此沟通与纵向的命运置换。人多谓妙玉的现在是宝玉的将来，“门槛”一物，便这样巧妙无痕地绾结起仙与凡、幻与真、空与色、神与俗两种绝然对立的世界。

与“门槛”意象密相关联的，还有第17回众人所见“雕甍绣槛”，第18回贾妃眼中“金窗玉槛”，第23回宝玉诗中“玻璃槛”，第37回探春书信中“桐槛”，第50回宝琴诗中“曲槛”，第76回湘黛联句中“倚槛”等。诸意象无不展示金门绣户之内，贵族公子小姐豪奢闲适的生活常景。而这一切，皆出于“槛内人”

① 中国艺术研究院红楼梦研究所校注：《红楼梦》，人民文学出版社1996年版，第876页。

的痴迷虚妄。《红楼梦曲》“飞鸟各投林”道是：“看破的，遁入空门；痴迷的，枉送了性命。”[①] 执著于“槛内”的生命景观，便是看不破；看破槛内万般色相，便只有预先入彼空门。如果说宝玉《访菊》诗“霜前月下谁家种，槛外篱边何处秋”[②] 之句，还只是一种兴味盎然的迷惘之情的话，那么《芙蓉女儿诔》中“艳质将亡，槛外海棠预老”[③] 之语，则已是“槛内”生命无常、青春悄然枯萎、情缘难再的悲剧之预写！

何事空门亦有关？妙玉因自幼多病，到底“亲自入了空门，方才好了”[④] ——世上万般，好便是了，了便是好；若不了，便不好，若要好，须是了：妙玉“云空未必空”，最终还是未能“了”。柳湘莲冷情，亦入空门——不知究竟“了”了未了。宝玉多情，后经种种情感创伤，于世俗间情缘难了，终将遁入“空门”，作一无情之僧。续书所写，不违原著本意。一生几许伤心事，不向空门何处销？“空门”，已然成为曹雪芹表达某种情感心态的象征符号。不过，妙玉置身槛外却心往槛内，为“情僧”时的宝玉又怎能真正超越生死情欲，忘情于世间尘缘呢？这正对应了一句话：世上事法无定法然后知非法法也，人间情了犹未了何妨以不了了之！作者如系“了却尘缘”之人，又如何能挥洒出这一篇情未了的“好了歌”？

① 中国艺术研究院红楼梦研究所校注：《红楼梦》，人民文学出版社 1996 年版，第 86 页。

② 中国艺术研究院红楼梦研究所校注：《红楼梦》，人民文学出版社 1996 年版，第 510 页。

③ 中国艺术研究院红楼梦研究所校注：《红楼梦》，人民文学出版社 1996 年版，第 1111 页。

④ 中国艺术研究院红楼梦研究所校注：《红楼梦》，人民文学出版社 1996 年版，第 234 页。

四、侯门深深深几重

从前80回的描写来看，贾府如当时其他侯门一般，对于“门”的设置和礼仪是十分讲究的。到了后40回，这一情势出现了迁移。第82回贾政、贾赦送二位太监出“大门”，第110回贾母逝去，贾府理丧，故“大门”“扇扇大开”，第97回薛宝钗嫁进贾府，“大轿从大门进来”，这些自属正理。但贾薛联姻，贾府“过礼”时，凤姐却吩咐周瑞旺儿“不必走大门”，而从园里“便门”送去，似乎与贾府应有的仪礼规矩不合。薛家住处乃是独门独户[①]，自成一统，“过礼”大节不出入“大门”合乎礼度吗？此“便门”当指园中通薛家住处之小角门，殊不知薛宝钗在抄检风波之后，为避嫌疑早已找借口搬出园去，并借机关闭这小角门，这在第78回薛宝钗对王夫人的一番托词中已明显表露。难道为“过礼”而特意又重新打开这角门吗？即使为了简便不声张，尤其不想让潇湘馆的人得知消息，贾府“过礼”更应该自荣府大门出，从薛家住处之通街大门送进，而不是其他小门，更没必要穿过大观园。这对于讲究行经路线的贾府而言，实在是一失礼。又第104回写“贾芸近日大门竟不得进去”，亦不太合式。难道往日贾芸总是正规从大门进府的吗？对照前80描写可知非也。第24回贾芸因贾琏门路走不通，打听贾琏出了门，便径往贾琏院门（非荣府大门）前来，寻机接近凤姐，送礼说话；“至次日来至大门前”，并不是要从“大门”进府，而是想装成偶遇凤姐的样子，哨探前一日送凤姐礼的效应，故而写他“可巧遇见凤姐”出门；第37回贾芸献白海棠花请安，在大观园“后门只等着”，怕天热不便，只叫一婆子送进来；平日贾芸带领花儿匠进大观园种植花木，不用说是从大观园后门（而绝非荣府大门）进出的了。故写贾芸进“大

① 薛家原住梨香院，第17回因备省亲将梨香院腾挪出来教演女戏，薛家于是另迁于东北上一所幽静房舍居住。

门”无由。这些描写至少说明续作者缺乏贵族深宅的生活体验和续貂时的精细笔力。

对此，我们可列出一些旁证。前80回中，“门”字出现较多的数回，如第3回29次、第17回22次、第41回18次、第53回23次、第71回22次等，对进出何“门”，“门”之大小、样式、部位，以及与“门”相配的人之姿势情态，都有详尽的描写，前如正门角门、前门后门、大门二门三门仪门、篱门柴门山门庵门、月洞门穿堂门聚锦门夹道东门、门框门斗门槛门楼，后如第21回“宝玉叉手在门框上拦住”林黛玉，第28回“林黛玉蹬着门槛子，嘴里咬着手帕子笑”，第36回“凤姐把袖子挽了几挽，跐着那角门的门槛子，笑道”，第74回探春“命众丫鬟秉烛开门而待”……诸般皆如作者亲见亲闻，体贴至此。第53回“宁国府除夕祭宗祠”，写两府都换了“门神”，新油了“桃符”，反映出自汉而有、清时尤然的年节民俗。前80回对日常贵族生活的描写之细致真切一至于此。比较后40回中，“门”字用的较多的是，第83回23次、第93回33次、第111回35次、第112回36次、第119回25次，除了偶尔提及“二门”、“后门”、“腰门”、“房门”外，其余大多是泛泛叙及“门”，对“门”的样式、状态几乎没有涉及，而且似乎什么人都能来到“门”前或进到“门”内，原有的那种壁垒森严的“门”仪制度、贵族深宅的谨严气象，在后40回中都消失不见，各“门”的地理概念相当模糊；涉及人时也只是“拍门”、“打门”之类简单的动作，极少对门内外人物的动作、情态作合度的想象。前80回与后40回非一人所作，续作者生活体验的缺乏与想象力的贫弱，于此可见一斑。

对“门”的设置与描写，反映出作者的生存背景、文化观念与学识修养。如“衙门”一词，在前80回中仅出现4次，在后40回是高频用词，共出现48次；“门杯”、“门酒”共用了8次，全在前80回；在“守门人”的意义上，后40回用到“门上”一词

40次，“门下”1次，前80回多用“门下”，竟无一次单独使用“门上”，而多与他词连用，如“二门上小厮”、“到他门上”等，且多用在刘姥姥一进荣府时；前80回使用的“金门”、“豪门”、“寒门”、“柴门”、“侯门”等语词，在后40回无一出现；前80回3次用到“门路”，后40回中凡“门路”之意俱作“门子”，分见第88、92、99回。这些是否说明，续作者是一位生活中常与衙门打交道、很少有宴聚闲情、对豪门家奴取仰接视角、而绝无豪门生存体验的中层士子？

又如在“嫁出门”、“娶进门”意义上的“出门”、“进门”以及“过门”、“入门”四词，使用亦异：前80回使用“过门”7次，分见第3、64、70、78回，“入门”2次，分见第4、79回，“进门”2次，分见第46、67回，“出门”2次，见第71回，其余凡用“进门”9次、“出门”45次，“上门”2次，“串门”1次，其“门”皆是在“宅院之门”的意义上使用的；后40回中，嫁娶意义上之“过门”11次，“出门”7次，“进门”1次，进出家门意义上之“出门”13次，“进门”1次。两种意义之“门”的使用率为：前80回13比57，后40回19比14，频率差异十分明显。

凡此种种，不仅反映前80回与后40回用字习惯很不一样，前后当非一人所作；且从“门上”与“门下”的用频前后相反、“衙门”在后40回用频极高、“门路”与“门子”前后绝不交叉、“门杯”“门酒”“金门”“豪门”“侯门”等词之使用前有后无等情况来看，前80回作者出身豪门而后40回作者出身绝非豪门是毋庸置疑的了。从用字习惯来探讨前后部的作者问题，笔者得出的结论与一些学者所得正好相反①。

“门”之一物，牵动多层文化历史的内涵。穿越小说文本之重“门”，索求其内的种种文化蕴涵，是本章的出发点和最终指向。

① 瑞典著名汉学家高本汉曾用这种语言学统计方法，研究得出前后部系一人所写的结论。参见赵冈、陈钟毅：《红楼梦新探》，文化艺术出版社1991年版，第289页。

第十章 传神文笔足千秋

《红楼梦》是中国古典小说发展史上的一个艺术巅峰，它较早以《脂砚斋重评石头记》的题名面世是在清乾隆甲戌年（1754）；霍桑（Nathaniel Hawthorne，1804—1864）的《红字》是美国浪漫主义小说中最有声望的权威作品，问世于1850年。两部小说诞生于不同的国度，且前后相距近100年，所叙述的主体事件和所表现的中心题旨各不相同，而且《红楼梦》一向被视为中国古典小说中最伟大的一部现实主义的杰构，而《红字》则被视为美国第一部象征主义小说，它们既无时空的接触关联，也没有任何迹象表明其间存在着某种文学的遗传关系，其间存在着巨大的歧异。倘若加以比较分析，则可发现其间蕴涵着文学现象和文学观念的诸多共相因素，即二者都成功地运用了丰富的“象征”手法，借助一些具体而微的文学意象，来表达作者所要表现的某种感觉、情思、意志或观念。本书试以美学批评为基本的立场方法，以象征意象为考察的出发点，对这两部小说作初步的平行研究，以寻求其中含有的审美趣味和价值取向。

将《红楼梦》和经典的象征主义小说《红字》作比较考察，很容易发现两者间的亲和点。在运用意象来作象征的载体时，两书皆发掘其象征意涵的多义性和系统性，使得一个具体而微的意象挥发出丰富饱满的文化能量，恒远地充实着读者的审美感受。

一、单一意象的多元意涵

如前所述，《红楼梦》中“通灵宝玉”在书中反复出现，成了表现作者主观意念的道具和符号。《红字》中也有一个重要的饰物，它在小说中反复出现，贯穿全篇，这就是女主人公海丝特·白兰胸前始终佩戴的那个鲜红的字母“A”。当她第一次出现在小说中时，“在她衣服的胸部，现出了A形的字，那是精美的红布制成的，四周有金线织成的细工刺绣和奇巧花样。这个字做得非常地雅致，具有丰富华美的想像力，真成了她所穿的衣服上的最完美的装饰”①。

倘若细加比较分析，则可见出，鲜红的“A”字和红润的“宝玉”一样，都具有多元性的象征意涵。海丝特由于犯下“通奸罪”而又坚决不肯“服罪”，而被判处佩戴“A”字的惩罚。“A”字此时是“通奸”（Adultery）罪恶的标志，是耻辱的象征。这一艺术选择，有其深厚的历史现实生活的依据。《红字》虽问世于1850年，故事发生的背景却是1650年前后的波士顿，当地居民是1620年至1630年来此定居的第一代移民，他们是在英格兰故土受詹姆斯一世的迫害而怀抱创建人间乐土的理想来到新大陆的清教徒。一旦定居下来，他们就忘记了曾有的经历，转而利用手中的权力对一些“罪人”和“异教徒”进行严厉的惩罚。在《红字》的“序言”中，霍桑以写实的手法介绍了那一特定历史时期当地的一些刑罚手段，如抓住偷窃者便在他的前额烙上一个字母“T”（Thief）；酗酒者胸前要挂上有“D”（Drunkard）字的牌子；若是通奸者，则必须佩戴“A”字。因此，当海丝特佩着“A”字走出狱门时，在围观的清教徒及镇民们的心目中，它意味着深重的罪孽；而海丝特尽管也有一种负罪感，却始终不肯为求得减轻刑法而透露情人的名字，故而这“A”字，又何尝不是她的情人亚瑟（Author）的一个象征呢？人类始祖亚当（Adam）不也曾犯下原罪吗？海丝特一出场就承受着屈辱的重负，但她却表现得异常平

① ［美］霍桑著，侍桁译：《红字》，上海译文出版社1982年版，第6页。

静和高傲，似乎这“A”字给予她的不是惩罚，反倒是精神上的慰藉和力量，“她闪现着非常美丽的光，简直使那围绕着她的不幸和罪恶结成一轮光圈”[①]。此后她虽然离群索居，默默承受着孤独（Alone）的痛苦，却以百倍的毅力和辛勤，独立担负起养育女儿的责任，并出于美好善良的天性去帮助镇上那些遇到困难的人们。随着时间的流逝，人们开始淡忘那“A”字的原初涵义，而渐生对海丝特的由衷敬意，于是“A”字的象征意涵便发生了嬗变，延伸出“能干”（Able）和“令人敬佩”（Admirable）的内容了。海丝特不但生前不肯离开情人所在的教区，死后也埋葬在他的身边，墓碑上还醒目地镌刻着鲜红的“A”字。这表明，海丝特实际上将这屈辱的标签变成了爱、坚韧、毅力、忍辱负重等精神品格的徽章，将它融入了自己的生命之中，最后竟成了“天使”（Angle）的化身。

与此相类，《红楼梦》中的通灵宝玉也具有多重的象征意涵。贾宝玉衔玉而生的情节，为主人公创造了来历不凡的神秘色彩，带有几分民俗学的文化意味。宝玉衔玉而生，带有含玉而殁、衔玉转世的民俗色彩。通灵玉背面镌刻着“一除邪祟，二疗冤疾，三知祸福”等字样，也反映出古代人看重“玉”的神秘力量的文化心理。准此而言，“玉”的情节设计，深植于中国古代民俗文化传统的土壤之中。而通灵玉仅为贾宝玉所独有，成了他的“命根子”，这就好比玉玺是封建帝王君位、君威、君权的象征物一样，“玉”成了主人公身为荣府嫡孙的贵公子地位及其特权的物化。（西语中也有相类的比拟：Born with a silver spoon in one’ smouth. 意思是“衔银匙而生”，象征“生于富贵之家”。两者可谓异曲而同工。）“玉”本是“石之美者”，曾经受到女娲的锤炼，奠定了“通灵”的慧根，大荒山无稽崖青埂峰下的静卧，又使它独得天地

① ［美］霍桑著，侍桁译：《红字》，上海译文出版社 1982 年版，第 7 页。

山川日月精华之气，故幻化为美玉下凡为人。曹雪芹的这一神话设计，赋予了“玉”以天石的坚顽与灵玉的颖慧，象征着主人公来自自然的纯真情性和灵慧天赋。随着贾宝玉人生历程的展开，他对自由、平等人格的追慕，对不幸少女的尊重和同情，对仕途经济的憎恶厌弃，都构成了他超凡拔俗的精神品格；尤其是对优秀少女林黛玉的尊崇、爱慕和互为知己，更使这一形象焕发出明灿亮丽的“玉”的辉光。“宝玉”一词又有“以玉为宝”、“宝爱此玉”的意思。这里便伸发出如下的解读：宝玉形象宜当令人珍爱，是“将欲得者尽皆宝爱此玉之意也”；宝玉对自我人格的珍爱，对黛玉品格的推崇、对知己之爱的珍视，亦如宝爱美玉一般。因此，“玉”代表着清明亮丽的精神品格、纯真美好的生命情感，象征着作者“如玉如莹”的审美理想。故“玉”又是诗意化的、生命化的。金玉姻缘的成就，反映了“玉”的象征意涵中世俗化功利化的一面，意味着神的意志和家长的权威对自然美好天性的压抑和毁灭。

从主人公与周围人的关系上看，两部小说的意象也都横向展开了它们层次丰富的象征内涵。“A”字是海丝特的有形的佩物，同时也是亚瑟·丁梅斯代尔胸口上的一个无形的烙印。丁梅斯代尔始终没有勇气公开承认自己是“奸淫”罪的同谋犯，而加尔文教的教规却又不断地借助他的自省与自虐折磨着他的内心，侵蚀着他的肉体，齐灵窝斯又以窥探和报复啮噬着他的灵魂，使得他七年中竟没有片刻的安逸与平静。当他和海丝特在森林中相遇，小珠儿请求他和她们一齐面对世俗人众时，他畏惧不前；而当他夜登刑台寻求自惩时，恍惚看见一颗流星用光芒在夜空中划了一个暗红色的“A”形的轨迹，这意味着他精神上的巨大痛苦。可是这一幻想并未让他的心灵稍假宽释，最后他还是当众宣布了自己的“罪过”，并袒露了前胸。那儿究竟有没有烙上鲜红的“A”字？霍桑并不着意于清楚的描写，而仅是在有意无意之间传达出那一种感受：丁梅斯代尔的心中一直有一个滚烫的“A”字。此外，对于小珠儿而言，她既是生身父母罪恶的证据，也是他们爱情的结晶，因此当她还是海丝特怀中的婴儿时，便成了耻辱和爱情的双重的活徽标。海丝特为她缝制了一件鲜艳华美的红色天鹅绒裙衫，当她穿上并如精灵一般跳动于母亲的前后左右时，仿佛是一个鲜活灵动的红“A”字。而在她眼中，“A”字就是母亲的象征，一旦海丝特摘下红字，她便不肯和母亲相认；红字是她诞生的根源和生命的凭藉，她由此得到感应，而下意识地亲近她的生父。在森林中，她模仿母亲胸前的装饰，用鲜绿的草叶编成了“A”字作为佩饰，这喻示着她野性充盈、生机盎然，精神品格鲜洁清新。有丁梅斯代尔和小珠儿的行为动机与外在表现，“A”字便延伸出它多维的生命向度。

比较可见，鲜红的“A”字和红润的宝“玉”，都是作为一件饰物出现，都是作者在创作之始呕心沥血选择的一个寄寓作家观念与作品题旨的简单而精妙的意象，都有其坚实而深刻的历史文化依据；在披示主人公身份、推动人物命运的情节进展中，都逐一呈现其内在意涵的多重变化。其最初涵义随着故事的展开都逐渐迁移、嬗变或是不断充实，纵的伸展和横的沟连错综交织，在佩戴者和相关人物之间结成意象的多层面内涵，完成了意象象征的多元化建构。通过象征，小说真实地再现了社会历史现实，精妙地描写了人物形象隐秘的精神世界，诗意地传达出他们灵魂的颤栗。

《红楼梦》与《红字》中作为象征载体的意象，皆有多义性、隐寓性的特点。红色的“A”字与红色的宝“玉”，所蕴含的意义层面丰赡，甚至还有未经发掘的、超出作者主观设计的部分；它们也因此而具有模糊性的特征。王国维以“玉”为“生活之欲”的代表，叶嘉莹则以之为“本可成佛的灵明的本性”①，皆由于此。

① 叶嘉莹：《王国维及其文学批评》，河北教育出版社 1997 年版，第 160 页。

所以，当我们自以为已经解析清楚之时，这些意象也很可能仍藏有一些意味深长的东西。而我们的解读，又并不是任意的比附；作者于意象的营造之际，已多方喻示或埋下伏线，使意象均有较为明朗的意义指向。《红字》因为是英文写作，“A”字所指在小说中通过 Adultery、Able 等语词的形式而得以凸现；《红楼梦》却含蓄得多，隐晦得多。这也是学界对“玉”的解释歧见纷呈的重要原因。

二、多重意象的网状象征

不止如此，两部小说还展现了多层面意象的丰富性内涵。《红楼梦》开篇的神话，是象征系统的一个组成部分。灵河岸边神瑛侍者和绛珠仙草的神话，既定下了贾宝玉日后尊崇女儿、甘为少女役使的个性基调，也渲染出林黛玉一生为爱情而珠泪盈盈、泣血而亡的悲剧气息：“神瑛”即是神性已通的美玉，“绛珠”乃是林黛玉一生血泪幻化而成。青埂峰下的顽石，喻示贾宝玉“情根”不泯、坚顽不改的合乎自然的可贵品行。而顽石自青埂峰出发，下凡历劫，度过短暂而痛苦的红尘生活之后，又复归大荒山无稽崖，构成全书的一个叙事大框架，并酿就全书的浪漫氛围。与“大荒山”意象对应的是“大观园”，众多少女在其中起居、吟咏、围棋、斗草、作画，青春生活亮丽多彩，一如娇美芬芳的春花，最后却死的死，散的散，飘零红尘，竞相演出各自的人生悲剧。这样的命运好比园中那些随风而逝的桃花，谁也逃不脱被埋葬的结局。从这个意义上说，“大观园”犹如一座放大了的“埋香冢”，虽曾盛装过众芳生命的艳丽，最终却将她们幻化成寂寞的尘埃。“大荒山”、“大观园”和“埋香冢”，在空间对应的意义上指破了生命的虚幻，具有哲学的深刻和无奈。

另外，在大观园中，贾宝玉和众女儿各自拥有一处个性色彩浓郁的住所，其景致特点也无不具有象征意味。怡红院内是“蕉棠两植”，花红叶绿，鲜润灿丽，卧室内又弥漫着一股脂粉气，这些都象征贾宝玉怡红尊红、情感鲜亮、温和泛爱的性格特质；潇湘馆内千百竿翠竹遮映，清新挺拔，绿意悠然，卧室内满是书卷气，这些意象与林黛玉清新自然、才情飘逸的气质韵味宛然契合；牵藤引蔓、冷而苍翠的蘅芜苑及雪洞一般的卧室，只能成为居住者薛宝钗情感世界的象征；而秋爽斋院中芭蕉的舒展和室内笔砚的繁多，显示的是探春高雅洒脱的书生意气。园中诸处原为元妃省亲赏玩游乐的需要而设计，事后分派给众女儿居住，其意象氛围与各人的内在气质性情一一妙合，这自然是作者的一种超越现实的象征化的叙事谋略。

园中还有一道清亮流芳的脉流，名唤“沁芳泉”，因两岸花繁柳郁，花片柳色使它成为园中清香弥漫、清波荡漾的洁净之地。联系到主人公“女儿是水作的骨肉”等名言来看，曹雪芹无疑是将这道清流作为青春芳馨的少女生命来象喻的。大观园中的一花一草、一水一木，往往成为众少女的一种感受、一段思绪、一份心情的具象。由于渗入了若许的精神品性，并与人的性格命运相始终，这些自然物象便交错为一道道人文景观，构架了小说象征意象的幻动网络。

在《红字》中，霍桑也设置了一系列自然景象，赋予它们以神秘的象征意涵，构成小说网状的象征体系，将整部小说巧妙地编织在一起。小说开卷所写，便是新殖民地的开拓者们在创业之始修建的监狱。霍桑把监狱景象与氛围描写得阴森可怕，因为它象征着“文明社会的黑花”[①]，故而呈现出一片晦黯杂乱的色调。然而在监狱门限边的杂草当中，却盛开着一丛鲜丽耀目的玫瑰花，它象征着人类原初的自然欲望和顽强的生命力。无论监狱多么严酷可怖，但美好的人性仍然压抑不住，如野花一般怒然绽放。和

① ［美］霍桑著，侍桁译：《红字》，上海译文出版社 1982 年版，第 2 页。

“绛珠仙草”是林黛玉以血泪凝铸爱情诗章的灵魂的象征一样，这丛野玫瑰其实也是海丝特以爱情和坚忍奏响生命乐章的精神的象征。狰狞恐怖的监狱与芬芳妩媚的玫瑰的对比，反映了人为的阴暗的刑法和自然的灿丽的情致之间的对立与冲突。与此相呼应，小说的结尾，是海丝特墓碑的铭文：“一片黑地上，刻着血红的A字。”霍桑同样以这片土地的黝黑喻示殖民地政教合一的精神统治的黑暗，“A”字的血红似乎在向世人宣告：海丝特以她的坚韧、善良、能干赢得了大家的尊重；而她生前既不离所爱者的教区，死后又陪伴在所爱者的身边，这诚挚的行为使得她对丁梅斯代尔的爱焕发出合乎人性的美丽的辉光。圣洁代替了耻辱，生命的法则战胜了精神上的刑罚，“A”字于此成了圣洁的徽章。结尾的一黑一红与开篇的一黑一红，意象的设置形成了两两对立、遥相呼应的开合之势，与《红楼梦》顽石、绛珠神话于全篇的结构意义相仿，构成了《红字》意象叙事的大框架。

此外，《红字》中的刑台象征着清教社会残酷的法典。海丝特抱着小珠儿走上刑台，接受牧师的讯问和清教徒们的谴责。丁梅斯代尔夜登刑台，在神思恍惚中似乎牵着海丝特和小珠儿在向世界忏悔。他本想藉此舒展自我心灵的皱褶，但夜晚却遮蔽了忏悔的意义；他必须在白天登上刑台公开“认罪”才能获得内心的赦免。而当他这样做时，却因心力交瘁猝死在刑台上。与冷酷刻毒的刑台相对立的，是镇外不远的森林。那里既是女巫聚会、幽灵出没之地，也就成了邪恶世界的象征；同时它也代表野性未驯的大自然，象征着人类自由的精神园地。因为在这里，海丝特终于有勇气摘下那“A”字扔在一边，她重新变得年轻美丽。她开始和丁梅斯代尔商量逃离此地，摆脱清教法典的迫害，这时，大自然作出了生动的回应：“上天……贯注着一道强光，每一片绿叶都欣欣向荣，枯黄的落叶变成金黄色，萧瑟老树的灰色树干也闪出亮光。”①

① ［美］霍桑著，侍桁译：《红字》，上海译文出版社1982年版，第151页。

在森林中间，有一条清亮的小溪蜿蜒流淌，那是小珠儿的象征。它从森林深处流动而出，仿佛没有源头，意味着小珠儿不知自己生命的源泉来自何处；它的清澈闪亮，象征着小珠儿的纯真自然、活泼灵动；当海丝特摘下A字并呼唤小珠儿时，小珠儿呼喊着，跳着，坚决不肯跨过这道小溪和母亲相认，这表明小溪成了真诚的天性和被异化了的心灵之间的分界线。另外，小说还经常用一道光、一只鸟、一朵花、一个跳动的小精灵，来象征小珠儿。

可以看到，两部小说的象征都不是单一的意象显现。作家对花叶草木水光山色等意象都有其一定的选择和营构，书中凡所涉及，皆非平淡浅显，而都有某种特定的意涵；它们不仅彼此之间起伏呼应，意味深长，而且与中心意象也发生着或疏或密或远或近的联系，形成意象象征的系统性。在这网络般的象征系统中，森林沉默，溪流欢悦，花叶流光，中心意象红A与红玉重叠显现。在光色陆离的梦幻境界里，象征的魅力呈多层次立体化的展开，有如后世象征主义所形容的那样，成了“象征的森林”。

三、东西共通的象征思维

象征（Symbol），在古希腊语中的原义，是“拼凑”、“类比”，指“把一块木板分成两半，双方各执其中的一端，以表示衔接”的信物，后渐演变成“以一种形式当作概念的习惯的代表”；这种形式和概念之间存在着“类比”性的联系。在中国，“象征”之意最早见于《易经》中的《系辞》：“圣人立象以尽意……象其物宜，是故谓之象。”① “象也者，像此者也。”② 借助“象”来丰

① ［汉］王弼注，［唐］孔颖达疏：《周易正义》，［清］阮元校刻：《十三经注疏》，中华书局1980年影印本，第82－83页。

② ［汉］王弼注，［唐］孔颖达疏：《周易正义》，［清］阮元校刻：《十三经注疏》，中华书局1980年影印本，第86页。

富地喻示“意”，其间的桥梁在于“象”与“意”之间的“像”，即两类事物之间的类似、相像；而所取之“象”是“近取诸身，远取诸物”，“其称名也小，其取类也大”，目的在“以通神明之德，以类万物之情”①。这种“像”，在后世被转述为“比”，即“以彼物比此物”，或“比方于物”②；刘勰（约465—约532）亦说是“写物以附意，扬言以切事”③；钟嵘（466—518）解“比”为“因物喻志”④。在西方，黑格尔的表述是：“在象征里应该分出两个因素，第一是意义，其次是这意义的表现。象征艺术的意义和它的表现的联系是一种完全任意构成的拼凑，或者说遥相呼应。”⑤ 黑格尔所说的两个因素，即是指作为象征载体的客观物象和作家所要表达的某种观念性的东西。东西方相类相通的象征思维，皆表明“象征”是联结“象”与“意”、形式和概念、物象和情思的一种手段。具体地说，意象是作品文本结构中最小的材料单元，运用得当的意象，不仅融入文学作品的整体血肉之中，而且往往成为作品文学体系的闪光点，成为作者表达某种情思的精妙载体。而象征则是运用某一具象来类比、代替或隐喻某种情志或观念，它是一种文学表现手段，可以使抽象的情思具象化。象征所借助的形式载体，可以是某个具体的事物、细节、人物、动作，或是地点、氛围甚至气候等一些道具式的背景系统；因为它表示某一“符号”与符号所代表的情思之间的关系，所以往往是通过隐喻或转喻来完成的。意象既可作为描述的实体存在，也

① ［汉］王弼注，［唐］孔颖达疏：《周易正义》，［清］阮元校刻：《十三经注疏》，中华书局1980年影印本，第88、89、88页。

② ［汉］郑玄注：《周礼·大师》，［清］阮元校刻：《十三经注疏》，中华书局1980年影印本，第796页。

③ 王运熙、周锋：《文心雕龙译注》，上海古籍出版社1998年版，第324页。

④ ［梁］钟嵘：《诗品序》，郭绍虞主编：《中国历代文论选》，上海古籍出版社1979年版，第309页。

⑤ ［德］黑格尔：《美学》卷2，商务印书馆1979年版，第20页。

可作为隐喻的借体存在，一旦它在作品中作为某个隐喻符号多次出现，实际上便成为象征的载体。“意象不仅仅是一种观念，它是熔合在一起的一连串思想或思想的旋涡，充满着活力……人们在获得意象之后，便不再将它同装饰品放在一起。”① 意象和象征之间存在着如此紧密的联系，“一个意象可以被转换成一个隐喻一次，但如果它作为呈现与再现不断重复，那就变成了一个象征，甚至是一个象征（或者神话）系统的一部分”②。《红楼梦》和《红字》中的宝玉、A 字，花草、树木、溪流、星光，皆可作如是观。这些意象“本身已不再是陈述命题的装饰品，而是凝缩的意义本身”③。从本质上说，象征又是“双关的或模棱两可的”④，具有多义性特征。歌德也认为：“象征将现象改造成一种观念，观念又变成意象，这促使观念在意象中无限地活动着，并且不可捉摸。即使它被所有的语言来表达，它还是没有被表达出来。”⑤ 他强调意象是某种观念的载体，并且其象征内涵是不确定的，具有某种模糊性特征。加缪以为象征是最难理解的，“一个象征总是超越它的使用者，并使他实际说出的东西要比他有意表达的东西更多”⑥。

对“意象”与“象征”特点及其关系的比较成熟的理论阐述，当然是较晚时期的产物。兴起于 19 世纪中叶的西方象征主义运动，源出于对波特莱尔（1821—1867）的诗集《恶之花》的反面赞扬，

---

① ［美］庞德：《关于意象主义》，黄晋凯等编：《象征主义·意象派》，中国人民大学出版社 1989 年版，第 153 页。

② ［美］韦勒克、沃伦著，刘象愚等译，《文学理论》，生活·读书·新知三联书店 1984 年版，第 204 页。

③ 余宝琳：《中国诗论与象征主义诗论》，周发祥编：《中外比较文学译文集》，中国文联出版公司 1988 年版，第 286 页。

④ ［德］黑格尔：《美学》卷 2，商务印书馆 1979 年版，第 20 页。

⑤ ［德］歌德：《格言与感想》，转引自［美］M·H·阿伯拉姆：《简明外国文学辞典》，湖南人民出版社 1987 年版，第 363 页。

⑥ ［法］加缪：《弗朗茨·卡夫卡作品中的希望与荒诞》，转引自黄晋凯等编：《象征主义·意象派》“序”，中国人民大学出版社 1989 年版，第 8 页。

同时又受到爱伦·坡（1809—1849）的文艺批评和诗作的影响；最初的创作多在诗歌领域，后来梅特林克用之于戏剧，于斯基、普鲁斯特则用之于小说。作为一部略早于这场运动产生的小说，《红字》不可能受到它的影响，《红楼梦》更与此无缘；两位作者也并不一定形成了理论上的自觉认识，但其作品却都蕴涵着丰富的象征艺术的魅力。这是偶然的巧合，还是有其更深刻的文化背景的呢？

倘若考察一下东西方文学发展的历史，情况将会十分显明。在中国，产生于西周初年至春秋中叶的《诗经》（约公元前11世纪—前6世纪），已经普遍使用了象征手法。《硕鼠》是典型的象征，它以贪婪无情的硕鼠来象征不劳而获、贪得无厌的剥削者。其他如以打鱼象征求偶，以桑、梅、花椒等象征女性，以束薪象征得女，皆是以某一意象作为象征的载体。屈原在《离骚》（约公元前310—约前278）中更为显明地运用了象征的方式，将现实生活中的自然景象与神话传说中的意象熔炼为他的某种主观情志的载体。“滋兰九畹”、“树蕙百亩”经屈原的个人想象与创造，成为培植人才、扶持美政的愿望的象征；诗人周流天地以求美女的历程，象征自己对美好理想的艰难追求。蛾眉、神女、宓妃，兰蕙、杜蘅、芳芷，白水、阆风、帝阍，构成象征的多义性和系统性特征。“离骚之文，依诗取兴，引类譬谕。故善鸟香草，以配忠贞；恶禽臭物，以比谗佞；灵修美人，以媲于君；宓妃佚女，以譬贤臣；虬龙鸾凤，以托君子；飘风云霓，以为小人。”① 而“香草美人”一经使用，便成经典，象征的喻象与本意皆流传后世而不衰，为千百年来文人所习用，其涵义也渐固定化。其后诗作中象征的运用更为纯熟和普遍，如《孔雀东南飞》中的孔雀、鸳鸯，左思

① ［汉］王逸：《楚辞章句》卷1《离骚经序》，《景印文渊阁四库全书》第1062册，台湾商务印书馆1983年版，第3页。

的“涧底松”与“山上苗”，陶渊明的“菊”，李商隐的“春蚕”与“蜡炬”，陆游的寂寞“梅”，辛弃疾的“长门”与“蛾眉”等，无不成为有特定韵味的象征意象。诗人对意象营造是如此钟情，正因为它是浓缩了历代情思与观念的积淀的文化符号，表面上看是简单普通的景象或物事，实际却蕴藏着诸多的文化信息，一经后世读者的解读，便会释放出巨大的能量。

在这一点上，西方文学史有着共同的理解和实践。约完成于公元前5—前1世纪的《旧约全书》所记圣经故事里，伊甸园中的蛇代表诱惑，禁果象征人类的自然欲望；摩尔划开海水的手杖、挽救人类命运的诺亚方舟、放飞的鸽子与衔回的橄榄枝，都已是典型的意象象征。希腊神话中，那些神或半神本身就是某种人类特性的象征，宙斯是权力的象征，赫拉克利特是力量的象征，雅典娜是智慧女神和战神，阿弗洛狄特是青春和美的化身，牛眼的天后赫拉代表嫉妒，阿喀琉斯的脚踵意味着人性的弱点。公元1世纪初，圣·保罗（Saint Paul）创立了以象征解释《圣经》的方法，这一解经方式深刻地影响了后世文学创作和文本诠释中象征思维的发展。在著名的列那狐系列故事中，列那狐象征新兴的市民，猛兽则象征封建贵族和僧侣贵族。但丁的《神曲》写诗人依次梦游地狱、炼狱、天堂，梦游的历程象征人类从苦难现实走向理想境界，构成了全篇叙事的大框架；其中也有许多具体的意象象征，如“森林”代表意大利黑暗的现实，“豹”、“狮”、“狼”代表邪恶势力，“星辰”象征希望和光明等。歌德的《浮士德》中的撒旦就是魔鬼，代表人类天性中的阴暗和罪恶，书斋是中世纪的象征，美女海伦是古典美的象征，浮士德与海伦的结合象征现代人与古典美的结合等。显而易见，意象象征在西方文学史上，有着极为悠久的艺术传统。由于它能在形象简约而富有特征化的意象的营构中，丰富地揭示人的内心深处的隐秘，具有浓郁的概括力和感染力，故而成为文学家格外钟情的一种艺术手段。

就作家个人而言，霍桑又是一位十分重视客观世界的隐秘意义的浪漫型的作家，因此不仅在《红字》中，而且在他的另一些小说如《玉石雕像》、《七个尖角阁的房子》等作品中，都有意象的设置，有形的和无形的，真实的和梦幻的，以为象征的媒介。霍桑本人也因此而赢得“象征主义先知”的评价。与此相仿，中国古代文学史上虽未形成成熟的象征主义的理论，但意象象征艺术在文学作品中的大量存在，却使文化修养高深的作家浸润其中，自觉或不自觉地将它化作自己作品中的血与肉，成为流动的精神脉络贯穿始终。这也是《红楼梦》独具蕴涵丰厚的审美魅力的重要原因。而《红楼梦》和《红字》相似的是，它们各是东西方小说史上自觉运用象征手法编织小说多元性系统性的“象征的森林”而获成功的第一部长篇小说。

文学发展的理论与实践，向我们双向地表明：国度不同、时代迥异的前提下诞生的文学作品会出现类似的艺术手法，毫不足怪，因为作为人类寄理寓志、传情达意的一种思维方式，象征已成为东西方艺术的通则之一，反映着人的主体性对自然万物的客观性的多重折射与综合；象征的本质“就是隐藏在偶然的、分散的现象背后的东西，它们反映了同永恒、同整个宇宙和世界进程的联系”①。对前人作品的解读，对东西方文学现象的梳理和比较，除了在寻找某种文学的通则之外，还望提供给今天的文学创作者以有益的审美借鉴。因为，文学的象征功能是人类审美经验中的一个重要因素，“无论是在一般文化水平的人们中间，还是在具有高度审美修养的人们中间，它都可以是一个审美因素”②。而意象象征具有普遍的、永恒的审美价值，它永远是人类天性的一部分，人类审美思维的一种方式。

---

① 黄晋凯等编：《象征主义·意象派》，中国人民大学出版社 1989 年版，第 746 页。

② ［波兰］奥索夫斯基：《美学基础》，中国文联出版公司 1986 年版，第 235 页。

第十一章　曾经沧海难为水

源于“千红一哭，万艳同悲”的命意，曹雪芹将一批“钟天地之灵秀”的闺阁女儿，拢聚在大观园内，用抒情的笔调，来摹写她们出众不凡的容貌体态，撰拟她们各具风采的气质个性，让她们幻演种种悲欢离合的人生剧目。《红楼梦》因此而展开了它独特的美学风韵。

一、钟灵毓秀，兰菊竞芬

曹雪芹以他的主人公贾宝玉为审美评判的立足点，阐发了这样一个审美观念：凡日月山川之精华皆钟于女儿，女儿是水作的骨肉；世间最美的，在于女儿。于是在作者笔下，红楼女儿群成了美人群。迎探惜三春是“个个不错”，林黛玉乃“神仙似的妹妹”，薛宝钗则“品格端方，容貌美丽”，史湘云是公认的与林薛比肩的美人；及至来了纹、绮、琴、岫，又引起贾宝玉由衷的赞叹：“老天！老天！你有多少精华灵秀，生出这些人上之人来！”①大观园中丫鬟辈，作者也不肯让她们略有差池：晴雯是丫鬟中“最好的”，其资质可与林黛玉相颉颃；袭人亦是“头等的”，紫鹃、莺儿能叫宝玉一时“忘情”，鸳、紫、平、袭又一向并称……凡红楼女儿皆钟灵毓秀，无一不美。

① 中国艺术研究院红楼梦研究所校注：《红楼梦》，人民文学出版社 1996 年版，第 654 页。

前人曾云，形容美人之词，只宜虚写，不宜实写。《卫风》“手如柔荑”一章，远不如《登徒子好色赋》“增之一分则太长”四语，亦以实写不如虚写故也。然而曹雪芹用以“形容美人”的，却正是实写。迎春的“腮凝新荔，鼻腻鹅脂”和探春的“削肩细腰，俊眼修眉”是实写，宝钗的“脸如银盆，眼如水杏，眉不画而翠，唇不点而红”也是实写；而且迎春的肖像似是直接承袭《卫风》中“肤如凝脂”句而来。而这些实写却依然能够产生足够的审美效应。因为作者在描容写貌之时，准确把握了形象各自的神情风采，并将自己的审美情感渗透于内，突出了形象的内在美，给形象注入了生命力。“温柔沉默”和“顾盼神飞”① 这样两个蕴涵作者审美情感在内的审美评判，就分别画出了迎探二春的内在气质和精神风貌，造成了有如“巧笑倩兮，美目盼兮”那样灵动飞扬的审美效果。“不画”、“不点”，也恰恰透露出薛宝钗朴素自然的淡雅气质和不爱妆饰的个性特征。对清秀而瘦弱的林黛玉，作者更是避开了对她形体特征的单纯描绘。“两弯似蹙非蹙罥烟眉，一双似喜非喜含情目；态生两靥之愁，娇袭一身之病。”② 我们最初感受到的，直是她那凝聚着身世飘零之愁的黛眉，饱含了聪敏灵慧之性的泪眼，围裹住柔弱娇怯之质的病躯。迎春之“柔”，探春之“神”，宝钗之“素淡”，黛玉之“灵秀”，就在这种以形传神、虚实相生的描摹中得以展现；而读者也在生活体验与审美想象相结合的基础上，与形象产生了感情交流，从而对红楼女儿的姿容美和精神美获得了真切的感受。

一个民族，有相对稳定的某种共通的精神生活、道德标准、文化教养，各种文化因素交互作用，形成本民族的共同心理素质。

---

① 中国艺术研究院红楼梦研究所校注：《红楼梦》，人民文学出版社 1996 年版，第 38 页。

② 中国艺术研究院红楼梦研究所校注：《红楼梦》，人民文学出版社 1996 年版，第 49 页。

从小生活于传统文化氛围里的社会个体，即使生活道路各异，也都会在潜移默化中受到同向的熏陶。因此，能够揭示民族心理素质、传扬民族精神美的作品，足以产生普遍、永久的精神共振。众多的红楼女儿，为什么总能为不同时代、不同层次的读者所欣赏所赞叹，并且因了她们气质个性的差异而引起巨大争执，甚至“几挥老拳”[①]？这正是传统文化因素在起重大作用。她们的气质的形成，莫不得之于民族文化的“麟髓”、“凤乳”、“异卉之精”、“万木之汁”的高浓度营养。陶渊明的孤傲高洁，王摩诘的淡泊隽永，李易安的清愁丽哀，都在彼此的融合、渗透中潜在地化作了林黛玉女性诗人的特有气质；因而她有了负手喃喃叩东篱的风流，荷锄默默泣残红的哀怨，“花魂鸟魂总难留”的无计可消的伤感，“质本洁来还洁去”的坦荡孤高的执著。而老庄的“曲则全”、“上善若水”、“不以好恶内伤其身”的人生态度，儒家的“发乎情止乎礼义”、“乐而不淫，哀而不伤”、“以礼节情”的理性行为标准，经由薛宝钗“后天之学力”的融汇，形成了那种不喜不怒不愠不笑、藏愚守拙、豁达随时的处世哲学。湘云那跌宕潇洒、俊逸豪迈的晋人风味，妙玉那清幽静雅、孤僻冷峭的隐士气度，迎春太上忘情式的冷淡静穆，探春不让须眉般的雄才雅调，惜春挥毫作画时的妙韵奇才……形象气质之中无不蕴蓄传统文化的精因。就连生活在她们身边的晴、袭、紫、莺丫鬟辈，也或多或少地受到熏染，一个个带林风含薛态；从小被拐卖、连父母家乡都忘却了的侍妾香菱，进园后不久也成了一个痴吟苦想、精华难掩的诗女。

“问渠那得清如许？为有源头活水来。”曹雪芹不仅从古典文学作品中各种女性风貌的表现里得到启发，赋予大观园女儿以出众而各别的品貌，而且将民族文化因素的各种层次和内涵，经由

① ［清］邹弢：《三借庐笔谈》，一粟编：《红楼梦卷》，中华书局 1963 年版，第 390 页。

自己的文化素养和美感经验的熔铸，恰如其分地渗透到大观园女儿的气质中去，从而使得她们成为文学画廊里永久的审美对象。她们的美，美在容貌，美在气质，美在风韵才情。这样的美，又岂是“增之一分则太长，减之一分则太短，著粉则太白，施朱则太赤”① 式的虚写所能概括和表现的呢！

《登徒子好色赋》中的美人是不长不短、不白不赤的标准美人，《洛神赋》中的理想女性也美在秾纤得衷，修短合度；然而红楼女儿却并没有谁美得恰到好处。她们当中，或柔弱清瘦，或丰满健康；或娇小灵巧，或高挑结实……袅娜风流与丰腴妩媚各具风范，互不混淆。都属于丰润白腻的类型，迎春柔而怯懦，宝钗柔而冷静，袭人柔而缠绵；同是袅娜清秀的类型，探春趋向于气清目朗、神采飞扬，黛玉却流动着清愁丽哀、幽思灵韵，晴雯则显示出纯真刚直、清新爽利。作者既无意将她们描绘成一个模式铸造的美人，读者也没有认定哪一种类型的美是恰到好处的艺术风范。如果红楼女儿个个都是不长不短、不白不赤、肥瘦合度的标准美人，没有了个性，没有了区别和差异，哪里还能够姿态纷呈，挥发出如此诱人的艺术审美魅力呢？

由于读者个人的生活经历、文化修养、兴趣爱好的不尽相同而导致的“钗黛优劣”之争，固然反映了读者对书中不同类型的女性美的审美价值取向，而作者审美趣味的涵厚性，也是造成人们“遂相龃龉”② 的重要原因。唐代倾向“秾丽丰肥”的审美趣味，宋代则追求清瘦秀丽、娇小纤弱的审美趣味，后来是所谓“明人尊唐，清人尊宋，好高古者祖汉魏，喜妍艳者推崇六朝和西昆”③。

① ［战国］宋玉：《登徒子好色赋》，［清］严可均辑：《全上古三代秦汉三国六朝文》，中华书局1958年版，第74页。

② ［清］邹弢：《三借庐笔谈》，一粟编：《红楼梦卷》，中华书局1963年版，第390页。

③ 朱光潜：《谈趣味》，《朱光潜全集》第3卷，安徽教育出版社1987年版，第347页。

有论者指出："自宋代以来，中国的才子佳人文学中的佳人基本上是梅妃型的了。盛唐文化的形象化代表是杨妃，宋明文化的理想化标本是梅妃。"①

曹雪芹的审美趣味如何？他在袅娜风流、清秀瘦弱和端庄妩媚、健康丰腴之间，所追求和肯定的究竟是哪一种类型的美？有人认为曹雪芹以清瘦为美，黛玉与宝钗是"清瘦"与"痴肥"的对立，瘦雅肥俗是继承了"贱肥贵瘦"的传统观念，反映了曹雪芹的艺术情趣和审美理想。其实未必如是。我们可以从书中人对众女儿的审美评判态度中捕捉到丝缕折光。读者对书中人物的评判是否允当，自然要看人物在书中的存在状貌和作书人对该人物的描写态度。这个我们可以借助男主人公的审视态度来作推断，尽管贾宝玉的感觉不能完全体现作者的观点，但在很大程度上，贾宝玉又是作者的代言人，曲折地发表着作书人对钗黛的看法。所谓"操千曲而后晓声，观千剑而后识器"②，贾宝玉从小生活在珠围翠绕的特别环境里，对身边的女性获得了一种普遍的审美经验和浓郁的审美情感；深厚的传统文化修养又使他具备了一定的审美判断能力。因此，他能够对红楼女儿作出比较符合审美理想的评判。虽然"秉绝代之姿容，具希世之俊美"的风流才女林黛玉，是宝玉一直倾心爱慕的；但他见到"比黛玉另具一种妩媚风流"的薛宝钗，也会忘情发呆。（作为对应的审美形象，袭人的"柔媚姣俏"为他所"素喜"，而"风流灵巧"的晴雯却又是他"心上第一得意之人"。）他爱怜林妹妹的清灵秀美，也企羡宝姐姐的健康丰满，感叹宝姐姐的雪白臂膀为什么竟没有长在林妹妹身上。"短长肥瘦各有态，玉环飞燕谁敢憎？"③ 在清秀与丰腴、袅娜

---

① 张乘健：《〈长恨歌〉与〈梅妃传〉：历史与艺术的微妙冲突》，张乘健：《古代文学与宗教论集》，吉林人民出版社 2001 年版，第 52 页。

② 王运熙、周锋：《文心雕龙译注》，上海古籍出版社 1998 年版，第 442－443 页。

③ ［清］王文浩辑注：《苏轼诗集》卷 8《孙莘老求墨妙亭诗》，孔凡礼点校：《苏轼诗集》，中华书局 1982 年版，第 372 页。

与端庄之间，他并没有舍此取彼；林、薛两类不同的美都使他倾倒。因此在梦中，他将两种美下意识地合而为一，幻化为一个新的“兼美”形象。这位警幻仙姑的妹子“端庄妩媚有似于宝钗，袅娜风流则又如黛玉”，现实中的“兼美”秦氏可卿也是“形容袅娜，性格温柔”，兼具林薛二人的审美特征。宝玉恼恨愤激之时，想的是“戕宝钗之仙姿，灰黛玉之灵窍”，因为“戕其仙姿，无恋爱之心矣；灰其灵窍，无才思之情矣”①，渴望排除和摒弃双美对自己的吸引力和干扰性。在宝玉“出浴太真冰作影，捧心西子玉为魂”的诗句里，白腻柔嫩和娇弱风流在秋海棠这一抒情形象中得到了完美重合。“宝玉兼爱，故叙钗黛性情言貌，皆从宝玉目中写来。”②“兼爱”可谓道破了宝玉对钗黛双美的那一由衷的歆慕尊崇态度，也折射出作者“兼美”的审美评判倾向。

进而言之，宝玉因双美兼爱、灵肉并重而滋生的惶惑情绪和游移态度，正是作者潜伏书内的“兼美”理想的不自觉显现，反映了作者在众美云集时并非厚此薄彼而是兼收并蓄的涵蕴丰厚的审美趣味。所以，他既赞赏林黛玉式的清幽秀雅、情痴意真、聪颖灵慧，也彰扬薛宝钗式的端庄含蓄、淡漠平和、温雅沉着。也正因此，作者虽置林黛玉于众姐妹之首，却又常出薛宝钗以抗衡。书中凡林薛争胜之处，总是不分轩轾，形成“两峰对峙，双水分流”局面，有时甚至是“艳冠群芳”的薛宝钗略胜一筹。这种兼美意向，常常披示在作者所刻意追求的那种近乎完美同时也近乎刻板的对称式情节结构中：一边是“杨妃戏彩蝶”，一边便是“飞艳泣残红”；有显蘅芜君之胸襟的“兰言”，即有展潇湘子之才思的“雅谑”。林妹妹有诗论，宝姐姐便有画论；黛玉教香菱学诗循

① 中国艺术研究院红楼梦研究所校注：《红楼梦》，人民文学出版社 1996 年版，第 284 页。

② ［清］话石主人：《红楼梦精义》，一粟编：《红楼梦卷》，中华书局 1963 年版，第 176 页。

循善诱，宝钗教惜春绘事也善于点拨。菊花诗是林潇湘夺魁，海棠诗便让薛蘅芜压卷；怡红公子争说不公，李纨却坚持认为林的“风流别致”不如薛的“含蓄浑厚”，得到探春的赞同。柳絮词各有魅力，但潇湘子的缠绵悲戚终要让位于蘅芜君的豁达乐观。而薛作果然要超过林作，才能当此殊荣。咏螃蟹诗黛玉先出，及至宝钗之作公示于众，众人评价此诗为“食蟹的绝唱”，誉宝钗为“大才”，黛玉自知不及，不免有既生瑜何生亮的遗憾，因而将已作撕毁，命人烧掉。俞平伯以为黛玉此时“固当有崔颢题诗之感”[①]。从这个意义上说，作者在替书中人捉刀时，自己心目中也将薛诗置于众诗之上。这意味着作者并不鄙薄含蓄浑厚、豁达乐观，甚至更为推崇。

这种对称还表现在作者对钗黛二人德才命运的分列和名字的安排上。太虚幻境中警幻仙姑的橱子里册子上，钗黛同画一图，合咏一诗。“可叹停机德，堪怜咏絮才。玉带林中挂，金簪雪里埋。”[②] 钗黛在诗中的排列，既不是钗一三黛二四，也不是黛一三钗二四，而是钗一四黛二三，成“钗黛黛钗”之序。这自然是作者刻意要避免孰先孰后的难题。人物命名上也显示了作者的匠心。小说男主角名“宝玉”，两位女主角名“宝钗”、“黛玉”，三人皆双名，应有六个字，但事实上它只用了四个字。如果将宝玉和黛玉并提，我们可以简称“宝黛”；如果将宝钗和黛玉并提，我们可以简称“钗黛”。那么相应地，宝钗可简称钗，宝玉可简称宝，黛玉可简称黛。可是当读者将宝钗和宝玉并提的时候，按照前面的规则，就出现了称名的尴尬：我们既不能称“钗宝”，更不能称“宝钗”——而是称之为“钗玉”。“宝玉”之名，在遇到和钗黛

① 俞平伯：《红楼梦研究》，人民文学出版社 1988 年版，第 161 页。

② 中国艺术研究院红楼梦研究所校注：《红楼梦》，人民文学出版社 1996 年版，第 76 页。

组合的时候，出现了分离的情况，导致三个人却有四个代码[①]。能以其毕生精力和全部才华撰此《红楼梦》之书的作者，何以偏偏在三个主角的命名上显得才疏智拙了呢？从某种角度来看，“宝玉”之名乃是“宝钗”、“黛玉”之名的合成，即取“宝钗”之“宝”和“黛玉”之“玉”组合而成；换言之，宝钗占了宝玉的一半，而黛玉占了宝玉的另一半。或许，钗黛二人在宝玉的生命中是同等的重要。在宝玉的生命历程中，黛玉占据了宝玉的爱情，而宝钗则拥有宝玉的婚姻。宝黛有爱情，却无法合理地发展为婚姻；钗玉有婚姻，却宣告了作为婚姻基础的爱情的缺席。就钗黛的归宿言，她们都是不完美有缺憾的。两人都有美好的品格，却又都不配有更好的命运，因此作者对这两位群芳的首领都充满了感怀和悲悼。“怀金悼玉”的《红楼梦》，对钗黛两种风格的美的毁灭，都是十分缅怀和哀悼的。温柔敦厚、风流蕴藉，是兼美理想的重要范畴。“薛林雅调堪为双绝，虽作者才高殊难分其高下，公子情多亦曰还要斟酌，岂以独钟之情遂移并秀之实乎。故叙述之际，每每移步换形，忽彼忽此，都令兰菊竞芬，燕环角艳，殆从盲左晋楚争长脱化而来。”[②] 俞平伯先生之言是也。

曹雪芹的兼美，又不只兼林薛二人之美，更兼众人之美。湘云的天真率直、旷达豪放，探春的文采精华、清明阔朗，宝琴的雅艳，岫烟的清灵，妙玉如兰的幽冷，晴雯似炭的刚烈……都是作者所喜爱的气质内涵。作者将自己的审美理想天女散花般地分射到每一个他所倾心和关注的人物身上，使她们一一获得各自的审美生命。“傲骨如君世已奇”：在审美价值的感情取向上，作者

---

① 邓遂夫《〈红楼梦〉主线管窥》一文曾论及宝、黛、钗称名的困惑，及钗、黛在书中的并列女主人公地位问题。参见邓遂夫：《红学论稿》，重庆出版社 1987 年版，第 120 页。

② 俞平伯：《“寿怡红群芳开夜宴”图说》，俞平伯：《红楼梦研究》，人民文学出版社 1973 年版，第 160 页。

尤其重“傲”——林黛玉的清高自许是一种“傲”，史湘云的豪饮醉眠是又一种“傲”；探春的结社雄才是“傲”，妙玉的独傍青灯也是“傲”；宝钗的“珍重芳姿”、“不语婷婷”同样是一种“傲”。“傲”的骨力使红楼女儿的气质美呈现出柔中含刚的风格，同时也使作品的审美趣味趋于崇高。

二、真正美人，方有陋处

“兼美”理想不仅体现了作者审美态度的包容性，同时也反映出作者审美观念的辩证性。所谓过犹不及，红楼女儿群虽然个个都是美得惊人的艺术形象，却没有一个是完美无瑕的标准美人。因为符合兼美要求的尽善尽美的人物，在现实中是无法找到也根本不存在的。曹雪芹高于前代任何文学家的地方在于：他并没有回避审美对象的复杂性和审美追求的矛盾性，而是不加讳饰地披露了他心爱的人物容貌体态上或这或那或多或少的“缺陷”：被宝玉疑为神仙的林黛玉，虽“具希世之俊美”，但体弱多病，眉头常颦；比林黛玉“另具一种妩媚风流”的薛宝钗端庄健康，却有个先天的热症；堪与林薛争衡的史湘云，可谓兼二人之长而无二人之短了，可说起话来却有个爱咬舌的毛病，而恰恰是这小缺陷更增添了她的娇憨可爱。鸳鸯更绝：这个品貌当与平、袭、紫并肩，贾府大老爷立意娶为姨娘的女奴，一定美丽非凡，但她脸上却“微微有几点雀斑”。作者没有将红楼女儿——制成毫无缺陷的美人标本，“真正美人方有一陋处”①，有陋处，体现了作者审美判断的辩证性和真实性。

这种辩证态度，还使得作者进一步剖示了审美对象气质个性中的缺陷与不足。所谓“爱而知其恶”：堪称“逸才仙品”的林黛

① 庚辰本第21回夹批，朱一玄编：《红楼梦资料汇编》，南开大学出版社2001年版，第334页。

玉多愁善恼，尖酸刻薄；公认“艳冠群芳”的薛宝钗胶柱鼓瑟，城府深沉；艺术气质浓郁的贾惜春偏偏冷面冷心，有意于避世；晋人风味十足的史湘云有时也不管不顾，无形中伤人；迎春之柔懦，探春之凉薄，妙玉之娇情，晴雯之暴躁……她们的弱点给各自的人生带来了种种曲折和不幸：“愁多焉得玉无痕？”深重浓郁的忧愁与缠绵不尽的哀伤消弱了林黛玉的体质，过分敏感与口尖心窄又导致了她爱情道路上的种种不和、猜忌、争吵和矛盾；薛宝钗的过于做作与淡漠寡情使得宝玉敬而远之，隔阂重重；软弱使迎春备遭欺凌，暴躁使晴雯频招嫉恨……正因了这种种不完美，活生生的人生剧目便在大观园这个艺术化了的天地里一幕幕上演；我们也就能因此而观看到生活之树的断枝碎叶，体验到人情之河的细波微澜，欣赏到审美对象的真形神韵，从而领略形象塑造中的美的辩证法和真的审美效应。

有缺陷的外表体态，不完美的气质个性，无法掩饰红楼女儿青春的美好。在大观园这块“幽微灵秀”之地，她们吟诗作画、巧笑雅噱、围棋斗草、戏蝶、醉眠、争锋……这些无一不充满诗情画意的活动，构成众女儿抒情性的美丽青春。然而青春的美好又都只是短暂的。还是在林黛玉泣残红吟悲辞之时，宝玉便从她的花颜月貌将有无可寻觅之时，想到钗袭香菱亦将有无可寻觅之时，又想到自身安在，斯处斯园斯花斯柳将属谁姓，这样一而二、二而三反复推求，“真不知此时此际欲为何等蠢物，杳无所知，逃大造，出尘网，使可解释这段悲伤?”[①] 宝玉的悲剧审美意识竟是如此之强烈。花谢花飞的春景，使他浮想联翩，悲伤莫名；当现实的顿宕、人生的艰难一旦来临，悲剧剧目一一上演之时，宝玉的悲剧心态便扩张到一个极限。“悲凉之雾，遍被华林，然呼吸而

① 中国艺术研究院红楼梦研究所校注：《红楼梦》，人民文学出版社 1996 年版，第 373 页。

领会之者，独宝玉而已。”[①] 在大雪纷扬的世界里，大观园女儿谁也逃脱不了悲剧命运的降临。金钏之投井，尤三之刎剑，尤二之吞金，司棋之撞墙，迎春之所遇匪人，芳官之被逐……已使宝玉化温柔旖旎为刚烈悲愤；“心上第一得意之人”晴雯又蒙冤而逝，更使他发出愤激不平的呐喊：“花原自怯，岂奈狂飙？柳本多愁，何禁骤雨。”[②] 最后，当代表了宝玉心目中最高审美价值取向的人物林黛玉一旦被邪恶势力无情吞噬，宝玉顿感美被毁灭的无可言喻的痛楚与哀伤，终于滋生“情极之毒”，悬崖撒手而去。在“三春去后诸芳尽”的冷酷结局中，在“千红一哭”、“万艳同悲”的悲剧人生中，在宝玉的那种无可奈何的伤痛心态中，我们深深体会到作者所寄寓的那种忧愤情思，那种青春美横遭摧残的壮丽的凄凉，那种理想境界被毁灭的震撼人心的审美力量！正是这种人生的大悲剧大缺憾，造就了作品的悲壮美，凝聚成作品中以悲为主旋律的深沉凝重、回环往复的审美情感。

三、钗黛合一，幻外生幻

有学者曾认为，一部《红楼梦》，惟有《警幻仙姑赋》是“陈套”，“本身没有多大意义”，且从《洛神赋》里“取意的地方甚多”，意在让读者从曹子建梦宓妃事中联想到宝玉与可卿情事[③]。说它取意于《洛神赋》，是一种敏感而真实的见解。但若说它没有多大意义，恐又未必。实际上，连结起梦游（太虚幻境）、神交（警幻仙姑）、情合（可卿仙子）诸情节的《警幻赋》，其审美意蕴要丰富深刻得多。

警幻仙姑是“兼美”理想的化身。“兼美”理想是现实中人们

① 鲁迅：《中国小说史略》，上海古籍出版社 1998 年版，第 165 页。

② 中国艺术研究院红楼梦研究所校注：《红楼梦》，人民文学出版社 1996 年版，第 1109 页。

③ 蔡义江：《红楼梦诗词曲赋评注》，团结出版社 1992 年版，第 36 页。

的一种普遍的审美定式，完美的人生更是人们追求的目标。但生活却是极客观极辩证的现实：真实的人生处处充满缺憾和不足；真实的人也很难达到尽善尽美的境界。贾宝玉历尽坎坷，对人生人性人情，始终抱着一种“美中不足”的憾恨和“意难平”的喟叹。这种深刻的失望和悲凉的心态也就促使他将理想追慕潜意识地转化为逆向思求，通过梦幻的方式宣泄出来。在太虚幻境里，宝玉的兼美心理得到了暂时性的慰藉和满足。在这里，没有现实中的争吵和阴暗，没有人生的苦雨凄风、愁云惨雾，也没有爱情悲剧；有的是香茗美酒、轻歌妙舞，是一个“离恨”、“忘愁”、“放春”、“遣香”的自由境界。生活在这个理想国土上的警幻，无论远望近观，其行止，其笑颦，其资质，其风采，无一不美。潇湘子的袅娜飘逸和蘅芜君的含蓄温柔的完美融合，使得这位神仙姐姐美丽绝伦——“瑶池不二，紫府无双”！继而她与红尘来客携手同行，让他品尝仙茗仙酒，欣赏仙歌仙舞，和他谈论何谓“意淫”，“情”为何物，教他领略“仙境风光”，人性至情。在警幻形象中，既有潇湘派的灵透多情、洒脱超然，又有蘅芜派的温和亲切、凝重淡然。可以说，警幻形象是摒弃了所有缺陷的现实美的集合，是真善美的综合具象，具有普遍意义和理想色彩。“果何人哉？如斯之美也！”神也！神可凡人则不可。作者创造出的这一体现“兼美”理想的尽善尽美的女性形象，无形中就成了现实美人群的一个参照标本。在这面明镜的映衬下，大观园女儿不仅被照出了各自容貌体态气质个性上的缺陷，更衬出了她们人生的种种不幸；同时也暗示了宝玉“美中不足”与渴慕“兼美”相糅合的心态。

可卿仙子的出现，展示了“钗黛合一”的玄秘构思。现实中，黛玉以生命来抒写爱情的诗章，情深意笃，执著不渝，却始终无法把握自己的婚姻，只能如落花如飞絮，随风而逝；宝钗虽然拥有令人羡叹的金玉般的婚姻，创造了婚后生活中举案齐眉的温馨气氛，却因缺乏感情的沟通与精神的默契，无法享受到爱情的甜蜜欢欣。她们的青春和人生是如此不完美，“可叹”而“堪怜”，凝固着令人感叹不已的缺憾和回环无尽的哀伤。“钗黛合一”，即要求婚姻的美满应在于它拥有以精神的高度契合为基础的真挚专一的爱情；而心心相印、生死相伴、忠贞不渝的爱情也应该自由地伸展为合理的婚姻。而钗黛两人都偏向一端，“缺”而不“圆”，“限”而不“美”，现实的灰蒙黯淡里找不到理想的爱情形态的倩影。太虚幻境里，是否存在完美圆满的爱之梦？仿佛是怕宝玉唐突了警幻这位可亲可敬的神仙姐姐，作者将“兼美”形象一分为二，幻外生幻，设置出一个替身来完成“钗黛合一”的神秘构思。于是可卿仙子出现了，她表字“兼美”，“鲜艳妩媚有似于宝钗，风流袅娜则又如黛玉”，美丽一如警幻。这位神仙妹妹拥有理想的青春生活。她与宝玉的结合，既不缺乏真挚的爱情，也不表现为漫长曲折的恋爱过程，更无恋爱中的猜忌、折磨、痛苦、无奈。因为她实际上是警幻仙姑的一个幻象，是符合兼美要求的理想美人，与宝玉心欲冥然相契，所以少年宝玉一见钟情，全心投入，没有丝毫的犹豫和彷徨，结合后相亲相爱，难舍难分。（现实可卿虽也取字“兼美”，既风流袅娜又温柔和平，却不幸早逝。这就再一次暗示了“完美”只能存在于梦幻世界里；兼美理想的追求者只能发出求之不得，“到底意难平”的沉沉哀音。）“兼美”形象的一分为二，体现了作者对审美理想所作的理智与情欲的冷静剖分；钗黛合为“兼美”，反映了作者在追求情理结合、合度而不偏离的婚恋形态的过程中，所蕴涵的允执两端以求中和的传统美学思想。合二为一而又一分为二，折射出作者在审美追求中的一种趣味性的哲学思考，这在本来就幻象迭生的太虚幻境里愈加显得神奇玄妙，扑朔迷离。

《警幻赋》寄寓着一种传统的文化心态。它的格调有似于《洛神赋》，并非作者才力不及而为之，而是有意让读者从《洛神赋》

的联想中延伸出对它的审美意蕴的补充理解。《洛神赋》的作者不也是因为现实生活的郁郁不得志，从而把人生的失望幻化为赋中对理想美人的渴慕与追求的么？凝聚了作者所有希望和爱恋的审美形象洛神，是如此的风神飘逸，光艳夺目，可又是那样的飘渺恍惚，可望而不可即。追求者明知人神道殊，可是在审美对象的尽善尽美推动下，却偏要“解玉佩以要之”，付出了全部的执著和激情；而理想美人转盼之际已柔情暗通，与追求者产生了某种程度的精神契合。然而，无论追求者如何努力，洛神依旧飘然而去，给追求者带来“思绵绵而增慕”、“夜耿耿而不寐”的悲怆！……“梦遇洛神”情节所表现出的对理想美的渴慕与追求、彷徨与忧惧、真诚不二的表白、不能如愿的痛苦，在情意缱绻的韵致中融成一片深沉的哀伤。至《长恨歌》，一种相类似的悲情被淋漓尽致、细腻深沉地铺叙出来。诗中的“太真”，已不再是某个具体历史人物的名字，而成了美好理想的象征。为了一睹芳容，以慰长想，追求者“上穷碧落下黄泉”、“升天入地求之遍”；寻觅之殷勤，激情之强烈，到了前所未有的地步。“海上仙山”越是“虚无缥缈”，就越发衬托出仙化了的理想美人的朦胧美与崇高感，同时也越加坚定了追求者的执著信念。以人间帝王的“精诚”与“辗转思”，虽使仙子得以“表深情”、“重寄词”，然终因仙凡路隔，障碍重重，距离遥远：“回首下望人寰处，不见长安见尘雾！”比翼齐飞连理相谐，只能成为一段尘封的回忆使人黯然神伤。于是追求的执拗情绪与失望的痛苦心境便重叠为“绵绵无绝期”的“长恨”。

到了《红楼梦》的作者，则设置了这样一个梦遇警幻、情合兼美的美丽情节，将警幻与可卿当作了理想美的具象，置于少年宝玉的虚无缥缈、惝恍迷离的梦幻世界里，使宝玉不仅睹其花容，聆其玉音，而且还亲其雪肤，承其芳泽；缠绵之深厚，表达之婉转，真真“难以尽述”。美好的理想似乎已把握在手，宝玉的心愿似乎也已得到满足。然而在这“情天情海”世界，若是再前进一步，便是“荆榛遍地，狼虎成群，迎面一道黑溪阻路，并无桥梁可通”的恐怖阴暗、孤独无援的绝境。除非放弃一切追求和幻想，“作速回头”，情如槁“木”，心似死“灰”，方可免去灾难。然而宝玉虽坠此迷津当中，却根本没有因此“解释”而“改悟前情”。从梦中回到现实来的宝玉，始终如一地向往“兼美”，执著于“涉江采芙蓉”的高格调。从《洛神赋》到《长恨歌》到《警幻赋》，审美理想的追求者向我们展现了一种相同的精神现象：这是明知有不可逾越的障碍和无法缩短的距离存在，却从不肯中止对审美目标的追求的艰难困苦的心灵历程，是用终身付出为代价来寻求尘世间两情相悦、两心契合、“心有灵犀一点通”境界的美丽情思，是面对审美理想时求之不得而又无法释怀的深深悲情。这种因审美追求的执著与求之不得的痛苦交织而成的悲剧，是一种人生最深沉的悲的心态，是“知其不可而为之”、“虽九死其犹未悔”的圣贤风采和“春蚕到死丝方尽，蜡炬成灰泪始干”的诗家情怀熔铸而成的民族精神。

梦遇与情合象征着一种超文化的追求。《红楼梦》以《警幻赋》为全部故事之引，以梦遇与情合牵连起书中爱情婚姻的聚合离散，比前人的诗赋更能具体而形象地揭示，那一传统的悲剧心态之所以能达到人生的最深度的缘由。在爱情问题上，最容易暴露出文化的片面性和不合理性。数千年传统文化中的民主性精华，孕育了爱情追求的神圣性和崇高性，但它却不满足于时代文化的束缚，而要求最自由最符合人性的伸展。对理想的爱情形态的追求，实际上是超越了现阶段文化的一种精神活动；现存文化的历史局限性却阻碍了这一精神活动的实践，所以其结局必然是悲剧性的。笼罩在全书中的那种沉沉的幻灭感和浓郁的悲剧气氛，皆由此生。书中主人公对永恒的爱、永恒的审美理想的主观追求，与僵死的灰暗的不合理的客观现实构成了不可避免的历史性冲突，造成了矛盾的人生，痛苦的人生。主人公的终于“悬崖撒手”，并不是狂风暴雨般的呐喊冲荡，也不是雪崩山裂式的决裂抗争；而是离开日常生活、超脱现实世界的出家修行，是淡泊人世、弃绝人伦的佛家的消极遁世法。主人公来自太虚，复归于太虚，这反映出作者在采取“逃大造，出尘网”的方式也同样不能“解释这段悲伤”之后的无可奈何的凄凉与茫然。

以梦境为形式，以兼美为幻象，以传统心态为内核，作者借助《警幻赋》寄托了一种超文化的追求。警幻形象的审美内涵，决定了《警幻赋》的意义远非“陈套”二字所能阐释。当然，神游太虚时的宝玉尚未“呼吸而领会”满园“悲凉之雾”，还没有“美中不足”的憾恨和“悬崖撒手”的痛楚。但第五回既是对全书内容的纲领性预示，我们又何妨将“梦遇”与“情合”当作主人公后来心态的预示和幻演呢？就像《红楼梦曲》、《判词》预示了十二钗的命运和结局，创立了整部作品人生无常、理想幻灭的悲剧基调一样？

曹雪芹从女性形象的审美观照出发，挥洒了一篇饱含芬芳馥郁的审美情感的文字，对红楼女儿钟日月山川之灵秀而生的姿容和秉承传统文化之精华而成的气质，作出了恰如其分的审美评判，展示了众美兼爱的涵厚的审美趣味。作者对现实美的辩证态度和对理想美的执著追求的融合，使作品在“千红一哭，万艳同悲”的悲剧审美设计中，完成了审美观念的历史性突破和超越。兼美理想的形象化，又从传统的中和思想里给“钗黛合一”的玄秘构思指出了美学渊源；它所延伸出的对理想的爱情形态的超文化追求，在更高层次上体现了对传统文化的继承和突破，舒张了全书的悲剧审美意识，铸成一支深厚凝重含蓄沉郁的红尘悲歌。

四、兼美情境，绵延至今

钗黛优劣历来是《红楼梦》的读者争执不休的话题之一。作为小说最早的读者和批评者，脂砚斋对钗黛赞美为多，而罕有贬抑。他既称道黛玉的清丽风神，美誉黛玉“以兰为心，以玉为骨，以莲为舌，以冰为神，真真绝倒天下之裙钗矣”；又赞赏宝钗的不凡识见，品鉴宝钗“认的真，用的当，责的专，待的厚，是善知人者，故赠以‘识’字”。在脂砚斋眼中心底，钗黛并无高下之分：“黛玉、宝钗二人，一如姣花，一如纤柳，各极其妙”；“宝卿博学宏览，胜诸才人；颦儿却聪慧灵智，非学力所致”[①]。以外形，则喻花喻柳；以内质，则赞才赞智。天生的灵慧和柔曼固然有倾城之魅，然谁又能否弃后天的学养和丰韵呢。脂砚斋可谓最早的钗黛兼重论者。

乾隆时代的读者二知道人称誉宝钗“外静而内明，平素服冷香丸，觉其人亦冷而香耳”，同时也不鄙薄黛玉，以为黛玉“美而善为疾态，殊可人怜。荷锄葬花，开千古未有之奇；固属雅人深致，亦深情者有托而然也”。在他眼中，宝钗娴静端凝，黛玉幽雅深情，各有各的好，当有人问及钗黛孰优孰劣时，二知道人无意在两人当中分出高低，答道：“凡一时瑜亮，最足令人颠倒，博取焉可也。”谓当博取二人之长。而当友人或取宝钗之稳重、或取黛玉之聪颖，爱憎不一时，他很冷静地说，这不过是曹雪芹“纸上婵娟”罢了，如果真遇其人，“未必不变憎为爱也”[②]。“纸上婵娟”之谓，说明二知道人很懂得审美距离，知道那是虚构的艺术形象，则会保持审美时的冷静态度，而不易陷入单纯爱憎的漩涡中去。他也设想如果真的将审美对象置于身边，则其鲜活的躯体与性灵又会令人满生爱意。

嘉庆道光年间的读者涂瀛则是一个典型的“扬黛抑钗”论者，

① 朱一玄编：《红楼梦资料汇编》，南开大学出版 2001 年版，第 202、487、152、360 页。

② ［清］二知道人：《红楼梦说梦》，一粟编：《红楼梦卷》，中华书局 1963 年版，第 92、93、101、102 页。

他认为黛玉的人品才情为《红楼梦》之最，宝钗虽然“静慎安详，从容大雅，望之如春”，兼有凤姐之黠、黛玉之慧、湘云之豪、袭人之柔，却是一个“深心”的“小人”，善于用柔屈、循情的手段，做表面文章、收买人心。与此相反，黛玉却是一个刚直任性之人，“绝尘埃”而“信天命”，不妨视若天仙。涂瀛对钗黛的看法标准并不统一，于黛玉是审美评判，所以“仙之”。于宝钗则异之：审其性格，完满而兼众人之美；度其用心，却觉虚伪而予以否定。这就由美学的审视转向了道德的评价。而当别人问如何处之时，涂瀛却又从实用主义的态度出发，云“妻之”[①]。涂瀛评判标准的不断挪移，反映了宝钗形象本身的复杂性所致的审美困惑。嘉庆同治时期的大某山民姚燮认为宝钗为达到做宝二奶奶的目的，“巴结尊上，和叶同辈，拊循下人”，平时很懂得做人之道，“小心谨慎，大度优容，无纤芥之失，盖诸人皆受其笼络”[②]。显然这是涂瀛观点的延伸，亦可视作抑钗论者。

差不多同时的读者护花主人王希廉对钗黛褒贬俱存。王希廉从生活的实用哲学出发来审视《红楼梦》，将小说致力彰扬的“情”字撇除一边，认为“福、寿、才、德”四字俱全才是完美无憾的人生，而“黛玉一味痴情，心地褊窄，德固不美，只有文墨之才”，四字中只占一字，故不足惜；宝钗却是“有德有才”，但也福薄，未能占全人生的美满[③]。王希廉的看法是那些不以审美心态来阅读小说的读者群的代表。倘若消弭与文学作品之间的审美距离，则不仅审美愉悦无从感受，反而徒增焚琴煮鹤的遗憾。

道光年间的读者太平闲人张新之，对小说中钗黛并重的艺术

---

① ［清］涂瀛：《红楼梦论赞》，一粟编：《红楼梦卷》，中华书局1963年版，第127、143页。

② 朱一玄编：《红楼梦资料汇编》，南开大学出版2001年版，第692页。

③ ［清］王希廉：《红楼梦总评》，一粟编：《红楼梦卷》，中华书局1963年版，第149、150页。

设置深有体会，以为“是书叙钗、黛为比肩”，而袭人和晴雯是钗黛的影子；但他对作者赞誉彰显闺阁才情的创作宗旨的理解却出现偏差。他认为小说是演性理之书，“演冷热”的目的在于“讥失教”，而钗黛等人便都做了小说敷演大义的教材。他对黛玉的才情性灵之美视而不见，认定小说“写黛玉处处口舌伤人，是极不善处世、极不自爱之人，致蹈杀机而不自觉”，这就对黛玉的品德做了很大程度上的否定，将黛玉的悲剧归结为咎由自取。他对宝钗的温良大度之德也不予肯定，以为小说“写宝钗处处以财帛笼络人，是极有城府、极圆熟之一人，究竟亦是枉了”。在这样的道德化视镜下，张新之自然得出结论：“这两种人都做不得。”[①] 这种钗黛同贬的观点，貌似公允，却有失文学批评的美学品位。

至20世纪初叶，钗黛优劣之争似有新的发展迹象。当时，曾拜访过梁启超、追随过孙中山的季新，对黛玉推崇之至，称扬她“爱情之纯挚，心地之光明，品行之诚悫，胸怀之皓洁，真正不愧情界中人”[②]；而温馨柔情的冰心却声称不喜欢林黛玉而宁肯去喜欢李逵，这自然和五四时期的时代大氛围有关。20世纪20年代，俞平伯同时推崇钗黛，以为有如兰菊竞芬、燕环角艳，各有性格弱点，但又各有各妙。与晚清时期的读者多从自己角度诠释钗黛的方式有所不同，俞平伯善于忖度作者用心。他从作者视角来评判钗黛并好，有时甚至钗更胜黛：“书中钗黛每每并提，若两峰对峙双水分流，各极其妙莫能相下，必如此方能极情场之盛，必如此方能尽文章之妙。若宝钗稀糟，那黛玉又岂有身份之可言。与事实既不符，与文情亦不合，雪芹何所取而非如此做不可呢？”[③]

① ［清］张新之：《红楼梦读法》，一粟编：《红楼梦卷》，中华书局1963年版，第153－156页。

② 季新：《红楼梦新评》，《小说海》1915年第1卷第1－2号，一粟编：《红楼梦卷》，中华书局1963年版，第304页。

③ 俞平伯：《红楼梦研究》，人民文学出版社1988年版，第75页。

20 世纪 30—40 年代，为宝钗抱不平的渐多。戴潮声以为小说把风流婀娜的林黛玉刻画得太可爱太可怜了，而读者对宝钗又太苛责，宝钗“温和容忍的美德被指为藏奸，仁慈宽厚被认为牢笼的手段，一位稳重大方的女孩子却硬要拿谋权夺国的曹瞒来比照她，一切的罪恶都推在她一个人的身上，压榨得简直透不过气来了”[①]。他对以往的褒黛贬钗愤愤不平，而对宝钗的无奈寄予了诸多同情。此时最著名的钗黛论断，出自王昆仑的《红楼梦人物论》。王昆仑不因个人的感情好恶而任意臧否所论的对象，他没有简单地左黛右钗或是左钗右黛，而是辨析说：薛宝钗是“中国封建时代最美满的女性”，她“那种完好的风格足以使宝玉彷徨留恋，不能专注于黛玉”，“如果作者对于宝钗是根本鄙视的态度，她便失去了分裂宝玉感情的资格”。这种从作者创作意图的角度出发来评判书中人价值的思路，无疑是恰切允当的。王昆仑将钗黛直接作为情敌案例来审视，以为作者写出了钗黛两种完全背驰的性格类型：“宝钗在做人，黛玉在做诗；宝钗在解决婚姻，黛玉在进行恋爱；宝钗把握着现实，黛玉沉酣于意境；宝钗有计划地适应社会法则，黛玉任自然地表现自己的性灵；宝钗代表当时一般家庭妇女的理智，黛玉代表当时闺阁中知识分子的感情。”[②] 可以说，王昆仑从“把握现实功利”和“追求艺术境界”两个层面上分别感知钗黛形象的不同特质，较全面客观地评价了这两个“对立形象”的存在价值。王昆仑的这一见解，上承俞平伯的“两峰并峙，双水分流”的兼美说而来，并作了进一步的阐释与发挥。如果说俞平伯是钗黛兼美的二元并立论者，那么王昆仑则是钗黛共举的二元对立论者。

评论者、批评家的审美视野是多元共存的，小说作家的接受

① 戴潮声：《读红楼梦记》，建阳《暨大校刊》1943 年第 1 期，吕启祥、林东海编：《红楼梦研究稀见资料汇编》，人民文学出版社 2001 年版，第 881 页。

② 王昆仑：《红楼梦人物论》，三联书店 1983 年版，第 193、194、221 页。

心态则多半是“钗黛兼美”式的。在《红楼梦》的诸多续书中，钗黛兼美的阅读心态得到了多样化的再现。或让黛玉死而复生，再嫁宝玉，与宝钗共侍一夫，如《红楼圆梦》、《红楼幻梦》、《续红楼梦稿》，或使宝黛仙界重见，或冥间幽会等，如《补红楼梦》、《续红楼梦》、《红楼梦影》，或让黛玉嫁给贾宝玉的影子甄宝玉。作为一种特别身份的读者，续作者不满足于原著黛死钗嫁的局面，亲自捉刀，按照自己的愿望来安排钗黛并举的结局，固然不免俗艳，其中反映的审美心理却与钗黛兼美兼爱的情结有关。这样的局况，也同样反映在诸多仿作中。

与曹雪芹大致处于同一时代的蒲松龄，在其短篇小说集《聊斋志异》中摹写了大量的双女兼美情节。《聊斋》情爱题材的篇章，男主人公大多是一介寒士，荒郊野外，茅屋寒窗，一灯如豆，黄卷破损，孤独无奈之中，每每有一个千般妖娆万般妩媚的美眉前来相就，更多时候是一双婵娟联袂来至。许多美眉款款之间不及深叙就解衣登床，温香软玉慰藉寒生的身与心，事后那书生照例会询问美眉姓甚名谁、来自何处。莲香与李氏交替在桑生的生活中出现，后均投生为人共嫁桑生（《莲香》）；小谢与秋容夜深而至，侍奉陶生，后亦投生共侍一夫（《小谢》）；真假阿绣先后出现于刘生的不同感情阶段（《阿绣》）等，都不妨看作是双美兼得心结的一种外现。其他如嫦娥与颠当、连城与宾娘、云栖与云眠等，无不是双女同夫结构的再版。在这类故事中，双女又并非是同类双生的女性形象，她们往往性格差异较大，一个温柔端凝，另一个则狡黠妩媚，各持一端、各尽其美，形成形象的二元互补结构。在书中的载体，则或此狐彼鬼、或此仙彼狐、或此花彼木、或此人彼妖，为花仙者多半娴雅温馨，为狐鬼者则多半活泼娇憨，俨然是现实家庭中理想的妻妾形象的抒情化。《嫦娥》中，嫦娥与颠当一仙一狐，仙则端庄持家，狐则美貌善妒，而颠当始终受制于嫦娥，这正是“娶妻娶德，娶妾娶色”的封建男权视镜下贤妻美妾观的真实再现。连城本与乔生生死相许，冥中救了宾娘，宾娘便以身为报，嫁与乔生，但因其后到，也只得以陪宾身份穿插到一夫一妻的结构中，故以“宾娘”名之。如果我们读一读明清时期大量的才子佳人小说，可以发现双女兼爱是那时期小说中的普遍情节。白红玉和卢梦梨和谐共处，同侍一夫（《玉娇梨》）；有情人双星遍寻有情佳人为妻，在得到蕊珠的爱情后，又顺便捞到蕊珠妹妹彩云，姐妹共嫁（《定情人》）；王翠翘历尽劫难，终于与情人金重团圆，却要拉妹妹出来侍奉丈夫（《金云翘》）。在才子佳人小说的天地里，双女无论是否姐妹，都美貌温柔，多才多情，愿意和对方分享同一个男子的爱情，成就婚姻后也和和美美。这种模式化了的一夫二妻结构，与其说是古代闺阁知识分子婚恋生活的理想化写照，还不如说是男权社会的落魄文人对两性关系的书斋式幻想和纸上营构。对科举功名的执著是古代大多数文人的顽痼，而一旦失利于科场，他们的全部才情和欲望便都放在了情场。对于其中的大多数而言，又并不具备赌赢情场的资本，只好退而求其次，回到书斋中撰写各种异样婚恋故事，希冀通过文字的虚幻和想象的丰富，来弥补人生的憾恨，抚慰自己不肯安宁的利心。尽管娥皇女英共侍大舜成为千古佳话，合德飞燕姐妹同嫁也成为小说家编制话题的素材，然而明清时期的文人有几个能拥有这种非常的艳福？蒲松龄“落拓名场五十秋，不成一事雪盈头”，四十余年都只做得一个寒素的塾师，但这不妨碍他对城堡外美眉的企慕，恰恰相反，在他的生花妙笔下，那些如他一般贫寒的士子总是在享受着左环右燕的温柔甜美。如果说曹雪芹在《红楼梦》中表达的兼美双爱情结，是含蓄的、矛盾的、现实中必不可实现的，那么蒲松龄则在《聊斋志异》中将这种兼爱多半变成了兼欲，只是当兼欲难以单方谋得时，才让其中一欲退守为柏拉图式的爱恋。在双美同现时，男性文人周旋其中，可进可退、进退裕如，这在很大程度上是作者蒲松龄的一厢情愿，而不是那个时代普通书生能够随意消受的普遍欲望。如果借用《红楼梦》中的一个词来形容的话，“意淫”是再恰当不过的了。

20 世纪诸多小说中，也描写了文人的兼美理想和遗憾。比较经典的有巴金的《家》、林语堂的《京华烟云》、张爱玲的《红玫瑰与白玫瑰》、钱锺书的《围城》等。

《家》中觉新所爱的女子是梅芬，但迫于家庭的压力不得已娶了瑞珏。这两个形象的塑造，在构思上显然受到了钗黛形象的影响：梅芬宛如黛玉而瑞珏恰似宝钗。从命名上看，梅芬有黛玉的“草木人儿”的意味，瑞珏则含有金玉的影子。从性格上看，梅芬是一个多愁善感、聪慧凄婉的柔弱少女，而瑞珏却是一个端庄温柔、善解人意的贤妻。梅芬“也许我的眼睛快要枯了……近来虽然泪少了，可是心却常常酸痛，好像眼泪都流在心里似的”① 的表白，与黛玉“近来只觉心酸，泪却比旧年少些”的表白是何等的相似，连生病也要生得一样；而瑞珏那“丰满的面庞，亲切的微笑，灵活的大眼睛”②，又与宝钗的形貌属于同一个类型。从结局上看，梅芬因身体的柔弱多病兼之情感的孤寂困顿而死去，瑞珏因难产得不到救治而死，似都见出《红楼梦》的影响。觉新作为高家的长子长孙，在秉承家族意志娶了瑞珏之后，还仍然爱着青梅竹马一起成长的梅芬。身边是贤惠善良的妻子，心中却又始终装着美丽凄婉的爱人，而后者仿佛一种精神源泉，时常慰藉着觉新干涸的情感河床。嫁娶程序似乎并没有隔断觉新和梅芬的精神生活的交流，生活的缺憾因有性灵的感通而得到弥补。很具巧合意味的是，陈晓旭扮演了 1987 版电视剧《红楼梦》的林黛玉，数年之后，她又扮演了电视剧《家》中的梅表姐，而陈晓旭有限的演艺生涯中，林妹妹和梅表姐是仅有的两个成功角色。这至少说

① 巴金：《家》，人民文学出版社 1981 年版，第 221 页。

② 巴金：《家》，人民文学出版社 1981 年版，第 391 页。

明，在电视剧《家》的编导眼中，梅芬酷似黛玉。

在《京华烟云》中，代表了作者全部理想的女性形象是姚木兰。她是“道家的女儿”，在传统文化的滋养中长成，热爱生活，富于激情，任性而自然。她有她所爱的有为青年孔立夫，但却顺从家庭的愿望嫁给了平庸的荪亚，从此便一直在夫家扮演着既能干又温和的少奶奶角色。无论是大家庭纠纷还是小夫妻矛盾，木兰都能妥当处理，后来处理丈夫婚外恋事件巧妙而妥善，均见出了她的聪慧善良的天性和处理俗务的能力。在作者笔下，木兰是比较完满的，但也不是没有遗憾的。她的爱情和婚姻有一定程度的分离，尽管她对婚姻尽忠尽责，却没能完全放弃对所爱之人的忆念。作为一种补偿，作者让木兰提议，将她的妹妹莫愁嫁给了立夫。莫愁无论从性格上、形貌上，还是婚姻上，都是对木兰的一个补充。木兰多情、激进、好动、灵活，莫愁沉稳、理性、冷静、含蓄，兼有两人之美即为理想。在这个意义上，姚家女儿有两个便已足够，所以作者让她们的妹妹目连出生后不久就死去。如果说木兰是黛玉和湘云的综合体的话，那么莫愁则更似于宝钗。也许作者并不想将黛玉式的清弱哀愁也移植到木兰的身上吧，他在姚氏姐妹之外，又另外构建了一个黛玉的小影，那就是姚家表妹红玉。

在《红玫瑰与白玫瑰》里，形成兼美两端的是王娇蕊与孟烟鹂。娇美多情的王娇蕊曾是佟振保生命中的至爱，但却是他好友的妻子，而当娇蕊认真到动婚姻时，他却以孝子的名义从情场荣退。其实以振保的品格，恐不足以承受红玫瑰的沉重分量，似乎只有个性苍白如烟鹂者，才会让振保焕发自尊与信心。而在实际的婚姻生活中，曾经沧海的振保并不能得到精神与情感的慰藉。他在电车上遇到再婚并自满于生活的娇蕊时，潜伏于心底的婚姻生活的缺憾便被触动，他因而心泪纵横。这边刚意识到情感不再，那边又宣布了理性的缺失：某天回到家时，他无意中发现了被他视为如白纸般圣洁的烟鹂的不贞。他似乎回归了传统，但传统却并不特别眷顾他的情感生活。讽刺意味顿时在字里行间弥散开来。张爱玲在其精心营构的这个兼美故事中，用她洞悉生活底蕴的眼光和穿透纸背的笔墨，布下了一个怪异的局，使表面上读到的那些美丽渐渐退位，从而暴露出内里的斑驳与吊诡。仿佛中国式的婚姻都是观念的副产品，振保在婚恋状态中的人格分离，在一定程度上披示了中国文人面对欲望和理智时的矛盾心态。

《红玫瑰与白玫瑰》开头，曾开宗明义表述作者对男性欲望的分析："振保的生命里有两个女人，他说的一个是他的白玫瑰，一个是他的红玫瑰。一个是圣洁的妻，一个是热烈的情妇——普通人向来是这样把节烈两个字分开来讲的。也许每一个男子全都有过这样的两个女人，至少两个。娶了红玫瑰，久而久之，红的变了墙上的一抹蚊子血，白的还是床前明月光；娶了白玫瑰，白的便是衣服上沾的一粒饭黏子，红的却是心口上一颗朱砂痣。"① "玫瑰"原是他在英国时的初恋情人的名字，既热烈又贞洁，集红白两种特征于一身，在分化成娇蕊与烟鹂两个身影之后，"玫瑰"意象也就异化为一个象征性的符号。如果说王娇蕊代表着女性单纯而热烈的情欲，那么孟烟鹂就代表了女性苍白而被动的理智，而它们无疑是男权中心社会男性对女性的欲望二重奏。这种情理分离的矛盾，在一定意义上反映着一种性别冲突。《红玫瑰与白玫瑰》是在1944年的6月，年方23岁的张爱玲在这年的春天开始了与大她16岁的胡兰成的热恋。身为恋爱中的女人，却能将情理分离的婚恋实质写得这样透彻，她似乎已预知了胡兰成作为男性文人在后来表现无余的世俗化了的兼爱欲望。张爱玲灵魂的深刻与笔触的凄美令读者慨叹不已。

红玫瑰与白玫瑰两个意象，正象征着中国文人的兼美情结。

---

① 张爱玲：《倾城之恋》，百花文艺出版社1986年版，第46页。

张爱玲以一女性写手，而能借一短篇，对男性的文化心态剖析得如许深刻，实是对传统文化中男权欲望了解得比较深刻的缘故。张爱玲是一个《红楼梦》迷，对曹雪芹原著的构思有深入的研究和体悟，历代读者在钗黛优劣的争执中所表现出来的妻子、情人兼美双收的文人欲望，张爱玲也当洞悉无遗。在20世纪40年代，一些饶有名望的批评家曾经公开表达过钗黛兼欲的观点。如戴潮声既为宝钗平了反，又将钗黛放在生活中来品味，以为“薛宝钗是位最标准的太太，林黛玉却是最理想的情人”，因为“薛宝钗值得敬爱，黛玉值得怜爱”[①]。将钗黛当作妻子或情人看视，并非从戴氏始，但妻子和情人并存，却不无新意。这种解读，透露了旧时文人潜在的贤妻美妾心理。即便如李长之，在别人问及对宝钗的评价时，他也引了学者刘盼遂的话来回答：“在日常生活中，我们喜欢薛宝钗，因为她能干，识大体，是个好主妇，但是在精神上，我们却不愿有个打算盘，挂钥匙的爱人。”李长之自己也很明确地意识到，这是“艺术与实际有距离的问题”[②]。生活中要钗妻，精神上待如何？自然是要黛玉做情人了。戴潮声、李长之、刘盼遂对钗黛兼欲的要求，已偏离了美学评价的轨道，而走向了生活化的解读，可以视作那个时代的男性文人欲望的代言人。张爱玲写作《红玫瑰与白玫瑰》的时代，正是中国男性文人对钗黛集体意淫的时代。她以自己敏锐的思想触角，探到了中国文人灵魂深处的情欲，热恋的情境并没妨碍她对这种情欲作出锋利而凄黯的描画。小说所刻镂的文人的精神病症，也仿佛那一抹蚊子血，在粉白的文学墙上黯然地凄红着。

类似的兼美兼欲情结在《围城》中也有含蓄的表现。苏文纨、

---

① 戴潮声：《读红楼梦记》，建阳《暨大校刊》1943年第1期，吕启祥、林东海编：《红楼梦研究稀见资料汇编》，人民文学出版社2001年版，第882页。

② 李长之等：《水浒传与红楼梦》，重庆《中国文学》1944年第1卷第1期，吕启祥、林东海编：《红楼梦研究稀见资料汇编》，人民文学出版社2001年版，第968页。

唐晓芙与孙柔嘉是方鸿渐感情生命中的三个主要的女性，分别在不同层面上应和了方鸿渐对女性的欲望与情感、理想与现实的非理性态度。苏文纨的身份、美貌和她的矜持、矫情天然融合，能吸引赵辛楣与方鸿渐的如蝶频顾，却无法唤醒后者的真实欲望。如果没有唐晓芙的出现，方鸿渐也许还在假设的情场上周旋。而唐晓芙显然是一个理想化的过场人物，她聪慧得适度，清纯得自然，仿佛晨曦初露时未曾雕饰的出水芙蓉。在方唐之恋中，情与理得到和谐的统一。这一段理想的因缘，却终止于一个人为的误会。设如方鸿渐和唐晓芙没有那么多的误会，或是在误会诞生未久便机缘凑巧一切冰释，将唐晓芙顺利娶进城堡，以后未必不翻出"好逑渐至寇仇，冤家终为怨耦"① 的故事。然作者必不令此事发生，只用一才色甚为平庸的孙柔嘉作了替身，而把方唐之恋铸成了一张扁平的感情标本留待读者唏嘘感叹。红楼成梦固然令人作叹，若是相爱者携手共筑婚姻，那红楼也就成了困顿他们的城堡。方鸿渐最终因惑于流言而成就与孙柔嘉的婚姻，双双受困在婚姻的围城之中，逐渐生厌，乃至反目成仇。他将感情倾于唐晓芙之身影，把欲望留给了孙柔嘉，最后从城堡中破围的结局对这欲望也做了彻底的否弃。

从另一个角度来说，木石姻缘不能成就，固然可以理解为曹雪芹不肯令黛玉出嫁因而注定是未婚即亡，方符合他对于绛珠仙子还泪尘世的纯情设计；方唐姻缘不能成就，却显然出于作者对城堡的恐惧，要留给读者一个唐晓芙的完美背影。也许美好的事物都是注定不能长久的，《围城》和《红楼梦》相似的地方，就是让作者心中最美好的女性形象早早退场，以其在情场的缺席来唤起读者对她们倩影的无限眷恋，诱发读者对一种超凡脱俗的性灵世界的永志不忘的追忆。而对才情俊美、情感丰富的男女主人公

① 钱锺书：《谈艺录》，中华书局1984年版，第351页。

既彼此倾心又双双分离的处置，正合所谓“离之则双美，合之则两伤”的创作理念。杨绛先生对个中原委曾予以揭示曰：“唐晓芙显然是作者偏爱的人物，不愿意把她嫁给方鸿渐。其实，作者如果让他们成为眷属，由眷属再吵架闹翻，那么，结婚如身陷围城的意义就阐发得更透彻了。方鸿渐失恋后，说赵辛楣如果娶了苏小姐也不过尔尔，又说结婚后会发现娶的总不是意中人。这些话都很对。可是他究竟没有娶到意中人，他那些话也就可释为聊以自慰的话。”① 将这段话与《红玫瑰与白玫瑰》开首的那段比喻比照一下的话，可以发现其中潜藏着共同的婚恋方程式：娶了红玫瑰（王娇蕊、苏文纨），时间一久便成蚊子血，再不复有玫瑰的娇艳和芬芳；娶了白玫瑰（孟烟鹂、孙柔嘉），时间一久便成白饭黏，月光根本就是假象。而集红白玫瑰为一身的兼美形象唐晓芙，却又早早退场。这方程也可以用来比方钗黛，设如宝玉娶到黛玉，宝钗将是那永远的明月光；而终于娶钗舍黛，黛玉便成为永远芳香的红玫瑰。正所谓“叹人间、美中不足今方信”，兼有钗黛二人之美的可卿仙子，只能在太虚幻境中闪现。所以得不到的永远是最好的。

从钗黛优劣之争到红白玫瑰之择，其中潜藏着中国文人对女性的兼美情结。兼美往往是一双两好，娥皇女英从血泪写就的神话层面早成榜样，齐人妻妾从反讽角度表示现实的存在。一夫多妻制从制度上为中国人的欲望奠基，“贤妻美妾”的结构从道德上将文人的欲望审美化。唐诗宋词的时代，也是婚外恋情高张的时代，婚姻中难以品味的，可以向青楼中找补。秦观一曲《鹊桥仙》如泣如诉、无怨有慕，殊不知写的却是一段青楼恋。《红楼梦》钗黛争长，读者解颐，正是中国文人兼美情结的又一次执著体现。

---

① 杨绛：《记钱锺书与围城》，钱锺书：《围城》，人民文学出版社 1998 年版，第 336－359 页。

在这里，“兼美”实际上是一种“两难”。而在《聊斋志异》中，“兼美”衍化为“兼欲”，无论贤妻何等有人间烟火味，书生终归爱的是狐狸精，而且一爱就是两个，一个添香，一个解语。20 世纪的中国文人已经很难有仙妻狐妾的福分，因为一夫多妻制已在宣告崩溃，可是这并不妨碍他们御西风而东行，将情人观念引到身边，演绎红白玫瑰的传奇。“围城”的描写已是那时代文人对“兼美”作学者化思考的后的具象化，而“家”无疑就是“围城”，日复一日年复一年地演出婚姻的春与秋。等到京华烟云四起时，玫瑰的意象便成了文人兼美兼欲情结的最好象征。

征引文献

（按书名音序排列）

《八家评批红楼梦》，冯其庸纂校定订，北京：文化艺术出版社，1991 年版。

《白虎通疏证》，［清］陈立撰，吴则虞点校，北京：中华书局，1994 年版。

《抱朴子》，［晋］葛洪著，上海：上海古籍出版社，1990 年版。

《本草纲目》，［明］李时珍著，北京：中国中医药出版社，1998 年版。

《笔记小说大观》，扬州：江苏广陵古籍刻印社，1984 年版。

《补红楼梦》，［清］嫏環山樵著，北京：北京大学出版社，1988 年版。

《巢林笔谈》，［清］龚炜著，北京：中华书局，1981 年版。

《从惊讶到思考——数学悖论奇景》，李思一、白葆林译，北京：科学技术文献出版社，1982 年版。

《楚辞与神话》，萧兵著，南京：江苏古籍出版社，1987 年版。

《春秋繁露》，［汉］董仲舒著，上海：上海古籍出版社，1989 年版。

《道德经》，徐澍、刘浩注译，合肥：安徽人民出版社，1990 年版。

《大正藏》，日本大正一切经编辑委员会编，大正一切经刊行会大正十一年至昭和七年（1922—1933）刊行，台北：佛光教育基金会，1990 年版。

《敦煌变文校注》，黄征、张涌泉校注，北京：中华书局，1997 年版。

《范石湖集》，［宋］范成大著，上海：上海古籍出版社，1981 年版。

《古本小说集成》，《古本小说集成》编委会编，上海：上海古籍出版社，1990 年版。

《古代文学与宗教论集》，张乘健著，长春：吉林人民出版社，2001 年版。

《古今小说》，［明］冯梦龙撰，北京：人民文学出版社，1958 年版。

《古文观止新编》，钱伯城主编，上海：上海古籍出版社，1988 年版。

《管子》，［唐］房玄龄注，上海：上海古籍出版社，1989 年版。

《国语》，鲍思陶点校，济南：齐鲁书社，2005 年版。

《韩非子》，［战国］韩非著，上海：上海古籍出版社，1989 年版。

《韩诗外传今注今译》，赖炎元注释，台北：商务印书馆，1972 年版。

《汉魏南北朝诗选》，余冠英选注，北京：人民文学出版社，1979 年版。

《汉魏南北朝墓志集释》，赵万里集释，北京：科学出版社，1956 年版。

《红楼梦》，中国艺术研究院红楼梦研究所校注，北京：人民文学出版社，1996 年版。

《红楼梦》，王蒙评点，桂林：漓江出版社，1994 年版。

《红楼梦风俗谭》，邓云乡著，北京：中华书局，1987 年版。

《红楼梦卷》，一粟编，北京：中华书局，1963 年版。

《红楼梦论稿》，蒋和森著，北京：人民文学出版社，1981年版。

《红楼梦人物论》，王昆仑著，北京：三联书店1983年版。

《红楼梦新探》，赵冈、陈钟毅著，北京：文化艺术出版社，1991年版。

《红楼梦诗词曲赋评注》，蔡义江著，北京：团结出版社，1992年版。

《红楼梦研究》，俞平伯著，北京：人民文学出版社，1988年版。

《红楼梦研究稀见资料汇编》，吕启祥、林东海编，北京：人民文学出版社，2001年版。

《红楼梦资料汇编》，朱一玄编，天津：南开大学出版社，2001年版。

《红字》，［美］霍桑著，侍桁译，上海：上海译文出版社，1982年版。

《后汉书》，［宋］范晔撰，北京：中华书局，1965年版。

《黄宗羲全集》，沈善洪主编，杭州：浙江古籍出版社，2005年版。

《寄园寄所寄》，［清］赵吉士著，朱太忙标点，上海：上海大达图书供应社，1935年版。

《家》，巴金著，北京：人民文学出版社，1981年版。

《蕉轩随录》，［清］方濬师著，盛冬铃点校，北京：中华书局，1995年版。

《简明外国文学辞典》，［美］M·H·阿伯拉姆，长沙：湖南人民出版社，1987年版。

《晋书》，［唐］房玄龄撰，北京：中华书局，1974年版。

《苦雾集》，李长之著，北京：商务印书馆，1942年版。

《困惑的明清小说》，刘敬圻著，哈尔滨：黑龙江人民出版社，

1990 年版。

《李贽文集》，［明］李贽著，北京：社会科学文献出版社，2000 年版。

《历代笔记小说集成》，周光培编，石家庄：河北教育出版社，1994 年版。

《楝亭集》，［清］曹寅著，上海：上海古籍出版社，1978 年版。

《美学》，［德］黑格尔著，北京：商务印书馆，1979 年版。

《美学基础》，［波兰］奥索夫斯基著，北京：中国文联出版公司，1986 年版。

《牡丹亭》，［明］汤显祖著，北京：人民文学出版社，1980 年版。

《能改斋漫录》，［宋］吴曾著，北京：中华书局，1960 年版。

《欧阳修选集》，陈新、杜维沫选注，上海：上海古籍出版社，1986 年版。

《欧阳永叔集》，［宋］欧阳修著，北京：商务印书馆，1936 年版。

《清稗类钞》，徐珂编，北京：商务印书馆，1917 年版。

《倾城之恋》，张爱玲著，天津：百花文艺出版社，1986 年版。

《全辽金文》，阎凤梧主编，太原：山西古籍出版社，2002 年版。

《全明散曲》，谢伯阳编，济南：齐鲁书社，1994 年版。

《全上古三代秦汉三国六朝文》，［清］严可均校辑，北京：中华书局，1958 年版。

《全宋词》，唐圭璋编，北京：中华书局，1965 年版。

《全宋诗》，傅璇琮主编，北京：北京大学出版社，1991 年版。

《全唐诗》，［清］彭定求等编，北京：中华书局，1960 年版。

《全唐诗补编》，陈尚君辑校，北京：中华书局，1992 年版。

《全唐文》，［清］董诰编，北京：中华书局，1983 年版。

《全唐五代词》，张璋、黄畬编，上海：上海古籍出版社，1986 年版。

《全元散曲》，隋树森编，北京；中华书局，1964 年版。

《神话——原型批评》，叶舒宪编，西安：陕西师范大学出版社，1987 年版。

《诗词意象的魅力》，严云受著，合肥：安徽教育出版社，2003 年版。

《诗歌意象论》，陈植锷著，北京：中国社会科学出版社，1990 年版。

《诗歌意象学》，王长俊主编，合肥：安徽文艺出版社，2000 年版。

《施蛰存七十年文选》，陈子善、徐如麒编，上海：上海文艺出版社，1996 年版。

《尸子》，［战国］尸佼撰，汪继培辑，上海：上海古籍出版社，1989 年版。

《释名疏证补》，［清］王先谦，上海：上海古籍出版社，1984 年版。

《十三经注疏》，［清］阮元校刻，北京：中华书局，1980 年影印本。

《山海经校译》，袁珂校译，上海：上海古籍出版社，1985 年版。

《世说新语》，［南朝宋］刘义庆著，长沙：岳麓书社，1989 年版。

《书影》，［清］周亮工著，北京：中华书局，1958 年版。

《水窗春呓》，［清］欧阳兆熊、金安清撰，谢兴尧点校，北京：中华书局，1984 年版。

《说郛三种》，［明］陶宗仪等编，上海：上海古籍出版社，1988 年版。

《说文解字》，［汉］许慎撰，北京：中华书局，1963 年版。

《宋史》，［元］脱脱撰，北京：中华书局，1977 年版。

《宋本玉篇》，张氏泽存堂本，北京：中国书店，1983 年版。

《四部丛刊初编》，张元济等辑，上海：上海书店，1989 年据商务印书馆 1926 年版影印。

《四库全书存目丛书》，季羡林主编，济南：齐鲁书社，1995 年版。

《苏轼诗集》，孔凡礼点校，北京：中华书局，1982 年版。

《苏洵集》，邱少华点校，北京：中国书店，2000 年版。

《隋唐嘉话》，［唐］刘餗撰，北京：古典文学出版社，1957 年版。

《谈艺录》，钱锺书著，北京：中华书局，1984 年版。

《唐伯虎全集》，［明］唐寅著，北京：中国书店，1985 年版。

《唐文拾遗》，［清］陆心源编，清光绪十四年（1888）版。

《太平御览》，［宋］李昉等修撰，石家庄：河北教育出版社，1994 年版。

《太平广记》，［宋］李昉编，北京：中华书局，1961 年版。

《桃花扇》，王季思等注，北京：人民文学出版社，1984 年版。

《陶渊明集》，逯钦立校注，北京：中华书局，1979 年版。

《天咫偶闻》，［清］震钧著，北京：北京古籍出版社，1982 年版。

《通志堂集》，［清］纳兰性德著，上海：上海古籍出版社，1979 年版。

《王国维及其文学批评》，叶嘉莹著，石家庄：河北教育出版社，1997 年版。

《围城》，钱锺书著，北京：人民文学出版社，1998 年版。

《文心雕龙译注》，王运熙、周锋译注，上海：上海古籍出版社，1998 年版。

《文学理论》，［美］韦勒克、沃伦著，刘象愚等译，北京：三联书店，1984 年版。

《握兰轩随笔及其他三种》，［清］卜陈彝著，上海：商务印书馆，1939 年版。

《西厢记》，王季思校注，上海：上海古籍出版社，1978 年版。

《先秦汉魏晋南北朝诗》，逯钦立辑录，北京：中华书局，1983 年版。

《象征主义·意象派》，黄晋凯等编，北京：中国人民大学出版社，1989 年版。

《新唐书》，［宋］欧阳修、宋祁撰，北京：中华书局，1975 年版。

《醒世恒言》，［明］冯梦龙编撰，北京：人民文学出版社，1956 年版。

《荀子汇校汇注》，董治安、郑杰文校注，济南：齐鲁书社，1997 年版。

《燕京杂记》，［清］阙名撰，北京：北京古籍出版社，1986 年版。

《扬州画舫录》，［清］李斗撰，汪北平、涂雨公点校，北京：中华书局，1960 年版。

《游戏策问一则》，［清］招招舟子撰，国学扶轮社，清宣统二年至民国三年（1910—1914）版。

《幼学琼林》，［明］程登吉撰，北京：北京师范大学出版社，1992 年版。

《景印文渊阁四库全书》，台北：商务印书馆，1985 年版。

《艺境》，宗白华著，北京：北京大学出版社，1987 年版。

《意象探源》，汪裕雄著，合肥：安徽教育出版社，1996 年版。

《馀墨偶谈》，［清］孙诗樵著，清同治十年（1871）版。

《元诗选》，［清］顾嗣立编，北京：中华书局，1987 年版。

《贞观政要》，［唐］吴竞撰，长沙：岳麓书社2000年版。

《至正直记》，［元］孔齐著，上海：上海古籍出版社，1987年版。

《资治通鉴》，［宋］司马光编，北京：中华书局，1956年版。

《中国婚姻史》，陈顾远著，北京：岳麓书社，1998年版。

《中国历代文论选》，郭绍虞主编，上海：上海古籍出版社，1979年版。

《中外比较文学译文集》，周发祥编，北京：中国文联出版公司，1988版。

《中国小说史略》，鲁迅著，上海：上海古籍出版社，1998年版。

《朱光潜全集》，朱光潜著，合肥：安徽教育出版社，1987年版。

《庄子集释》，［清］郭庆藩释，北京：中华书局，1961年版。

后　记

本书是将意象批评用于经典小说《红楼梦》研究的一个尝试。这一尝试始于20世纪80年代。最早写成的文章是发表在《红楼梦学刊》1983年第3辑上的《任是无情也动人——试探曹雪芹笔下薛宝钗情感世界的发展》一文，是在笔者的本科毕业论文基础上修改而成。此文解读薛宝钗“无情”的情感特质，尚无意象批评的理论自觉，却也触及与形象情感世界有关的梨花、冰雪、柳絮等重要意象，而符号化了的“无情”意念，作为与“情情”、“情不情”对应的定评，也在这种不自觉的阐释中浮出水面。此后笔者又撰写并发表了《问渠那得清如许——略论曹雪芹的审美理想兼及警幻赋的审美意蕴》（《红楼梦学刊》1992年第2辑）、《天光云影共徘徊——简论薛宝钗气质中的传统文化因素》（台湾《中国语文》1993年第7、8期）、《“扑蝶”辨讹》（《红楼》1994年第4期）、《红楼梦设色说》（《红楼梦学刊》1995年第3辑）、《〈红楼梦〉红玉意象撷美》（《名作欣赏》1996年第2期）等文章，试图从不同角度对作品的意象及相关意念作出阐释，此时意象的感觉逐渐清晰。在此基础上，笔者以“《红楼梦》与传统文化”为题申报教育部人文社科重点项目并获得立项（96JD750.11－44003），于是便陆续有了《悲歌一曲水国吟——〈红楼梦〉水意象探幽》（《红楼梦学刊》1997年第2辑）、《〈红楼梦〉玉意象与文化蕴涵》（《东方丛刊》1997年第3期）、《〈红楼梦〉花园意象解读》（《红楼梦学刊》1997年增刊）、《红楼索门》（原系1999

年金华全国中青年红学研讨会提交论文，后发表于《安徽师范大学学报》2002 年第 2 期)、《永远的天性——〈红字〉与〈红楼梦〉意象比较谈》(《国外文学》2003 年第 1 期)、《红楼说镜》(《红楼梦学刊》2004 年第 3 辑) 等文章。写作过程中，笔者关于意象批评的概念和范式已获得明显认识和运营，因此这一部分内容加强了意象阐释的自觉性。本书便是对这些单篇文章进行修改增删并努力使之系统化、有序化后的产物。

读《红楼梦》的过程，是一个成长的和审美的过程，人和书一起度过了沉思的、愉悦的、感伤的、静谧的数十年光阴。这些日子里，有诸多师友给予我以提携和关爱，我理当郑重致谢。24 年前，我在写作本科毕业论文时，幸运地得到了朱彤先生的指导，并屡承奖掖，我的研究兴趣由此激发；读硕时又得归先生门下，学术思维进一步得到训练。斯人已逝，惠风永存。多年来，吕启祥先生一直关注我的学术历程，并以其学者的缜密与细腻，影响着我，我手中 1996 年版的新校本《红楼梦》便是吕先生所赠。邓庆佑先生、刘敬圻先生、张锦池先生、蔡义江先生、陈曦钟先生、张庆善先生经常关注我的学业并给予诸多指点与帮助；蔡义江先生拨冗亲为本书题签，并寄予厚望。业师严云受先生亲自审阅全部书稿，并赐嘉序；陈文忠先生也提出诸多宝贵的意见；陈育德先生慨然亲任本书的责任编辑，并以专家的眼光删繁补罅，令本书增色。前辈学者提携、关注之情殷切，是我学业得以长进的动力，在此一并表示诚挚的谢意。

俞晓红

2006 年 12 月 15 日

再版后记

常言人生是过程。我们在过程中获得意义，或者，我们赋予这过程以意义。无论它是长是短，若能给世界留下点精神痕迹，已了不起。

不敢说自己的文字都是有意义的精神痕迹，然每篇文字的撰就，都有业师的学术源泉浸润其中。有风清骨峻的祖保泉先生讲龙学，而知“窥意象而运斤”的驭文之术；因儒雅温和的梅运生先生论《诗品》，而悟象喻品诗的思维方式。讲授《美学》专题的汪裕雄先生德性裕和，读研时有一天，我偶遇先生于三号楼一楼的台阶处，于是在暖暖的金黄色的夕晖里，先生以他温煦的笑容和略带徽音的普通话，站下和我聊论文。斯人已逝，而这一切恍然如昨。先生于意象研究创获颇丰，有《意象探源》、《审美意象论》、《艺境无涯》三书存世。向《易》中源“象”，以“悟”言象之“道”，是先生所思求的无涯艺境。严云受先生当年以含有浓浓桐城口音的普通话讲授《文学理论》专题，著有《文学象征论》和《诗词意象的魅力》，深度启发了我的思考，以致我在集稿成书时，便以“意象与象征——《红楼梦》的文化阐释”为题名。2006 年 11 月间，先生审阅了全部书稿后，建议我将题名直接改为“红楼梦意象的文化阐释”，因更明白显豁、利于出版发行之故。

此次再版，更正些许舛误文字，余则一仍其旧。相关渊源也借此略作补说，以谢诸先生教诲之恩。胡志恒老师欣然担任再版责编，在此并表谢忱。

俞晓红

2013 年 1 月 31 日